LA SAGA DES MÉDICIS

*

Contessina

SARAH FRYDMAN

Contessina

La saga des Médicis

ROMAN

ALBIN MICHEL

© Éditions Albin Michel S.A., 1987.

ISBN : 978-2-253-11462-8 – 1re publication LGF

*À Henry Bonnier
en témoignage de mon amitié.*

PREMIÈRE PARTIE

I
Adriana

Florence s'éveillait dans une illusoire fraîcheur tout à fait momentanée. En cette matinée ensoleillée, toute carillonnante des centaines de cloches des campaniles avoisinants, dans sa chambre obscurcie par les rideaux cramoisis encore fermés, Adriana de Bardi pensait qu'elle avait tout lieu d'être fière et heureuse. Et elle l'était. Les yeux encore clos, la tête enfouie dans la blancheur de ses oreillers, elle jouissait de ce bonheur si longuement désiré. Heureuse...

Si, en ce jour, on allait enfin célébrer le mariage de sa fille Contessina avec Cosimo de Médicis, c'était là son œuvre. Son œuvre à elle seule. Sa revanche contre les Strozzi, sa famille. Contre Giovanni de Médicis même. Sa vengeance personnelle et qui n'avait rien à voir avec la ruine de la maison des Bardi. Dans cette langueur délicieuse qui succède au sommeil et qui n'est pas encore l'éveil bien que l'esprit soit clair, léger, d'une terrible lucidité, elle se répétait cette phrase, pour elle source d'une

inépuisable félicité. Sa fille allait épouser le fils aîné
de Giovanni de Bicci de Médicis. Le fils de Giovanni. Son Giovanni. Celui qu'elle avait aimé comme
une folle des années auparavant. Giovanni de Bicci
de Médicis. Giovanni…

Adriana écoutait avec délice la grande agitation
qui régnait dans la villa des Bardi, en ce matin du
21 juin 1414.

Depuis l'aube, servantes, valets, et quelques
esclaves circassiennes montaient, descendaient, tournaient dans tous les sens… Fleurs et présents s'amoncelaient dans les salles immenses, à peine meublées,
dont les murs s'ornaient de riches tapisseries venues
des Flandres. Toute cette domesticité courait de-ci
de-là, riait et chuchotait. À ses rires grivois, aux
réflexions obscènes qui s'échangeaient, on devinait
que la cause de cette agitation était un mariage. Un
mariage inespéré pour la maison des Bardi, l'une des
plus aristocratiques de Florence, ruinée depuis des
lustres. Le clan des Bardi, les Albizzi, les Strozzi et
les Cavalcanti, tous plus ou moins cousins, ne pouvaient éviter de considérer que ce mariage était une
véritable mésalliance, et s'ils serraient les dents sur
ce déshonneur, ils appréciaient fort bien l'argent des
Médicis. Ils étaient, eux, Dieu merci, d'authentiques
aristocrates, appartenant depuis longtemps au parti
des « Guelfes blancs ». Les Médicis étaient des marchands, des banquiers, extrêmement riches, certes,
mais en aucun cas leurs origines ne pouvaient se
comparer à la maison des Bardi. Chefs du parti des

«Guelfes noirs», on disait autrefois dans Florence que les Médicis avaient été l'une des causes directes de la déchéance des Bardi, bien que la cause essentielle fût en réalité la grande peste noire qui décima la moitié de l'Europe et les prêts insensés que les ancêtres Bardi avaient faits à la couronne d'Angleterre pour financer la guerre contre la France. On pouvait estimer à ce jour que le roi Édouard III avait croqué 1 365 000 florins-or, offerts sur un plateau par la banque Bardi.

Cependant, pour tous ceux qui savaient le fond des choses, il était clair que les agissements singuliers, et pour tout dire malhonnêtes, des Médicis avaient aggravé la situation. Ce ne fut qu'un jeu pour le vieil Averardo de Médicis que de s'emparer des marchés laissés par les Bardi et les Strozzi, les contraignant à céder à des prix dérisoires des comptoirs de banque encore prospères et qui auraient pu les sauver s'ils n'avaient été pris à la gorge par le temps. De là datait la durable rivalité haineuse qui séparait les deux maisons. Rivalité qu'Adriana de Strozzi avait épousée le jour de ses noces avec Alessandro de Bardi. Et ce, avec une rage, une violence aveugle et une foi meurtrière qui pouvaient malgré tout surprendre tous ceux qui ignoraient la vérité d'Adriana, et qu'elle était seule à connaître.

Mais, puisque enfin on allait unir l'héritier des Médicis, Cosimo, avec la dernière des filles d'Alessandro et d'Adriana de Bardi, les Florentins espéraient sans trop y croire que cela mettrait fin aux luttes sans merci qui opposaient d'année en année les deux clans. Cependant, toute la famille de la

jeune épouse, les oncles et tantes Strozzi, les cousins
Albizzi, tous se réjouissaient avec une secrète férocité. Par ce mariage la fortune à ce jour incalculable
des Médicis allait venir garnir leurs escarcelles. Et
cela, cela par Dieu, c'était une bonne et excellente
chose. Écraser les Médicis de leur mépris ne serait
ensuite qu'un jeu d'enfant.

Adriana ouvrit les yeux et porta la main sur
l'homme qui sommeillait à ses côtés. Son amant,
l'architecte Filippo Brunelleschi, dormait encore, ou
feignait de dormir, le visage enfoui dans les dentelles de l'oreiller. Il fallait qu'il parte ! vite ! Ses
chambrières n'allaient pas tarder.

Sans hésiter Adriana le secoua :

— Filippo ! Filippo ! réveille-toi !

L'homme se retourna sur le dos avec un grogne-
ment. Filippo Brunelleschi approchait de la quarantaine, mais nul n'aurait pu, à cet instant, lui donner un
âge. Son visage avait cette expression particulièrement émouvante qu'ont certains hommes durant leur
sommeil. Une tristesse enfantine qui les rend si atta-
chants, si vulnérables, que les femmes qui en sont
éprises peuvent se détruire pour eux en s'imaginant
les sauver. Longtemps Adriana considéra les traits
réguliers, le nez busqué, très fort, la bouche fine,
sinueuse, le front déjà dégarni, haut, barré de sourcils
épais et noirs. Elle savait que Filippo ne dormait plus.
Les fines paupières bistrées tressaillaient comme si

elles voulaient s'ouvrir. Visiblement elles n'étaient maintenues closes que par la volonté de leur propriétaire. Attendrie, Adriana souriait. Doucement, elle passa la main sur le front de son amant.

— Filippo ! réveille-toi, mon amour, il est l'heure de partir, le jour est levé.

Filippo ouvrit les yeux. Des yeux noirs, veloutés, au regard étrange, émouvant. Mélange de tendresse, d'ironie, de mélancolie.

Il sourit et enlaça la jeune femme qui, alanguie, se laissa aller contre lui.

— Il me faut quitter ce lit… ces bras ?

Profitant de cette langueur prometteuse, il tenta de l'allonger sous lui, mais elle se dégagea rapidement :

— Non ! pas maintenant ! Filippo ! dépêche-toi ! Je dois aller rejoindre ma fille, veiller à son habillement. C'est son mariage aujourd'hui ! L'aurais-tu oublié ? C'est un grand jour ! un très grand jour !

Elle avait gagné sa difficile partie. Mais nul ne pouvait se douter qu'elle tenait là sa vengeance personnelle.

Adriana se précipita hors du lit et menaça Filippo du doigt :

— Allons, debout !

Légèrement désemparé, Filippo admira le beau corps robuste et mince, le cou long, bien dessiné, l'ovale très pur de ce visage d'une régularité parfaite, l'épaisseur des cheveux noirs bouclés, tombant sur les épaules, les yeux brillants, semblables à des topazes presque jaunes. Yeux étranges, un peu fous, dont la fixité devenait parfois gênante. Et cette peau blanche, superbe, soignée, parfumée, des aristocrates florentines ! Filippo raffolait de cette peau-là qu'il comparait aux plus beaux satins, aux soies les plus fines. Il aimait Adriana depuis des lustres, et dissimulait soigneusement cet amour sous un cynisme léger, une désinvolture joyeuse. Il savait qu'Adriana dansait volontiers sur la tête de ceux qui se livraient corps et âme à ses caprices. « Elle ne m'aura pas ! » songeait-il parfois en la guettant entre ses cils. « Elle ne m'aura pas comme elle a eu les autres. C'est moi qui l'aurai… Et alors… » Alors ? que se passerait-il ? Il n'en savait rien.

Rapidement, Adriana jeta sur sa nudité un pei-gnoir de batiste blanche, tout envolantée de dentelle. Une merveille de raffinement. Filippo s'écria :

— Dis-moi, Adriana, ma toute belle. Comment une passionnée comme toi peut-elle sans sourciller enlever une fillette de son couvent et la marier quinze jours plus tard, sans même donner à cette pauvre petite la possibilité de rencontrer son fiancé ?

Il s'interrompit devant le regard de fauve qui le dévisageait, mais il reprit avec insistance :

— Ce soir… songe bien à cela ! ce soir, cette pauvre enfant qui ignore encore tout de l'amour va se retrouver nue comme un ver dans les bras d'un homme qu'elle ne connaît pas, à qui elle sera liée pour toute sa vie et qu'elle va détester.

Les yeux jaunes se détournèrent et se portèrent vers la fenêtre encore obstruée par les rideaux. Pour la première fois depuis des mois, voire des années, Adriana eut une pensée pour sa fille. Plus exacte-

ment, elle pensa à sa fille non plus comme à l'instrument de sa vengeance, mais comme à un être
humain qui, somme toute, lui était cher. Filippo se
redressa sur ses oreillers, attentif à une expression,
rare, de douceur sur le visage d'Adriana :

— Tu ne réponds pas, ma douce amie ?

Agacée, Adriana répliqua :

— Elle fera comme moi ! Elle donnera quelques
enfants à son époux et pùis elle prendra des amants.

Les sourcils de Filippo se rejoignirent :

— *Des* amants ?

Adriana rougit :

— S'il te plaît ! Comme cela te va d'être jaloux !
N'as-tu jamais péché toi-même ? De combien de
jeunes filles, de femmes, et même de matrones suis-
je cornue ?

— Adriana ! tu sais bien que toutes ces femmes
ne sont que jeu et pacotille. Il me faut bien quelques
distractions puisque je ne peux vivre avec toi.
Comment attacher de l'importance à ces donzelles
oubliées dès qu'elles ont franchi la porte ? Tu le sais
pourtant bien que je t'aime et que si ce n'était ton
époux, Alessandro...

— Oui, je sais. Mais nous parlerons de cela plus
tard ! Pars maintenant, je t'en prie ! Mes servantes ne
vont pas tarder. Je n'ose penser à ce qui se passerait
si l'on te découvrait ici dans mon lit.

Bien qu'Alessandro de Bardi fermât les yeux
sur les débordements de sa femme adorée, personne
ne pouvait augurer de sa réaction s'il apprenait
qu'Adriana recevait son amant chez elle après minuit !

Filippo sortit du lit avec une certaine nonchalance. Adriana eut tout le temps d'admirer l'élégance de ses mouvements. Son regard s'attarda sur les mains de l'architecte. C'étaient de belles mains, bien dessinées, fines, aristocratiques. « Combien de corps ont-elles caressés ? » se demanda-t-elle, irritée soudain. La jalousie, parfois, s'emparait d'elle avec une violence étourdissante.

Sans trop de hâte, Filippo s'habillait. Il était prêt quand il se planta devant Adriana :

— Ah çà ! Mais tu ne m'as pas répondu.

Stupéfaite, elle le considéra bouche bée :

— Seigneur ! mais quelle réponse ? À quelle question ?

— Pourquoi avoir manigancé ce mariage ? Que ton époux le veuille, passe encore, c'est un Bardi ! Il veut venger sa maison. Mais toi ? Tu n'es pas née Bardi, alors que t'importait ce mariage ?... Y a-t-il une autre raison ?

Silencieuse, Adriana s'était approchée de la fenêtre ; elle entrouvrit l'un des rideaux. La Via Larga s'animait. Des flaques d'eau luisaient sous les rayons du soleil levant. De temps à autre un carrosse, chassant chiens et chats errants. Puis, c'était un cavalier revenant sans doute d'une nuit passée dans les bras de sa belle. Son cheval franchissait les flaques d'un bond et disparaissait au coin de la rue dans un grand martèlement de sabots.

« Tiens, songea Adriana, il a plu. Tant mieux. Les fleurs resteront fraîches plus longtemps. Pourvu que la chaleur ne soit pas trop forte aujourd'hui. Hier ce n'était déjà plus tenable ! »

Étonné par cette songerie silencieuse dont il était exclu, Filippo insista :

— Pourquoi ne réponds-tu pas ?… Est-ce un secret ?

Adriana ouvrit complètement les rideaux. La lumière inonda la chambre. Un instant, la jeune femme contempla Florence, sa ville, qu'elle aimait avec une force au moins égale à celle qui animait Giovanni de Médicis lorsqu'il prétendait que Florence était la plus belle ville du monde, et les Florentins la race la plus fine, la plus intelligente et la plus hardie. « Nous égalons même les juifs ! disait-il avec orgueil. Même eux nous reconnaissent comme leurs égaux ! »

Six heures sonnaient au campanile de San Lorenzo.

Adriana se mordillait les lèvres. Quelle réponse donner ? Pouvait-elle dire qu'autrefois, il y avait longtemps, très longtemps… toute une vie : trente ans auparavant.

Âgée de quinze ans, elle s'était crue fiancée à Giovanni de Médicis. Elle n'avait eu alors qu'un seul désir, un seul espoir, épouser cet homme dont elle était passionnément éprise. Il avait été son premier amant. Mais leur amour réciproque avait cédé aux différentes pressions familiales. Adriana aurait pu lutter, s'enfuir avec lui, vivre de pauvreté (elle en avait l'habitude). Elle aurait pu affronter sa famille, les terribles ducs de Strozzi qui n'eussent pas hésité un seul instant à la faire jeter en prison ou pis peut-être, dans un couvent, si elle avait réalisé ses projets. Elle était prête, tant l'amour qu'elle éprouvait pour Giovanni était fort, à affronter les plus grands sévices pour lui. C'est qu'on ne plaisantait pas avec la haine traditionnelle que l'on éprouvait pour les Médicis, dans l'aristocratique famille des Strozzi, contre ces parvenus qui souhaitaient que le peuple, les bourgeois, les artisans même aient les mêmes droits que les patriciens détenteurs, de par leur naissance, de tous les privilèges. « Quelle sottise de faire délibérer le cordonnier ou le tisserand sur la manière de confectionner les lois civiles, et d'administrer la République ! » disaient-ils la bouche pincée de dégoût et vouant la démocratique république florentine à tous les diables. À cette haine viscérale, vengeresse, s'ajoutait le profond mépris des aristocrates pour les plébéiens qui travaillaient, fondaient banques, manufactures d'étoffes précieuses, organisaient le commerce européen, modernisaient le change des monnaies et s'enrichissaient par un labeur acharné. Ceux-ci rendaient aux aristocrates mépris pour mépris en citant volontiers Pétrarque : « On ne naît pas noble… on le devient ! »

Giovanni de Médicis était l'un de ces fils de bourgeois. Lettré, épris d'art. Banquier. Négociant. Fabricant d'étoffes. Jamais l'illustrissime famille des Strozzi n'aurait pu imaginer — et *a fortiori* accepter — qu'une union fût possible entre leur fille Adriana et un homme du peuple. Même ruinés, les ducs de Strozzi pouvaient espérer une union plus conforme à ce qu'ils considéraient comme l'honneur de leur maison. À peine surprit-on un regard un peu trop appuyé au cours d'un bal qu'on les surveilla avec vigilance et un jour on les aperçut tendrement enlacés. Il n'y eut pas de scène. Pas d'éclat. Chez les

Strozzi, on savait garder en toute circonstance une dignité de bon aloi. Et surtout, il convenait d'éviter le scandale qui aurait pu marquer à jamais la réputation d'Adriana et ruiner tout espoir d'un brillant mariage. On sépara les amoureux. Adriana, désespérée, espéra se faire enlever par Giovanni, qui, plus raisonnable, préféra obéir. Il quitta Florence sur ordre de son père, le vieil Averardo de Bicci de Médicis qui, un an plus tard, exigea que son fils Giovanni épousât la jeune Piccarda Bueri. Grosse dot. Bonne bourgeoise, travailleuse, économe de ses florins, et qui promettait d'être une excellente épouse. Adriana ravala sa douleur et s'empressa d'accepter d'épouser l'ennemi juré de la famille des Médicis, Alessandro de Bardi, l'héritier ruiné de l'une des plus vieilles familles aristocratiques de Florence. Elle se servirait d'Alessandro pour se venger. Elle avait épousé corps et âme la haine des Bardi contre les Médicis, l'avait faite sienne, plus intense encore, plus meurtrière. Les cinq enfants qu'elle mit au monde comptèrent peu au regard de sa haine. Jusqu'au jour où un émissaire envoyé par les Médicis proposa la paix entre les deux maisons ennemies.

Adriana n'avait pas très bien saisi le pourquoi de cette proposition de paix. La Seigneurie* l'exigeait pour le bien de la communauté. Des questions politiques étaient en jeu. De plus, Giovanni souhaitait devenir gonfalonier de justice, et l'appui du clan des Bardi-Strozzi, Albizzi et Cavalcanti ne pouvait qu'être utile. Mais, de cette rencontre, jaillit une

* Le gouvernement de la république de Florence.

idée dans le cerveau de la jeune femme. Sa dernière-née, Contessina (alors âgée de cinq ans), deviendrait une Médicis. Elle épouserait l'un des fils de Giovanni, Cosimo ou Lorenzo, peu importait. Cosimo de préférence, puisqu'il était l'aîné ! C'est à cet instant précis que germa l'idée de ce mariage. Cette perspective, d'abord repoussée avec horreur par Alessandro, finit par s'imposer comme acceptable. Les avantages indiscutables de cette union l'emportèrent sur les désagréments. Finalement, Alessandro donna son accord et accepta de rencontrer Giovanni de Médicis.

Depuis lors, souriante malgré son indestructible rancune, dissimulant les élans meurtriers de son cœur, Adriana n'avait vécu que pour ce moment précis. L'union que l'on allait célébrer en ce jour glorieux. Que ne ferait-elle pas par le truchement de sa fille Contessina ? Elle ruinerait les Médicis, les ruinerait jusqu'à leurs derniers florins. Elle ferait payer Giovanni. Chacune des larmes versées pour lui contenait son poids d'or et de diamants.

Dans sa chambre, alors que les rumeurs heureuses d'un jour qui se lève se faisaient entendre, Adriana n'écoutait que sa rancune haineuse. Tout se mêlait dans la mémoire de la jeune femme, qu'une seule pensée dominait : se venger ! Et quelle savoureuse vengeance que d'avoir imaginé ce mariage ! Elle ferait de sa fille ce qu'elle voudrait. Son espion, son cheval de Troie, le poignard et le poison dont elle se servirait lentement, goutte à goutte, blessure après blessure. Jour divin entre tous ! Contessina de Bardi allait épouser Cosimo de Médicis, le fils de Giovanni. Et elle, Adriana, ruinerait cette famille qui l'avait rejetée avec mépris. Elle imaginait Giovanni la suppliant, pleurant devant elle. Elle savourait sa vengeance, d'avance, par le seul effet de son imagination déchaînée.

Cela n'avait été qu'un jeu d'enfant que de convaincre Alessandro de Bardi. Un jeu subtil, répété jour après jour, et dont elle seule connaissait les règles. Convaincre les Bardi d'une réconciliation avec les Médicis, devenus gens importants, détenant le pouvoir, populaires même. Elle luttait contre l'orgueil des Bardi, pied à pied, jour après jour. La lutte fut longue, mais elle ne pouvait que gagner. Comme un fleuve creusant son lit, les années passèrent sur sa haine, lentement, sûrement, profondément.

Adriana reporta son regard sur Filippo. L'aimait-elle, cet amant qui la comblait de caresses, assouvissait sa sensualité et paraissait prendre du plaisir à rester auprès d'elle, alors que l'on ne comptait plus les aventures croustillantes du célèbre architecte ? Elle-même avait eu de nombreux amants, chassés presque immédiatement après qu'elle leur eut cédé. Elle n'avait pas le temps d'aimer. Mais lui, Filippo ? C'était étrange. Il était là à ses côtés depuis plus de trois ans. Il venait la rejoindre presque chaque nuit, et elle ne parvenait pas à se lasser de lui. Elle lui parlait de tout ce qui la préoccupait, lui demandait conseil, l'écoutait, attendait avec impatience ses visites, et ne se sentait en paix avec elle-même que lorsqu'elle avait eu un entretien, aussi court fût-il, avec lui. Était-ce l'amour? Impossible! L'amour, c'était cette fulgurance presque meurtrière qui l'avait jetée contre Giovanni, autrefois, il y avait si long-temps. C'était la folie. Une furie insatiable, dont elle ne s'était rassasiée qu'une nuit, une seule nuit opaque et floue, où tout lui avait été révélé et où tout lui était devenu aussi nécessaire, aussi indispensable que l'air qu'elle respirait. Et lui? ce Filippo, l'aimait-elle? Elle ne connaissait pas la réponse. Plus tard peut-être. Quand elle aurait le temps d'y réfléchir. Comme il l'observait avec curiosité, elle l'apostropha :

— Pars! va-t'en maintenant. Dans un instant, mes servantes seront là. Veux-tu que l'on te sur-prenne ici? À six heures du matin? Si cela se pro-duisait, ce soir tu serais un homme mort!

Un instant plus tard, s'arrachant avec peine à la solide étreinte qui l'enserrait étroitement, Adriana poussa Filippo jusque vers une porte étroite, habile-ment dissimulée derrière une magnifique tapisserie persane. Elle chuchota :

— Surtout fais attention que nul ne te surprenne.

Et pour la première fois depuis le début de leur liaison elle se laissa attendrir :

— À demain soir, même heure. Mon tendre amour.

Filippo ne cilla pas. Il l'observait attentivement.

— Et ce soir? demanda-t-il brièvement.

— Ce soir?

Elle riposta vivement, presque avec acrimonie :

— Mais tu n'y penses pas! Oublies-tu le mariage de ma fille?

— Mariage ou pas mariage, je te rejoins ici après minuit.

On frappa à sa porte.

— Pars ! vite ! À ce soir donc !

À peine avait-elle regagné son lit que la grande porte sculptée à deux battants s'ouvrait devant ses deux chambrières. En fait, il s'agissait de deux esclaves circassiennes qu'Adriana avait dressées, avec l'implacable férocité des grandes dames florentines qui, ruinées, ne pouvaient offrir à leur demeure des serviteurs rétribués et par conséquent plus propres et mieux policés. Le train de vie de la villa Bardi, qui s'élevait, entourée d'un grand jardin, dans la Via Larga, était en apparence des plus élégants. Adriana avait une chambre de bains particulière et n'était donc pas obligée de se rendre à l'une des quatre « étuves » publiques dont la ville était fière. Les appartements étaient soigneusement entretenus, des portraits peints par Giotto, des volumes reliés de cuirs finement ouvrés ornaient des murs entiers. Pétrarque, Dante, Boccace — comme tous les Florentins, les Bardi se piquaient de culture littéraire ou musicale —, mais le luxe dont Adriana s'entourait, elle seule en connaissait le prix réel. Un labeur secret et acharné qui l'eût conduite au pilori si on en avait eu connaissance ; elle faisait commerce illicite de pierres précieuses et n'hésitait pas, le cas échéant, à pratiquer l'usure.

Adriana se prélassait dans son bain, jouissant du plaisir que lui procurait l'eau tiède, presque fraîche, parfumée ! Ses servantes la frictionnèrent avec des huiles fines, puis, à l'aide d'un ravissant soufflet à parfum, parfumèrent son corps que n'avaient déformé ni la quarantaine dépassée ni la naissance de cinq enfants, et la massèrent habilement, avant de lui présenter du linge propre, éblouissant de blancheur. Les riches Florentins tiraient grande gloire à changer de linge tous les samedis. Adriana s'enorgueillissait de le faire quotidiennement. Nul ne connaissait cette extrême et coûteuse délicatesse, ce raffinement insensé qui l'eût à coup sûr désignée à la vindicte populaire pour peu que l'on connût ce gaspillage. Sûre du silence de ses esclaves circassiennes, Adriana s'adonnait sans vergogne à ses caprices.

Délicatement, les deux servantes lui passèrent une robe de brocart rouge, qu'une admirable broderie de fils d'or rehaussait. Cette toilette s'ornait d'une collerette incrustée de pierres précieuses, ravissant mélange de rubis, de perles et de brillants, qui exaltait la blancheur du cou.

Il fallut encore une heure pour lacer la robe, et mêler à l'épaisse chevelure noire et luisante les perles fines, les rubis et les brillants qui en constituaient le somptueux ornement. Lorsqu'elle fut enfin prête, elle s'observa longuement dans le miroir que lui présentaient ses servantes. Alors, immobile, sévère et superbe, elle consentit à sourire à cette image d'elle-même dont elle ne parvenait pas à se lasser.

Pas très grande, elle le paraissait cependant tant elle se tenait droite, épaules basses afin de dégager la ligne d'un cou parfait. Mince sans excès, elle aimait que sa taille fût bien prise, serrée à étouffer dans un corset aux tiges de fer qui, s'il l'empêchait presque de respirer, l'obligeait à se tenir droite comme la

tige de l'iris sauvage, sa fleur favorite. Elle admira
sans vergogne sa silhouette intacte d'adolescente
qu'elle devait à une sobriété constante. Elle méprisait ceux qui, ne songeant qu'aux ripailles et mangeailles, offraient un spectacle affligeant de chairs
débordantes, de visages bouffis, déformés par la
graisse. Elle était née florentine dans une ville créée
pour l'art, dont chacun des habitants portait en lui
l'amour inconditionnel de la beauté.

« Allons ! » dit-elle après s'être adressé un autre
sourire de satisfaction. « Cela n'est pas mal ! Allons
voir si ma fille est encore endormie. Cela serait
étonnant. Le jour de son mariage… »

Elle laissa sa phrase en suspens, et un bref instant
elle eut comme un remords qui lui étreignit le cœur.
C'était une sorte de nausée, aussi brève que violente, qui la laissa étonnée. « Nous n'avions pas le
choix ! songea-t-elle. Contessina n'a pas de dot !
C'était ce mariage ou le couvent ! Elle a donné son
accord ! »

Mais qui refuse de donner son accord pour sortir
de prison ? Le visage durci, Adriana se défendait
contre elle-même : « Nous n'avions pas le choix.
Contessina n'aura qu'à s'arranger de ce mariage. Il
y a plus à plaindre. L'homme le plus riche de Florence ! Laid, oui bien sûr. Très laid même. Mais que
l'on dit intelligent, lettré. Et ces femmes qu'il déses-
père parce que volage ? S'il ressemble à Giovanni ce
doit être un amant superbe. »

Afin d'éviter d'approfondir ce débat avec elle-
même, Adriana de Bardi, magnifique dans ses atours,
étincelante sous ses bijoux, suivie de ses servantes,

se précipita dans la galerie déjà tout ensoleillée. Tout maintenant dans la maison s'agitait, se bousculait, s'interpellait avec des cris et des rires. Cela bruissait de toutes parts. Adriana chassa les ombres qui pesaient encore sur elle. Aujourd'hui était jour de gloire, sinon de joie. Sa fille allait épouser le fils de Giovanni.

II
Contessina

Assise à croupetons sur son lit, Contessina de
Bardi réfléchissait. Elle n'avait pas dormi de la nuit,
et ses traits tirés, ses yeux cernés jetaient comme un
voile sur sa beauté. Une beauté déjà surprenante
chez une fillette de quatorze ans, encore gracile, à
peine formée. Filtrant à travers les lourdes tentures
de velours ponceau, des rais de lumière jetaient çà et
là des lueurs orangées sur le sol luisant de cire, sur
le lit à baldaquin à peine défait et sur les tapisseries
de Flandres qui ornaient les murs simplement passés
à la chaux. Contessina observait sans le voir ce décor
familier et cependant étranger. Elle avait quitté cette
chambre à l'âge de dix ans. Comme beaucoup de
fillettes de son âge, elle avait pris le chemin du couvent où la ruine de sa famille la destinait. Et puis
cinq ans plus tard, on était revenu la chercher en
lui laissant entendre que si elle était sage et docile,
elle pourrait épouser Cosimo de Médicis, l'un des
hommes parmi les plus puissants de Florence. Bien

sûr elle avait le choix. Dire non par exemple. Mais si cela était son vouloir, il fallait qu'elle sache qu'il n'y aurait pas d'autre alternative. Elle deviendrait nonne. Alors que choisissait-elle ? Le mariage ou le couvent ? « J'accepte ! » avait-elle crié de toute son âme. Elle haïssait avec une telle violence ce couvent, les sœurs et même ses compagnes qu'il lui semblait parfois qu'elle mourrait de douleur si elle devait rester prisonnière. Tout lui paraissait préférable. Même épouser ce Cosimo de Médicis, ce fils de parvenu, que l'on disait laid et coureur de jupons, dont on racontait tant de choses jusque dans les chambrettes virginales des pensionnaires à l'imagination débridée. Trois mois après cette mise en demeure, on était venu la chercher. Elle n'eut guère le temps de connaître son père ni sa mère, encore moins ses frères, perpétuellement à la chasse ou en galante compagnie. Dès le lendemain de son arrivée dans la maison paternelle, on la prépara au mariage prévu quinze jours plus tard.

Elle avait vu défiler marchands d'habits, bijoutiers, lingères, couturières, tous hommes et femmes qui s'employèrent à lui constituer un trousseau digne d'une reine. Mais elle attendait encore la visite de l'homme qu'elle devait épouser. Elle pensait avec rage : « Viendra-t-il aujourd'hui ? ou bien enverra-t-il quelqu'un pour un mariage par procuration ? » Son mécontentement fronçait son visage sans parvenir à l'enlaidir. En fait ce mariage qui se préparait ne l'étonnait pas. Depuis qu'elle avait l'âge de raisonner, bien avant d'entrer au couvent, elle avait entendu ses parents en discuter l'opportunité. Mais cela se passait si loin, dans un espace de temps qui paraissait si incommensurable que ce mariage devenait irréel, voire improbable. Aussi la fillette ne prêtait-elle guère attention à ce qui se chuchotait autour d'elle. Cette union, et celle-là seulement, prétendait Adriana, pouvait rendre à la maison Bardi son lustre d'antan.

C'était surtout Adriana qui cherchait à convaincre, sans trop de peine d'ailleurs, un Alessandro de Bardi réduit pieds et mains liés par l'amour passionné que lui inspirait sa femme. Ce qui irritait prodigieusement Contessina. « Elle lui demanderait la lune qu'il irait la lui chercher ! » songeait la fillette, le regard mauvais, envieuse de cet amour fou que sa mère inspirait aux hommes qui l'approchaient. Serait-elle aimée un jour comme l'était Adriana ? Que pouvait-on ressentir exactement devant l'adoration que vous témoignait un homme, un amant ? Et puis, qu'était-ce, un amant ? Que signifiait ce mot troublant qui pouvait faire jeter en prison les femmes qui en avaient sans l'accord de leur époux ? Cela, Contessina le savait. On racontait tant de choses dans ce couvent. Plus renseignées qu'elle, ses compagnes n'en étaient pas moins d'une incroyable naïveté.

Quand Contessina avait annoncé son mariage, elle avait eu droit tout de suite à une telle succession de confidences, de recommandations diverses et d'éclaircissements douteux qu'elle n'en avait retenu que l'essentiel : les hommes étaient pourvus d'un membre que les femmes n'avaient pas ; Cosimo allait le faire entrer en elle de force dans son endroit secret pour avoir des enfants, c'était horriblement douloureux mais il ne fallait surtout pas crier, sinon l'homme pouvait perdre ce membre exceptionnel… «Le grand malheur!» songeait Contessina, l'œil mauvais et les cuisses resserrées sur l'endroit secret que dans moins de douze heures maintenant Cosimo de Médicis forcerait en toute légalité. Mais la jeune fille reconnut qu'elle était partagée entre l'impatience et la peur. Comment était-ce ce membre à la fois si dur et si fragile? Était-ce grand? Gros? Et comment procéderait-il pour la forcer? Elle frémissait de crainte anticipée et faillit regretter sa décision. Elle se gourmanda avec sévérité, fustigea sa lâcheté: «C'était cela ou le couvent.» Contessina commençait à en douter: «D'après ce que j'ai entendu dire des femmes mariées, certaines ont l'air d'apprécier.» Sa mère elle-même… Sa mère. L'aimait-elle, cette belle Adriana de Bardi, née Strozzi, si courtisée, si sûre d'elle? Contessina était parfaitement incapable de répondre à cette question. C'était sa mère, éblouissante, écrasante de beauté, d'intelligence, d'entregent et de volonté, un point c'est tout. Elle avait eu, ou avait encore, des amants (ses compagnes de couvent le lui avaient laissé clairement entendre, enjolivant ce qu'elles-mêmes avaient surpris dans leur maison comme ragots). Tous et tout pliaient devant Adriana, et ce n'était pas une frêle Contessina, maigre et ignorante, qui allait lutter contre la volonté maternelle. «Mais cela changera. Il le faudra bien! Quand je serai mariée.» Pour la première fois depuis qu'elle avait appris ce projet, elle eut un léger sourire. Mariage. Ce mot dansait

devant elle, chatoyant, porteur d'une magie inconnue et troublante.

Elle allait se marier. Mariage. De nouveau elle fit
miroiter ce mot devant elle, cherchant à en comprendre toute la signification. Allait-elle asservir son
époux comme Adriana avait asservi le sien ? « M'aimera-t-il ? » se demanda Contessina pour la cen-
tième fois. « M'aimera-t-il ? Et moi ? L'aimerai-je ?
On le dit laid mais intelligent. On le dit cultivé. Mais
quel bourgeois florentin ne l'est pas ? On dit qu'il
a une maîtresse, une demoiselle Scali. Une juive.
La fille des banquiers. L'aime-t-il ? Qu'est-ce que
cela signifie : une maîtresse ? Quels sont ses droits ?
Devrai-je la recevoir chez moi ? Devrai-je m'incliner devant elle comme devant ma mère ? » Contessina de Bardi, quinze ans aux prochaines moissons,
soupira. Elle s'efforça d'imaginer ce que serait la
nuit prochaine. Ses compagnes de couvent avaient
prétendu que « cela » faisait horriblement mal. Toutes
le certifiaient. L'une le tenait d'une de ses sœurs
récemment mariée à un vieux duc d'Albizzi, et qui
ne s'en était pas encore remise. Une autre avait reçu
confidence d'une cousine qui avait ouï dire qu'une
jeune fille de qualité en était morte de douleur ou de
honte, ou les deux à la fois. Contessina était inquiète
et cependant sceptique. Elle sentait une chaleur dans
son ventre, une faiblesse dans les genoux, une humidité suspecte. Était-elle malade ? De nouveau les
images de ce qui l'attendait l'assaillirent. Elle ferma
les yeux pour mieux se concentrer. Comment cela
faisait-il mal ? « Une douleur délicieuse… », avait
prétendu Maria-Isabella Donati qui proclamait avoir

eu un amant. Une douleur physique peut-elle être délicieuse ? Quelle stupidité ! Contessina se souvenait très bien de la douleur qu'elle avait éprouvée lorsqu'elle s'était fait cette entorse à la cheville. Une douleur atroce, insupportable. Si c'était cela, elle ne permettrait certainement pas à ce Cosimo de Médicis de la toucher ! Dût-elle finir ses jours au couvent.

Elle entendit des bruits, des exclamations, une rumeur qui venait à elle. Dans quelques minutes, sa mère serait là avec ses servantes, et son destin s'accomplirait. Elle épouserait Cosimo, et il y aurait cette chose horrible et répugnante qui allait la faire souffrir cette nuit. C'était cela ou la prison éternelle. Elle souffrirait. Elle serrerait les dents et ne pousserait pas l'ombre d'un gémissement. De nouveau elle eut un mince sourire ironique.

Sévèrement élevée et protégée comme jamais princesse de sang ne le fut, Contessina avait acquis une capacité de dissimulation véritablement confondante. Si elle paraissait absolument soumise aux impératifs familiaux, à la discipline du couvent, elle n'était en réalité que révolte férocement jugulée. Sauf, parfois, dans ses regards soudain si durs que l'on chuchotait que Contessina de Bardi avait certainement le « mauvais œil ». Cependant la plupart du temps elle paraissait docile, timide, pleine d'une réserve sauvage, parlant peu, se liant avec peine et se perdant dans un monde de rêve, qu'elle modifiait à sa guise en souveraine absolue. Parfois ses gouvernantes la surprenaient, poings serrés de rage, lèvres mordues jusqu'au sang pour retenir une exclamation de colère ou de haine. Mais cela était si fugitif.

Les bruits de pas se rapprochaient. Dans un instant la porte allait s'ouvrir sur sa mère, sur son destin…

« Je me sauverai… pensa-t-elle, affolée. Je me sauverai !… » Elle s'efforça au calme, respirant à grandes goulées l'air qui, soudain, lui faisait défaut. Son cœur cognait à grands coups. Si fort qu'un instant elle craignit qu'il ne se rompît. « Voilà… je me sauverai… », dit-elle à voix haute, presque avec détachement.

La porte s'ouvrit sur sa mère et ses servantes. Adriana resta interdite devant l'expression presque haineuse du visage de sa fille. D'un geste elle chassa ses servantes, après que celles-ci eurent tiré les rideaux. Le soleil pénétra dans la pièce, illuminant la robe d'Adriana, exaltant sa beauté.

Aussi curieux que cela pouvait paraître, c'était la première fois depuis le retour de Contessina que les deux femmes se trouvaient face à face, seules. Jusqu'alors une multitude de fournisseurs, quand ce n'était pas la parenté venue pour le mariage, n'avait pas permis la moindre intimité entre les deux femmes, qui d'ailleurs ne paraissaient nullement désireuses de la rechercher. Brusquement intimidées elles s'observèrent en silence, presque avec méfiance, chacune attendant que l'autre prît la parole. Et puis Adriana surprit dans le regard de sa fille une expression admirative qui l'adoucit.

— Il faut que nous parlions, mon enfant, dit-elle

enfin, étonnée elle-même de l'émotion qu'elle éprouvait. Adriana, le cœur serré, se souvenait de l'enfant
de neuf ans qui s'accrochait à ses jupes en pleurant
lorsque Contessina fut mise en pension. Rapidement
elle chassa de sa mémoire ce souvenir incongru et
répéta :

— Il faut que nous parlions. Ne crois-tu pas ?

Contessina inclina la tête. Elle fit mine de sortir
de son lit, mais Adriana l'en empêcha, et s'installa
auprès d'elle. D'un geste tendre, presque timide, elle
posa sa main sur la tête de Contessina.

— Je n'ai pas été une bonne mère, dit-elle à voix
basse.

Contessina tressaillit. Adriana lui baisa le front :

— Je n'ai pas été une bonne mère, mais je t'ai-
mais, je t'aime vraiment... beaucoup. Mais qu'est-
ce que l'amour ou la tendresse quand on ne peut rien
faire contre le sort qui s'acharne ? Tu étais destinée
par ta naissance aux plus illustres alliances. La ruine
de notre maison te condamne aux Médicis.

— C'était cela ou le couvent ! interrompit Contessina, venant ainsi au secours de sa mère.

— Je sais. Tu n'as pas de dot, et Cosimo accepte
de t'épouser sans dot.

Il y eut un silence, puis Contessina demanda :

— Pourquoi ?

— Il espère que l'union entre nos deux familles
lui ouvrira des portes encore fermées devant lui. Il
est ambitieux, tu sais. Très ambitieux. C'est le seul
mariage que tu étais en mesure d'espérer. Aucune
des familles patriciennes de Florence n'eût accepté
de te recevoir sans dot. Mais ce mariage, Cosimo

semble y tenir beaucoup, et moi, je l'avoue, il comble mes espoirs. Te voir épouser le fils de Giovanni de Médicis… Tu ne peux comprendre ce que cela représente pour moi ! Plus tard peut-être je t'expliquerai… Pour l'instant nous avons, ton père et moi, d'autres desseins, d'autres projets.

Contessina observait sa mère avec attention. Malgré elle, elle admirait cette femme qui ne s'épanchait pas en vaines protestations de tendresse (qu'elle éprouvait peut-être), en simagrées sentimentales, et qui s'exprimait avec une franchise sans détour. Elle eût aimé lui plaire et pour cela se sentait prête à lui obéir. En tout.

— Quels sont-ils ? demanda Contessina.

Adriana lui jeta un tel regard qu'elle frissonna.

— Tu n'ignores pas que les marchés de la maison de banque de ton grand-père sont passés dans les mains des Médicis, dit Adriana d'un ton net. Ton père veut reprendre ces marchés ! Nous pourrions, grâce à toi, reconstituer la fortune des Bardi. Oui ! Cela pourrait se faire avec beaucoup d'habileté, de ruse aussi.

Ahurie, la jeune fille dévisagea sa mère :

— Mais maman, qu'attendez-vous de moi ? Que puis-je ? Et que sais-je de tout cela ?

— Enfant ! Il est évident que tu ignores tout ce que représente un comptoir de vente ou une maison de banque. Mais lorsque tu seras l'épouse de Cosimo de Médicis, rien n'empêche que tu t'informes, que tu t'intéresses. Ton père et moi attendons de toi que tu nous informes à ton tour. Nous voulons tout connaître. Ceux qui viendront chez vous, ceux que vous recevrez, ceux qui signeront des marchés. Si tu le peux, je pense que tu le pourras, fais des copies des parchemins, des contrats qui se trouveraient à ta portée. Grâce au ciel, tu sais lire, écrire, et tu connais suffisamment de mathématiques pour ne pas faire d'erreur. Cela sera d'autant plus facile que vous allez vivre ici dans cette maison. Cosimo me l'a encore confirmé hier soir.

Froissée, Contessina baissa la tête. Ainsi sa mère avait vu son fiancé la veille et elle n'en avait rien su ! Pis même, toutes les décisions concernant sa vie future avaient été prises sans qu'on prît la peine de la consulter, ou seulement de l'informer quant aux dispositions prises. Une brusque envie de pleurer, de crier, de se débattre l'envahit avec tant de violence qu'un instant elle craignit de ne pouvoir se dominer.

Adriana prit les mains de Contessina entre les siennes et les serra avec force. Ce simple geste d'affection émut la jeune fille.

— Mon enfant, dit Adriana d'une voix presque basse, je comprends, je sais ce que tu peux éprouver... oui je sais... Je ne peux rien te dire parce qu'il n'y a rien à dire. C'est ainsi. La vie est faite comme cela. Du moins notre existence. Tu es née Bardi. Cela veut dire patricienne, soumise corps et âme à un ordre, à une famille qui peut tout contre toi. Ne crains rien, cela n'est pas une menace mais la constatation d'un fait. À ta place, à ton âge j'eusse pensé comme toi. J'eusse été révoltée, au point de vouloir fuir.

Au tressaillement des mains qu'elle pressait entre

les siennes, Adriana comprit ce qu'envisageait sa fille. Elle se pencha vers la fillette :

— Tu l'as pensé aussi ? Comme tu me ressembles ! Mais ç'aurait été te condamner au couvent, et à vie, et cela sans jamais espérer en sortir. Ni ton père ni moi-même ne t'aurions ainsi punie, condamnée. Mais l'ensemble de notre famille. Les Bardi, les Strozzi, les Albizzi. Fuir serait te condamner à un sort beaucoup plus pénible, beaucoup plus douloureux que celui qui t'attend.

C'était vrai. Cela au moins était la réalité.

— Que dois-je faire ? demanda Contessina d'une voix morne.

— Rien d'autre que ce que je t'ai dit. Regarde, écoute, informe-toi et dis-nous tout cela. Ensuite nous verrons. Le feras-tu ?

— Sans doute. D'ailleurs, ai-je le choix ?

— Ne te rebelle pas. La vie peut t'offrir de belles compensations.

— Ah oui ? Lesquelles ?

— Un jour, peut-être aimeras-tu quelqu'un.

— La belle compensation que voilà ! Je serai mariée à un autre.

Perplexe, Adriana fixa sa fille avec attention. N'outrepassait-elle pas ses prérogatives de mère et d'amie en conseillant à cette enfant encore si naïve, le matin même de son mariage, de prendre, plus tard bien sûr, beaucoup plus tard, un ou plusieurs amants ? Elle soupira et baisa le front de sa fille avec une sincère affection :

— Je ne sais que te dire. Tu es si jeune encore. Si naïve aussi. J'imagine que tu dois rêver parfois.

Rêver d'amour. Il est vrai que l'amour est la chose la plus importante qui puisse nous arriver à tous, hommes ou femmes. Et très sincèrement, du fond du cœur, je te souhaite de rencontrer un jour l'homme avec qui ton existence aura enfin une signification essentielle. Oui, je te le souhaite et pourtant… On peut passer sa vie à mourir d'une inguérissable blessure.

Adriana se tut et se mordit les lèvres. Était-ce vraiment là le langage d'une mère attentive au bonheur de son enfant ? Elle se reprit, et dit en souriant :

— Tu es une bonne fille, tu promets d'être belle, seras-tu intelligente ? seras-tu une femme forte ? ou bien te laisseras-tu conduire à l'abattoir comme un agneau incapable de se défendre ?

Contessina sursauta et répliqua avec vivacité d'une voix entrecoupée par l'émotion :

— Je n'ai rien d'un agneau. Laissez-moi le temps d'apprendre à vivre et vous serez fière de moi !

En cet instant, Contessina eût promis n'importe quoi pour satisfaire sa mère. Comme pour tous ceux sur qui s'exerçait l'irrésistible séduction d'Adriana, plus rien n'avait d'importance que de se sentir aimée par elle.

Adriana rit de bon cœur :

— Je vois que tu es ma fille. J'aurais été désolée que tu ne te défendisses point. Mais je ne t'en aurais pas moins aimée si cela avait été le cas. Parce que je t'aime, mon enfant. Mal peut-être, mais je t'aime. J'espère que tu me crois et que nous serons amies.

Elle embrassa encore Contessina à plusieurs reprises. Ce furent quelques minutes à la fois très douces et très mélancoliques pour la jeune fille. Pour la première fois de sa vie, elle se sentait aimée par cette femme si belle, si peu mère, qu'elle admirait passionnément, et qu'elle allait déjà quitter.

On frappa à la porte.

— Entrez ! cria Adriana avec gaieté. Je te prépare une surprise ! ajouta-t-elle sur le ton de la confidence.

La porte s'ouvrit sur un jeune page de dix à onze ans, portant sur son justaucorps les armes de la maison des Médicis : « Boules de gueules sur champ d'or. » Il était si frêle, malgré sa taille élancée, qu'au premier abord on eût pu le prendre pour une fille. Mais la vivacité de son regard, une certaine précision déjà virile des traits de son visage démentaient très vite cette première impression. Le jeune garçon se planta devant les deux femmes avec une hardiesse fanfaronne dissimulant mal sa timidité.

Adriana lui caressa la tête.

— Leone... tu peux te présenter à ta nouvelle maîtresse...

Et comme Contessina restait bouche bée, ne comprenant rien à ce qui se passait, Adriana reprit :

— Leone est orphelin. Il est né Alberti. Une vieille famille florentine. Sa famille a été exilée, puis assassinée à Gênes par un cardinal qu'elle gênait. Cosimo de Médicis l'a adopté et te le donne comme page. Leone sera à tes ordres et te suivra partout. Allons, Leone ! baise les mains de ta maîtresse et va chercher les servantes. Il est grand temps de te préparer, Contessina ! Dans moins de deux heures tu seras l'épouse de Cosimo de Médicis.

Alors ce fut une succession d'actes procédant

d'un cérémonial parfaitement mis au point. Contessina fut lavée dans un baquet de bois rempli d'une eau savonneuse délicieusement parfumée. Ensuite, on lui tendit des lingeries d'une délicatesse inouïe, des batistes brodées d'or, si fines que l'on pouvait voir le jour à travers. Enfin on en vint à la robe nuptiale. Celle-ci était si lourde, si chargée de pierreries, qu'un instant la jeune fille parut fléchir sous son poids. Étouffant sous son corset, elle parvint à se maintenir droite. Maintenant assise, immobile telle une idole, elle se laissait coiffer. Rigide dans sa toilette qui la gênait, écrasée par le poids de ses vêtements princiers, elle se tenait immobile devant son miroir, et son regard effaré cherchait à se reconnaître dans la merveilleuse jeune fille qu'il réfléchissait. Un rubis sang-de-bœuf, serti de perles fines, étincelait sur son front. Ses cheveux noirs formaient un casque lisse dégageant le visage, tout en masquant les oreilles. Elle chercha le regard d'Adriana. Et ce qu'elle y lut l'emplit d'une joie timide proche des larmes. À présent cela lui était certitude. Elle était belle. Autrefois, au couvent, elle le devinait dans la jalousie de ses compagnes, dans l'affection équivoque de certaines nonnes qui la caressaient, la cajolaient. Mais la vraie certitude ne pouvait venir que du regard des autres. Du regard de sa mère surtout. Et c'est ce regard qu'elle venait de surprendre. Un regard ému, fier, perplexe aussi. Et puis il y eut l'éblouissement des autres regards lorsqu'elle sortit de sa chambre. Les serviteurs qui, jusqu'alors, passaient à ses côtés sans même s'apercevoir de sa présence s'arrêtèrent, admiratifs, s'inclinèrent, res-

pectueux. Une joie orgueilleuse l'enivra plus sûrement que ne l'eût fait une bouteille entière de vin
d'Asti. Ses pieds avaient des ailes. Elle ne sentait
plus le poids de la robe qui lui meurtrissait les
épaules et la serrait à l'étouffer. Elle aurait pu en
supporter dix fois plus sans que sa démarche aérienne
s'en ressentît le moins du monde. Et c'est avec légè-
reté et rapidité qu'elle se dirigea pleine d'espoir vers
ce qui serait désormais son destin.

III
Giovanni

À cinquante-cinq ans, Giovanni de Médicis ne pouvait plus, pour autant qu'il l'eût souhaité, prétendre à la séduction. Il se bornait à mener ses affaires avec une circonspection et une intelligence hors du commun. Héritier de la puissante banque Médicis, il avait su développer ses affaires avec une telle maîtrise qu'il pouvait, à l'automne de sa vie, se considérer comme l'un des hommes parmi les plus riches et les plus influents de Florence. En l'an de grâce 1414, Giovanni de Médicis était maître absolu de trois « arts » nobles. La banque, le commerce et les industries des textiles. Il avait bien su faire fructifier l'héritage de son père, le vieil Averardo. Il avait décuplé sa fortune et était en outre l'instigateur d'un fait capital qui allait transformer Florence, tout en mettant sa famille à la tête de la ville : l'union des « arts » majeurs et mineurs contre la noblesse qui tenait encore le pouvoir avec, à sa tête, le duc d'Albizzi, l'oncle d'Adriana, le grand-oncle de Contessina. Un sourire narquois se dessina sur les lèvres de Giovanni : « Ah ! ah… ma belle Adriana, tu croyais me jouer ! mais c'est moi qui, en fin de compte, me joue de toi. »

Adriana ! La seule passion qu'il eût jamais connue dans sa jeunesse. Passion qui ne lui avait apporté que souffrance et humiliation. Son orgueil avait été piétiné par la morgue du duc de Strozzi qui l'avait jeté hors de chez lui comme un manant lorsqu'il avait eu l'outrecuidance de demander Adriana en mariage. Oublierait-il jamais le vieux Strozzi lui montrant la porte et les frères d'Adriana le provoquant, lui, malingre et chétif, incapable de se défendre contre eux ?

Cette scène, abjecte, dont toute sa vie il avait gardé l'intolérable blessure, il savait qu'Adriana l'avait toujours ignorée. Il savait aussi que si elle avait appris la vérité, elle eût été parfaitement capable d'un coup d'éclat qui l'aurait jetée dans un couvent jusqu'à la fin de ses jours. Elle appartenait à une famille qui n'eût en aucun cas accepté un scandale de ce genre sans sévir aussitôt. Aussi comprenait-il la haine que la jeune femme lui manifestait en toute occasion. Il se promettait de lui révéler la vérité. Un jour. « Lorsque Cosimo et Contessina seront mariés… Adriana comprendra combien j'ai souffert. Elle me pardonnera. Peut-être ? Nous sommes âgés maintenant. Elle ne doit pas avoir loin de quarante-cinq ans, bien qu'on ne lui donne pas trente ans ! Elle me hait peut-être, mais Confucius ne dit-il pas que « l'amour et la haine poussent sur le même arbre » ?…

Et moi ? qu'éprouvé-je pour elle ? Ma foi, je ne sais pas. »

Il se mentait à lui-même en toute quiétude. Conscient de son refus de voir la vérité, conscient que jamais une autre femme qu'Adriana ne lui avait donné à la fois le goût du ciel et de l'enfer, et que ce n'était pas son épouse, la bonne et douce Piccarda Bueri, qui aurait pu lui faire oublier Adriana, sa belle panthère noire qu'il se plaisait si fort à mater autrefois. « La vie est ainsi faite », songeait-il avec fatalisme tandis que ses valets l'habillaient sobrement, bien qu'avec élégance. Il vérifia certains points de détail vestimentaires et se considéra longuement dans le miroir avec chagrin. Comment Adriana avait-elle pu l'aimer ? Et Piccarda ? Et la jolie Bianca Pezzi à qui il avait fait deux bâtards ? Et d'autres encore dont les noms ne lui revenaient plus en mémoire. « L'âge ! l'âge, la pire épreuve qui puisse atteindre l'homme. » De nouveau il se considéra avec tristesse. « Heureusement, mon fils Cosimo me ressemble. Je sais qu'il ne fera rien qui puisse nuire à nos ambitions. Un instant, j'ai pu craindre qu'il refuse un tel mariage. Pourtant, il a accepté presque sans tergiverser. Étrange tout de même ! Parce que enfin cette petite Contessina il ne l'a même jamais vue ! L'ambition domine chez lui. »

Giovanni resta rêveur et répéta plusieurs fois à mi-voix, en hochant la tête : « Ambitieux... si ambitieux... jusqu'où ira-t-il ? Nos ancêtres ont fait fortune, mais lui ? Que veut-il au juste ? Je le soupçonne de viser trop haut. Vers le pouvoir. Pourquoi ne pas suivre mes traces ? Après tout, je ne m'en suis pas trop mal tiré !... »

Ses luttes, ses efforts n'avaient pas été vains. Peu ambitieux, il avait su subordonner ses appétits aux exigences de la banque Médicis, de ses industries de laines et soies, et se faire apprécier par ses conci- toyens. De tout temps sa famille avait pris le parti du petit peuple, des *ciompi*, et en 1378, lui-même Gio- vanni, à l'âge de dix-huit ans, avait prêté main-forte à son cousin Salvestro de Médicis lorsque ce dernier provoqua une émeute qui se transforma en révolu- tion contre la puissance écrasante de la noblesse flo- rentine. Ce fut au cours de ces échauffourées que fut porté le coup de grâce qui ruina à jamais la maison des Bardi dont Adriana avait épousé l'héritier et la haine. Peu après cette révolution, la république de Florence s'offrit un gouvernement démocratique pour le moins original. Désormais, aucun noble ne pou- vait être élu à la « Seigneurie » composée de repré- sentants de chacun des vingt et un arts. L'élection fut renouvelée chaque année. À la tête de la Sei- gneurie se trouvait le gonfalonier.

En cet an de grâce 1414, Giovanni de Médicis pouvait regarder l'avenir avec l'assurance tranquille d'un homme qui a rempli la mission dont il s'était chargé. Ses comptoirs de vente et d'achat d'étoffes, de fourrures précieuses s'étendaient à travers toute l'Europe. Les Flandres, l'Angleterre, la France... Surtout la France. Giovanni possédait des hôtelle- ries, des magasins et des manufactures dans les prin- cipales villes françaises. Bien que les voyages fussent longs, épuisants, parfois dangereux (il fallait vingt-deux jours pour se rendre à Paris), il ne se passait pas d'année sans que Giovanni de Médicis visitât l'un quelconque de ses comptoirs. Dès sa rupture avec Adriana de Strozzi, Giovanni de Médicis avait consacré sa vie aux affaires, à sa fortune et à l'embellissement de sa cité qu'il adorait. Cependant, soit prudence, soit qu'il n'en eût point le désir, jamais il ne se résolut à quitter l'antique demeure des Médicis, malgré les objurgations de Cosimo qui le pressait de faire construire un nouveau palais.

— Cette vieillerie est laide, incommode, obscure, dans un quartier déplaisant..., répétait sans arrêt Cosimo. Que crains-tu donc, père ?

— Il faut se soucier de l'opinion des Florentins, rétorquait Giovanni. Que va-t-on dire ?... Sais-tu ce qu'ils vont chuchoter, nos braves concitoyens ? Ils vont dire : ... Regardez ces Médicis, ces anciens pouilleux qui se haussent du col et se font construire un palais !... Et que veulent-ils ? Devenir des seigneurs ?...

Cosimo, narquois, rétorquait :

— Et quand cela serait ?...

Pour clore la discussion dans laquelle, régulièrement, il avait le dessous, Giovanni s'en allait vaquer à ses affaires en dissimulant mal un sourire. Il avait, lui, rempli sa tâche. Il allait laisser à Cosimo une fortune importante, la réputation d'un homme simple, bon, « un citoyen comme les autres »... Un homme venu du peuple. Mais qui possédait la puissance, la seule, la vraie puissance. L'Argent. Il le savait. Comme il savait que l'argent, ces centaines de milliers de florins, de ducats, qui remplissaient ses coffres, pouvait lui permettre de tout acheter. Papes, rois, empereurs, hommes de main, condottieri… Tous, absolument tous, étaient achetables. À condition d'y mettre le prix. Après avoir assuré les fondations de la dynastie des Médicis, après avoir affiné l'outil qui permettrait à ses fils de briller dans le firmament de l'histoire, il serait temps pour l'humble Giovanni de Médicis de se retirer. Plus tard. Il lui restait encore quelque chose à négocier. Cette histoire de concile à Constance dont il n'augurait rien de bon.

Parfois, il pensait à Adriana. Lorsque cela lui arrivait trop souvent, ou d'une manière si intense qu'il en avait le souffle coupé, il partait en voyage d'affaires. Il revenait trois ou quatre mois plus tard, enrichi, apaisé, souriant, ses coffres remplis de cadeaux pour ses quatre enfants, de trésors pour sa maison, avec des idées pour aménager et agrandir sa cité et la certitude que tout était bien ainsi.

Il aimait sa ville de Florence comme on peut aimer, parfois, une femme. D'ailleurs très souvent, lorsqu'il évoquait sa cité, c'était le visage d'Adriana qui s'imposait à son esprit. Une Adriana qu'il aurait aimé façonner à sa guise… qu'il aurait cultivée, affinée, policée… Bref une Adriana qu'il n'avait en vérité jamais cessé d'aimer… Il sortit de sa chambre en bougonnant contre lui-même, et dans sa distraction bouscula un petit page qui se tenait à sa porte…

— Que fais-tu là à cette heure ? grogna Giovanni soudain irrité, comme chaque fois que sa pensée l'entraînait trop loin dans ses souvenirs.

L'enfant blêmit et pleurnicha :

— Mais maître… Vous-même avez donné l'ordre !
Je vous ai apporté ces livres de Boccace que vous
désiriez… J'ai mis du temps à les chercher… Ils
étaient cachés au fond de vieilles malles…

Giovanni se radoucit :

— C'est vrai ! Donne…

Le jeune garçon lui tendit un paquet de livres
poussiéreux, mal ficelé. Giovanni s'en empara et
caressa amoureusement les reliures de cuir finement
travaillées d'or. De nouveau il rêva sur ces ouvrages.
« DÉ-CA-MÉ-RON », murmura-t-il à voix basse. Il
y avait si longtemps, déjà trente années… Il redressa
la tête :

— Va porter cela à la Signora Adriana de Bardi.
Tu lui diras que c'est là mon présent pour un jour
heureux d'alliance et de bonheur entre nos deux
familles. Tu te souviendras ?

Le petit page inclina la tête :

— Oui, Messer.

— Sûr ?

— Oui, Messer.

— Répète un peu pour voir ?

L'enfant s'exécuta.

— C'est bien, petit, dit Giovanni satisfait. Voici
un ducat pour ta peine. Lorsque tu reviendras, tu en
auras un autre. Fais vite ! Le cortège va se former et
j'aimerais que la Signora Adriana ait ces livres en sa
possession avant tout.

— Je pars aussitôt, Messer !

Longtemps, Giovanni resta sur place, le regard
rêveur. Triste soudain. Abominablement triste. « C'est
fini pour moi, pensa-t-il. Fini. J'ai cinquante-cinq

ans… Que puis-je encore attendre de la vie ?… Dans
cinq ans, six ans au plus, on me nommera gonfalonier de la ville de Florence et ensuite ?… » Il se sentait vieillir. Cosimo aurait des enfants, puis ce serait
le tour de Lorenzo, et de Catherina, de Bianca, les
deux filles, encore trop jeunes pour songer au
mariage. « Mais l'union de Cosimo ouvre de belles
perspectives ! Une brèche ! une véritable brèche est
ouverte… Mes deux petites peuvent espérer épouser
les partis les plus en vue… Sforza… d'Este ?… Et
pourquoi non ? Cosimo épouse une Bardi ! Cela ne
fait que commencer ! Lorenzo épousera une Strozzi.
Ou bien une Cavalcanti. » Un sourire étira les lèvres
de Giovanni. Ce qu'on lui avait refusé à lui, et avec
quel mépris, quelle morgue, on l'accorderait à son
fils cadet, le beau Lorenzo, et encore, avec des cour-
bettes et des supplications… « Une Strozzi ! n'importe laquelle ! Elles sont cinq à marier et l'on me
dit que la plus jeune est jolie à damner. Il paraît
qu'elle ressemble à sa tante. » Adriana. L'oublierait-
il un jour ?

Dans le palais Médicis, les cavalcades des domestiques succédaient aux galopades effrénées des fournisseurs en tout genre. Il avait été convenu entre les
deux familles que la réception qui suivrait le mariage
aurait lieu dans le palais de la Seigneurie, malgré
son inconfort relatif. Les jeunes époux iraient passer
leur nuit nuptiale dans la maison de la jeune épousée, où il était convenu qu'ils devaient vivre. Maintenant, Giovanni se sentait prêt à affronter la foule

des Florentins. Son accès de tristesse était fini et il savait qu'il n'en aurait pas d'autre avant le soir. Depuis quelque temps, il rythmait sa vie au gré de ces accès qui, de plus en plus souvent, mais à intervalles réguliers, l'oppressaient jusqu'à l'angoisse.

Giovanni songeait aux réactions possibles, sinon certaines, d'Adriana lorsqu'elle recevrait ces livres. Serait-elle satisfaite ? furieuse ? Comprendrait-elle que, même si leurs sentiments respectifs n'avaient guère changé depuis de si longues années, rien, absolument rien, ne pourrait jamais renaître entre eux ? « C'est fini, Adriana, mon pauvre amour. Fini. Comprends-tu cela ? Fini depuis trente ans. Fini. Je suis un vieil homme, maintenant. Il faut cesser de me haïr, comme de m'aimer... Il le faut. Je te rends ces livres dont tu m'avais fait présent. Je les avais toujours gardés. Parfois, lorsque le regret était trop fort, j'en sortais un au hasard... Alors je me souvenais de tout. De toi, Adriana, ma belle panthère noire. De tes parfums... Allons, enfantillage que tout cela ! Ah ! être là quand tu recevras ces livres... Surprendre ton regard, ton sourire... ou peut-être ta fureur... Comprendras-tu ? C'est que tu pourrais ne pas comprendre... tu es si butée parfois... »

Lentement, Giovanni traversa les salons somptueusement fleuris, et sortit dans les jardins. Partout s'affairaient une multitude de pages, de serviteurs, de fournisseurs de toutes sortes. Charcutiers, bouchers, pâtissiers s'interpellaient en criant, se disputant, rieurs, en colère, arrangeant sur les longues tables nappées de blanc les mets dont allait s'empiffrer toute une élégante société. Les parfums des vic-

tuailles se mêlaient à ceux des fleurs. Étourdi par
le bruit et les éclats de voix, Giovanni inspecta les
tables magnifiquement dressées pour les agapes qui
auraient lieu immédiatement après la cérémonie…

Les domestiques marchaient en procession, les
uns derrière les autres, et s'exprimaient tantôt en
français, tantôt en allemand… Pas de domestiques
florentins. «Nos concitoyens ont l'âme trop haute
pour s'abaisser aux ingrates besognes qui peuvent
satisfaire le Français ou l'Allemand», disait volontiers Giovanni de Médicis. «… Le Florentin cherchera toujours à s'élever, à se singulariser… ne pas
être semblable aux autres. Telle est sa devise…»

Au passage, il goûta, là une figue confite, ici un
morceau de pâté de chevreuil, et fit la grimace.
Sobre, il ne comprenait pas le goût récent des Florentins pour les victuailles. «Cent volailles, autant
de pâtés de gibier, des fruits confits, des pâtisseries… vont-ils vraiment manger tout cela? Et les
tonneaux de vin d'Asti que l'on mettait à rafraîchir
dans les fontaines…»

Ses pas le conduisirent chez sa femme, la bonne,
la douce Piccarda Bueri… Cette dernière achevait
de se faire habiller par ses servantes, de toute beauté,
dont Giovanni s'était abondamment servi en toute
quiétude. L'une d'elles lui avait, d'ailleurs, donné
un bâtard, Carlo, qu'il avait fait élever à la campagne chez une nourrice. À l'entrée de son époux,
Piccarda tressaillit et le regarda avec adoration.

— Alors, mon bon ami, dit-elle d'une voix douce.

C'était une femme épaisse et molle, lourdement
marquée par les années et dont la bonté rayonnante,

vraie, attirait amour et respect de tout son entourage. Piccarda Bueri était une femme docile et si pure que l'idée même d'une mauvaise action n'aurait pu l'effleurer, et aussi étrange que cela pût paraître, elle n'avait jamais soupçonné une incartade de son époux. Elle avait accepté son mariage comme une catholique reçoit la communion. Depuis ce jour, elle n'avait vu qu'un seul homme, Giovanni. Il lui avait donné quatre enfants qui, pour elle, étaient ce qu'il y avait de mieux sur terre et dans le ciel, et bizarrement cette femme pieuse, profondément, sincèrement croyante, n'imaginait pas qu'il pût y avoir après la mort une vie meilleure, dans un paradis pour le moins hypothétique, que celle qu'elle avait menée auprès de Giovanni et de ses enfants.

— Tu es prête, douce amie ? demanda Giovanni en l'embrassant.

— On ne peut plus prête… Je vais aller chez les filles voir où elles en sont.

— Alors nous nous retrouverons dans la grande salle.

Il l'embrassa de nouveau, la considéra un instant d'un air pensif, puis à mi-voix dit :

— C'est curieux, parfois, la vie…

Et sur ces paroles, il quitta la pièce.

IV
Cosimo

Devant son miroir, tout en s'observant avec lucidité, Cosimo de Médicis réfléchissait. Il ne serait
jamais un bel homme. Il aurait beau s'affubler de
vêtements coûteux, de velours, de soie, cela ne
changerait rien à sa silhouette chétive. Cette constatation, faite avec un détachement sincère, absolument dépourvu d'acrimonie, l'emplissait cependant
d'une sorte de gêne, presque de crainte. Sensation
bizarre qui lui serrait le cœur lorsqu'il pensait à
Contessina de Bardi. Qu'allait penser sa future épouse
lorsque enfin elle découvrirait l'homme que le destin lui réservait ? Longuement il observa son visage
maigre, glabre, aux traits ingrats, au nez trop long, à
la bouche mince et grande qui s'ouvrait sur de belles
dents. Cela, il fallait l'admettre. De très belles dents
même ! Il s'obligea à un sourire artificiel qui n'ar-
rangea rien. Son visage s'accommodait mieux de
gravité pensive que d'une gaieté artificielle. Si encore
il avait été bien fait, de belle taille... Mais il était
petit, malingre, et cela en dépit d'exercices physiques
quotidiens. Impitoyable, il exagérait ses défauts, s'in-

terdisant tout espoir de plaire à la trop jolie Contessina. «Si jolie!» pensa-t-il en soupirant lorsqu'il
évoqua sa future épouse. Parce qu'il avait vu sa fiancée. Fréquemment même.

Lorsqu'il avait été question pour Giovanni de
Médicis d'un mariage, pour l'un ou l'autre de ses
fils, Cosimo ou Lorenzo, cette décision capitale entre
toutes, qui allait infléchir le destin de la famille
Médicis, avait été prise au cours d'une soirée où
Giovanni fit part du désir encore informulé clairement, mais sous-entendu, des Bardi, d'envisager une
alliance avec eux.

La famille était rassemblée autour du feu énorme
qui brûlait dans l'immense cheminée. L'hiver à son
apogée s'acharnait dans Florence, courbant les arbres,
faisant ruisseler les fenêtres, déborder le fleuve Arno.
Dans la grande salle du palais Médicis, maîtres,
parents, amis et serviteurs étaient rassemblés autour
du foyer. Une couverture d'hermine protégeait Piccarda des courants d'air glacé qui s'infiltraient sous
les portes. Près d'elle, assises à ses pieds, sous la
lumière mouvante des torches fichées de part et
d'autre de la cheminée, deux fillettes jouaient avec
des jeunes chiots qui jetaient des petits jappements
aigus et plaintifs, ce qui faisait rire aux larmes les
deux enfants. Giovanni avait réclamé le silence :

— Ma femme! mes enfants, et vous mes chers
amis et serviteurs, si je vous ai demandé de vous ras-
sembler ce soir, c'est que j'ai une nouvelle d'importance à vous annoncer. Et que je tiens à ce que vous
donniez tous votre avis… Je veux votre conseil car
il s'agit d'une chose d'importance qui nous concerne

tous, puisque, si elle se réalise, cela signifierait la fin
de la rivalité qui sépare le clan des Médicis et celui
des Bardi-Strozzi et apparentés…

Un murmure d'approbation ponctua ce court exorde
et bientôt un silence attentif lui succéda. Giovanni
s'adressa à Cosimo, considéré depuis toujours comme
l'héritier, le futur chef de famille.

— Alessandro de Bardi pense que sa fille Contessina, sa dernière-née, pourrait épouser Lorenzo, ton
frère. Que t'en semble ? Que vous en semble à tous ?

Cette phrase déclencha une vague de protestations
et de cris que Cosimo fit cesser par un « Assez ! »
retentissant. Puis, avec hésitation, regardant fixement son père :

— Les Bardi ?… Mais ils sont ruinés !.., Et
Contessina, si je ne m'abuse, doit avoir dans les
treize ans ? Elle est encore au couvent. Une alliance
avec les Bardi ? Quels avantages pour nous ? pour
notre maison ?… Peux-tu m'expliquer, père ?

Giovanni se racla la gorge :

— Exact, mon fils. Contessina n'a pas de dot.
Mais avec elle, c'est tout le clan des Bardi qui
deviendrait allié, qu'il le veuille ou non, à notre
famille, à nos amis. Ainsi ils ne pourront plus nous
nuire sans se nuire à eux-mêmes. Mais, comme
après ma mort, tu seras le chef de famille, je ne veux
prendre aucune décision sans ton accord. Et sans
votre accord à tous !

Il y eut une succession de cris et de discussions
oiseuses. Cosimo réfléchissait, regardant tour à tour
son père, sa mère qui lui souriait avec bonté, ses
petites sœurs Catherina et Bianca, si gaies et si

vives… et, assis un peu à l'écart, plongé dans un livre, loin du tumulte ambiant, son jeune frère Lorenzo, beau jeune homme de dix-neuf ans qui avait voué à son aîné un attachement indéfectible et se fût certainement jeté au feu pour lui.

— Lorenzo !…, appela doucement Cosimo.

Le jeune homme se redressa. Il était grand, taillé en hercule. Son pourpoint de velours dessinait un buste d'une élégance admirable. Il dépassait Cosimo de deux bonnes têtes, et ses yeux, qu'il posait sur son frère, étaient humbles et remplis d'affection.

— Lorenzo… Aimerais-tu te marier ?…

Lorenzo eut un petit rire plein de gaieté :

— Moi ? Pourquoi moi ?… N'es-tu pas l'aîné ? Père, qu'en penses-tu ? Et toi, mère ? Et vous tous, mes amis ? N'est-ce pas l'aîné de la famille qui doit d'abord prendre femme ?

Il y eut des rires, des approbations : « Bien sûr ! Cosimo ! c'est toi l'aîné ! À toi l'honneur ! Une Bardi avec l'aîné des Médicis… »

Cosimo coupa court à toutes ces exclamations :

— Je ne veux pas me marier ! Je n'ai aucun goût pour cela… Lorenzo, mon doux frère, si Contessina de Bardi ne te convient pas, sois certain que personne ici ne te forcera la main. N'est-ce pas, père ?

— Bien sûr, mon garçon… bien sûr ! Un mariage forcé ? Cela n'est pas dans les habitudes de notre maison. Cependant… si Lorenzo y consent, bien sûr… pourquoi ne pas donner un accord de principe ? Seulement de principe. Adriana de Bardi en serait très satisfaite et nous aurions la paix pour quelques semaines.

Lorenzo ayant donné son accord, il se replongea dans la lecture de *La Divine Comédie* de Dante et oublia ce qui l'entourait.

Seule Piccarda émit quelques protestations. L'union projetée ne lui disait rien qui vaille. Et elle n'aimait pas la lueur qui animait le regard de Giovanni lorsqu'il prononçait le nom d'Adriana. Obscurément Piccarda sentait comme une menace imprécise, et se dressait contre elle.

Le lendemain Cosimo reçut mission de son père de se renseigner sur Contessina :

— Va, mon fils. Réfléchis. Donne-moi ton avis. Cette union paraît nécessaire. Convaincre ta mère me sera aisé.

Alors que Cosimo était déjà sur le point de sortir, son père ajouta :

— N'oublie pas qu'une telle alliance nous aiderait à marier tes sœurs comme nous le voudrons...

Ils se regardèrent longuement sans rien dire. Ils s'étaient compris.

Au cours des jours suivants, Cosimo s'était documenté sur ce qu'il en était réellement de l'ancienne fortune des Bardi. Ce fut très rapide. Il n'y avait plus rien, mais leur rôle politique comme chefs de file des « Gibelins » restait extrêmement important. Il fallait compter avec eux. Alors, bien que sa décision fût prise — on marierait Lorenzo et Contessina —, il souhaitait voir à quoi exactement ressemblait Contessina. « Si elle est laide ou contrefaite, il n'y aura rien de fait. Lorenzo est très beau et sa femme doit pouvoir lui donner les enfants qu'il mérite. »

Déguisé en moine, un capuchon rabattu sur les

yeux, il s'était présenté au couvent où l'adolescente était élevée.

Lorsqu'il vit la fillette, il eut un choc. Jamais il n'avait ressenti cela et il se demanda s'il était malade. Il suait à grosses gouttes et tremblait. « Le froid sans doute… et ce dîner… Seigneur, que de mangeailles et de cochonnailles… Cette enfant est vraiment ravissante. Un maintien de reine. Et ces yeux… cette bouche… ce teint ! Quelle grâce ! Pourquoi Lorenzo ? Je suis l'aîné, que diable ! Nous trouverons une autre épouse à Lorenzo… »

Il ne tergiversa pas davantage pour lier son sort à celui de Contessina de Bardi. En dix minutes son cœur, prisonnier depuis longtemps de glaces irréductibles, se libéra, battit avec une force insoupçonnée, et il oublia Lorenzo. Il oublia ses propres désenchantements, ses lassitudes, son désarroi devant la vie, et ses blessures secrètes et quotidiennes chaque fois qu'il rencontrait son visage dans un miroir. C'était un être inquiet, perplexe, mélancolique, vieux avant l'âge, qui avait pénétré déguisé dans ce couvent. Une heure plus tard, c'était un homme passionnément amoureux qui en sortit, décidé à épouser Contessina envers et contre tous. Dans le carrosse qui le ramenait à Florence, Cosimo tenta de reprendre ses esprits, étonné de son excitation, de cette extrême agitation. Il ironisait sur lui-même : « À peine une heure et me voici comme un jouvenceau… Mais cette enfant… Ses yeux surtout. Ce regard fier de femme dans ce visage de petite fille !… Elle ne m'a pas vu… Heureusement. » Alors, pour la énième fois, il souffrit de sa laideur. Une souffrance si intense qu'il en eut les larmes aux yeux. Il pressait ses mains sur sa poitrine, comme pour arrêter son cœur de battre et de le torturer.

Son cheval allait un train paisible, et bientôt Cosimo se calma. La nuit sentait l'acacia, l'iris et les lilas. Une si belle nuit. Dans un an, si Dieu le voulait, si Cosimo l'exigeait, l'enfant brune au regard bleu-noir serait sa femme. Un an. Déjà il imaginait ce mariage et l'instant où il serrerait contre lui la silhouette à peine devinée sous la robe conventuelle... Le moment précis où Contessina de Bardi deviendrait à jamais et d'une manière irrévocable Contessina de Médicis. Son rêve l'habita une année entière, jour et nuit, et il mit un acharnement à le réaliser qui stupéfiait son entourage.

Les tractations avaient été longues, difficiles. Même si les Bardi souhaitaient cette union. Il fallut compter avec l'opposition violente de leurs parents et alliés, les Strozzi, et les Albizzi. Patiemment, Giovanni et Cosimo usèrent de diplomatie, de menaces, de dons. Ils furent secrètement aidés dans leur entreprise par Adriana de Bardi, et enfin on put annoncer le mariage.

Lorsqu'il apprit le retour de Contessina dans sa famille, quinze jours avant celui fixé pour les noces, Cosimo trembla à l'idée de se faire enfin connaître. Chaque jour, il recula le moment de l'aller voir. Et chaque jour, il remettait à plus tard. À demain ! Non ! La semaine prochaine. Quand son visage serait plus reposé, son teint plus frais. Il mangeait comme quatre dans l'espoir de forcir un peu. Il y gagna une indisposition, passagère heureusement, mais qui le laissa épuisé, les traits tirés.

Maintenant, le jour de ses noces, il ne pouvait plus reculer. Elle allait le voir. Comment supporterait-il le choc du regard déçu, de l'expression chagrine que ne manquerait pas d'avoir la jeune fille dès qu'elle le verrait ? Il s'efforça de s'aguerrir contre ce regard, il s'en exagéra la déception, le dégoût, la pitié même... Puis brusquement, furieux contre lui-même, contre la lâcheté enfantine qui l'avait fait fuir devant l'inévitable rencontre, il tourna le dos au miroir, bouscula son domestique et se dirigea rapidement vers le cabinet de travail de son père. Il était temps de partir. En traversant les couloirs du palais Médicis, cette sombre bâtisse incommode et qui manquait d'élégance, il songeait à son passé, à ces femmes qui s'étaient succédé dans ses bras sans y laisser d'autre trace que le souvenir d'instants d'une intensité presque douloureuse. Comment cela se passerait-il avec Contessina ? «Elle est vierge... et Dieu m'est témoin... je n'ai jamais défloré de vierge. Mon Dieu! aidez-moi, je vous en prie...» Alors il se moqua de lui-même : «Comme si Dieu n'avait pas d'autres chats à fouetter!»

Très sincèrement, il ne croyait pas qu'on pût l'aimer. Il était si laid! Pourtant, les femmes s'attachaient à lui. Elles aimaient en lui une force jointe à une délicatesse de gestes que peu d'hommes possédaient. Il savait caresser, émouvoir. Peu à peu, prises sous le charme du regard, ses maîtresses se laissaient aller et, jamais, n'oubliaient la nuit ou les nuits qu'elles avaient passées dans ses bras. Cosimo

choisissait ses amantes dans tous les milieux, avec
cependant une très nette prédilection pour les femmes
du peuple. Moins maniérées, plus saines, dorées par
le soleil, elles offraient à Cosimo, toujours mélancolique, ce qu'il cherchait désespérément : esprit délié,
désintéressement, gaieté sans façons. Parmi ces
jeunes femmes, ignorantes, proches de la vie, il trouvait un apaisement, exactement comme un homme
assoiffé se désaltère dans une eau fraîche. Souvent il
tentait d'entraîner avec lui son jeune frère Lorenzo,
« … pour t'apprendre ce qu'il y a de mieux dans une
vie ! disait-il, … l'amour d'une femme ».

Mais Lorenzo ne le suivait qu'à contrecœur.
C'était un jeune garçon à l'esprit romantique, épris
d'amour courtois, et pour qui, essentiellement, l'acte
de chair n'avait aucune signification s'il n'était
accompli avec un véritable amour. Il n'aimait pas
les caresses faciles. Ces conquêtes d'une heure le
laissaient sans songes ni désirs. Il avait rêvé sur
Contessina que l'on disait si séduisante. Secrètement
il en voulait à son aîné d'avoir décidé de l'épouser,
sans autre raison apparente que d'être l'aîné. Tous
ignoraient, dans le palais des Médicis, l'équipée de
Cosimo. Sa décision avait surpris, mais comme elle
répondait aux désirs de la famille, cette décision fut
saluée avec joie. Malgré le culte qu'il vouait à son
frère, Lorenzo s'était senti mortifié. Cosimo ne s'était
expliqué ni sur sa décision ni sur la femme qu'il
réservait à son frère.

— Une fillette encore ! mais adorable. Papa en
serait très fier, très heureux… La famille Cavalcanti,
qu'est-ce que tu en dis ?

Lorenzo émit un sifflement qui en disait long. Il était très impressionné. Les Cavalcanti touchaient à la noblesse italienne, la plus ancienne. Les d'Este, les Sforza comptaient parmi leurs parents.

— Ah?... l'aînée, Isabelle?

— Mais non! Ginevra!

— Mais elle a quatre ans!

— Il suffit d'attendre quatre ou cinq ans... La famille Cavalcanti verrait d'un bon œil une alliance avec les Bardi, par le biais d'une union. Tu vois bien que ce mariage était pour nous une question vitale... hein? que t'avais-je dit? Mais nous en reparlerons plus tard!

Lorenzo n'avait rien répondu, bien qu'un peu surpris. Jamais il n'avait opposé la moindre réserve à ce mariage, le ton de son frère ne le permettait pas.

Cosimo s'attarda auprès d'une des fenêtres qui donnaient sur l'Arno. Le fleuve coulait, paisible, entre ses berges bien entretenues. Çà et là, se réfléchissant dans l'eau verte et sombre, d'élégantes demeures, des palais aux formes harmonieuses. « La plus belle ville d'Italie... peut-être du monde. » La cité était entourée de collines déjà noyées dans une brume de chaleur. Dans la perspective qui s'offrait à la vue de Cosimo, les ponts aux arcs harmonieux s'alignaient, et les tours ocre ou grises s'élevaient. Le Ponte Vecchio était le plus proche, et Cosimo s'attarda à en étudier l'exubérance. Toute une vie respirait et s'agitait sur les bords du fleuve. De part et d'autre des berges, s'interpellant avec de grands cris rieurs, lavandières, marchands de fruits et de légumes, enfants échappant à l'œil maternel et courant à perdre haleine, tout cela vibrait, frémissait dans la lumière dorée de cette belle matinée de juin. Cosimo eût aimé peindre cet instant. Il eût donné n'importe quoi pour avoir, ne fût-ce qu'une heure, le talent de Giotto.

« Il n'y a que l'Art. La Beauté. » C'était là la seule vérité de Cosimo. « Ma vérité… qui n'a rien de réel ! Tout est dans l'imagination, dans l'œil qui regarde, l'oreille qui écoute. Cet enfant qui chante… quelle merveille ! Mais que restera-t-il de tout cela ? Si quelque magicien ne vient saisir cet instant sur une toile ? Que va devenir ce moment ?… Cet instant précis où le chant, les odeurs, les couleurs s'entremêlent dans une harmonie mouvante, fugitive, d'une impalpable mais totale beauté ? Retenir dans mes mains le temps qui passe… Impossible ! Et pourtant, cela est ma vérité, totalement irréelle… Vérité et réalité aux antipodes l'une de l'autre ! Il ne faut jamais les mêler… » Mais que n'aurait-il pas donné pour que le beau, le parfait fût vrai et réel à la fois !

Longtemps Cosimo resta ainsi, ses yeux rêveurs fixés sur les collines embrumées. « Vivre…, pensait-il. Vivre. Et pourquoi ? Quel est le sens de cette vie qui nous est donnée ? Ou bien tout cela n'a-t-il aucun sens ? Cette beauté qui s'offre à moi en cet instant… Cette nuit, Contessina… » Il frissonna. Ces trois mots « Cette nuit, Contessina » le firent fléchir et une moiteur couvrit son front. « Elle va me haïr…, songeait-il, éperdu. Et pourtant, que ne ferai-je pas de Florence avec elle à mes côtés ! »

C'était un ambitieux, qui avait les moyens de ses ambitions. Cette fortune accumulée et fructifiée par plusieurs générations de Médicis était désormais pour lui le levier qui l'aiderait à porter sa famille et sa descendance au zénith. « Ce mariage…, se disait-il en s'efforçant au détachement, ce mariage… finalement… c'est une bonne affaire. Après tout, Contessina m'apporte le palais Bardi en dot. Cela n'est pas rien. Et grâce à sa famille, rien ne pourra s'opposer, désormais, à ce que père soit nommé gonfalonier de Florence… puis du pape… Lorenzo épousera une Cavalcanti et nos petites sœurs Catherina et Bianca, le moment venu… on leur trouvera un mari dans la noblesse… Les Sforza ? les d'Este ? Et pourquoi pas ? Un nom, un titre, cela s'achète. Il suffit d'y mettre le prix. Il ne faut négliger aucun atout pour parvenir aux sommets. » Un moment il resta ainsi, devant la fenêtre, le corps trempé de sueur sous la soie et le velours de ses atours de fête. Un pourpoint de velours rouge sang-de-bœuf, court, collant, à col haut. Les manches exagérément gonflées, fendues, laissaient apparaître le satin blanc des vêtements de dessous. Cosimo desserra d'un cran sa ceinture qui l'étouffait. Le bruit d'une porte qui se refermait avec force le fit sursauter. Mais il ne se détourna pas.

La voix de son père résonna :

— Tu regardes le Duomo ?

— Non, répondit Cosimo en souriant. À vrai dire, je songeais…

— Je ne te demande pas à quoi tu peux songer le jour de ton mariage ! La réponse est évidente.

Giovanni s'efforçait de paraître léger et spirituel, mais en présence de son fils, il se sentait comme toujours impressionné. Il eût aimé, surtout en ce jour, le voir enfin heureux. Pourquoi cette mélancolie permanente ? Il savait que ce fils très aimé allait conduire la destinée de sa famille vers des sommets dont il n'aurait jamais lui-même osé rêver. Les deux hommes restèrent un moment silencieux.

— Il faudrait pourtant achever le Duomo, dit Cosimo en désignant la basilique qui s'élevait, inachevée, de l'autre côté du fleuve. Les Florentins nous en sauraient gré.

— Sans doute. Ce ne sont pas les architectes et les peintres qui manquent. Brunelleschi serait trop heureux de l'achever. Mais nous en parlerons plus tard. Es-tu prêt, mon fils ?... Il est temps de partir.

Cosimo se tourna et fit face à son père.

— Je suis prêt, dit-il simplement.

De nouveau son cœur battait à rompre. Dans moins d'une heure, Contessina verrait enfin l'époux que le destin lui offrait. Et alors ? Que se passerait-il alors ?

— Papa..., s'écria-t-il soudain.

Toute l'angoisse du monde était dans ce cri. Giovanni lut l'appel dans les yeux globuleux de son fils.

— Il faut y aller, mon petit, balbutia-t-il en l'étreignant contre lui. Elle t'aimera. Je t'en réponds. Elle t'aimera parce que plus que tout autre au monde, tu es aimable. Viens, mon fils, viens. Tu vas épouser Contessina.

Les trompettes du défilé commencèrent à retentir, et les deux cortèges, formés à partir des maisons Médicis et Bardi, s'ébranlèrent en direction de l'église San Lorenzo, où ils devaient se fondre en un seul. Dans un chatoiement de lumière dorée et de poussière, une succession de pages portaient des étendards arborant les armes des Médicis «Boules de gueules sur champ d'or», puis venaient des cavaliers, en pourpoint de satin, montant des étalons superbement harnachés. Toutes les maisons bordant la voie Larga où passaient les cortèges arboraient à leurs fenêtres des tapisseries de soie toutes neuves aux armes des Bardi et à celles des Médicis. Des enfants s'approchaient dangereusement des chevaux lancés au petit galop. Chassés par les pages, ils revenaient aussitôt comme un essaim de mouches importunes et bourdonnantes.

Soudain, les trompettes lancèrent vers le ciel un appel à une joie universelle. Il y eut un silence, puis aussitôt lui succéda une formidable clameur. Dans un poudroiement d'or et de lumière, dans un tumulte assourdissant, les carrosses abritant les familles et les invités débouchèrent sur le parvis de Santa Maria del Fiore. Le spectacle était grandiose, et les Florentins acclamèrent les Médicis comme ils l'eussent fait d'une famille royale.

Le soleil, déjà brûlant, caressait Contessina, immobile comme une statue. Elle était assise entre sa mère et son père. Encore bel homme, portant une barbe en pointe, Alessandro de Bardi saluait la foule d'un geste de la main, avec une élégante nonchalance. Contessina ne disait rien, ne souriait pas. Les yeux fixes, elle s'efforçait de se dominer. Son cœur battait avec tant de violence qu'il lui semblait prêt à sauter hors de sa poitrine. Pourtant, rien de son émotion, voire de son affolement, ne paraissait sur son visage impassible qu'effleurait, de temps à autre, un léger sourire. La masse confuse du peuple se pressait sur les bas-côtés, riait, acclamait, sans autre raison que le plaisir d'une belle journée, d'un beau mariage, et ce spectacle de gentilshommes et de bourgeois richement vêtus.

« Est-ce moi que l'on acclame ? songeait Contessina. Est-ce vraiment moi ? Et pourquoi cela ?... » Ses yeux immenses, bleu sombre presque violet, se posèrent timidement sur la foule qui lui souriait et lui envoyait des baisers.

Bientôt, pages et musiciens se rangèrent de part et d'autre de l'entrée de la cathédrale Santa Maria del Fiore. Cette cathédrale inachevée dont le dôme encore à ciel ouvert était une plaie douloureuse pour les Florentins qui en espéraient l'achèvement. L'étroit parvis de la cathédrale, limité par le baptistère, était noir de monde et les écuyers eurent du mal à le dégager afin de permettre au cortège de pénétrer dans la nef. Une extraordinaire fraîcheur régnait dans la basilique. Des odeurs de peinture et de maçonnerie se mêlaient à celles de l'encens. Les Médicis avaient désiré que le mariage eût lieu dans cette église encore inachevée, comme pour indiquer au peuple qu'à partir de cet instant, ce n'était pas seulement l'union des Bardi et des Médicis que l'on célébrait, mais aussi, mais encore, et peut-être surtout, l'union des Médicis et du peuple de Florence.

Au fond de la nef, devant le tabernacle en bois imitant avec une perfection inégalée le marbre le plus fin, se tenait le pape Jean XXIII, ami personnel de la famille Médicis, et qui, au nom de cette amitié, avait consenti à célébrer ce mariage juste avant son départ à Constance, en Germanie, où il devrait faire face à son ennemi le plus puissant, l'empereur Sigismond. Ce concile de l'Église catholique, voulu par lui, s'avérait si difficile que s'en distraire, ne fût-ce encore que quelques jours, lui était soulagement. Jean XXIII était un peu pâle. Âgé de quarante-quatre ans à peine, il en paraissait dix de plus. Mais dans la pénombre du Duomo, il souriait à Cosimo immobile devant l'autel, entouré de toute sa famille. L'ombre et la fraîcheur de l'église saisirent Contessina qui, toujours encadrée par ses parents, traversait lentement la nef et se dirigeait vers le groupe des Médicis. Elle ne distinguait aucun visage. Tout se noyait dans une brume confuse.

Clameurs et vivats ne parvenaient pas à franchir les marbres épais blanc, vert et rouge, qui servaient de revêtement aux murs de la cathédrale. Le cortège suivait, bourdonnant, s'installant dans les travées, sur les bancs. Vaste et sombre, l'intérieur grandiose, aux voûtes en ogive, fut bientôt plein à craquer.

Soudain le silence se fit, absolu, impressionnant. Contessina était enfin face à Cosimo.

Par l'effet d'un rayon de soleil transperçant un vitrail, et qu'elle recevait en plein visage, elle ne pouvait percevoir nettement ses traits. Peu à peu, ses yeux s'habituèrent à ces jeux d'ombre et de lumière, et enfin le visage maigre, disgracieux, aux yeux globuleux, qui la fixait avec une expression de supplication angoissée, lui apparut. Horrifiée, incapable de dissimuler, elle détaillait les yeux ingrats, la silhouette grêle sous les somptueux atours, la taille courte, la bouche amère, et elle pensa : « Cela n'est pas possible... Ô mon Dieu, jamais je ne pourrai... »

Épouvantée, elle chercha des yeux sa mère, mais Adriana, très pâle, détourna son visage. Alors elle regarda de nouveau l'homme qu'elle allait épouser. Tout son être faillit lui faire hurler : « Non ! » Mais, se dominant, elle baissa les yeux et ouvrit son livre de prières sans s'apercevoir, tant son trouble était violent, que Cosimo, à qui rien n'avait échappé, pleurait silencieusement. L'émotion était si rare chez le jeune homme que l'accès soudain qui l'envahit le surprit comme s'il recevait un coup violent. À peine entendait-il les paroles de Jean XXIII. Ses pleurs mouillaient ses mains jointes sur le prie-Dieu. Machinalement, il prononça les mots que l'on attendait de lui. Au moment où la petite main de Contessina se posa sur la sienne pour la bénédiction nuptiale, il tressaillit. Il fit glisser l'anneau d'alliance sur le doigt de la jeune fille. Il n'y avait plus la moindre trace de la douleur qui le poignait. Il baisa la main qu'il tenait encore dans les siennes. C'en était fait. Contessina était sa femme, son épouse devant Dieu et devant les hommes. Alors seulement, il la dévisagea. Elle était pâle, mais son visage n'exprimait que soumission attentive aux paroles du prêtre. Rien de plus. Cosimo prit alors conscience de la formidable puissance de dissimulation qui caractérisait la jeune femme. Il en fut à la fois soulagé et inquiet. «Jamais… Jamais elle ne doit savoir combien je l'aime… Dieu! Si jamais elle le soupçonnait… Elle aurait tôt fait de me faire ramper à ses pieds… Jamais elle ne doit savoir! Cela, j'en fais le serment! ici même, devant Dieu. Elle ignorera toujours les sentiments qui m'animent!» Contessina tourna la tête vers lui et, alors, il reçut de plein fouet ce regard lumineux qui l'avait séduit. Elle le considérait avec perplexité, une sorte de curiosité inquiète, dépourvue d'animosité ou de dégoût. Mieux même, elle esquissait un sourire tremblant, timide. Doucement sa main pressa celle de Cosimo, comme pour lui signifier un accord tacite, une complicité, qui n'avait rien à voir avec la cérémonie qui se déroulait devant eux, pour eux. Il se pencha vers elle pour la baiser au front, et ce qu'il entendit l'emplit de stupeur. Contessina, dans un soupir, chuchotait :

— Nous sommes bien malheureux, n'est-ce pas, mon ami?… Bien malheureux.

Le Palazzo Vecchio, superbe carré de pierre, aux fenêtres garnies de tapisseries arborant les couleurs de la ville «Lys rouges sur champ blanc», avait été dédié aux festivités. C'était là une gracieuseté de la Seigneurie qui manifestait ainsi sa reconnaissance aux Médicis, pour tous les bienfaits dont Giovanni avait doté la ville.

La tour, habituellement occupée par les guetteurs, s'ornait de somptueuses tapisseries, et chaque créneau était gardé par un page musicien, debout, une trompette à la bouche.

Dans la plus grande salle du palais Vecchio où se tenaient régulièrement les Conseils de la République, une longue théorie de tables avait été dressée. Dans le sens de la largeur, perpendiculairement à celles-ci, une table était posée sur une estrade afin de dominer toute la perspective de la salle.

Les Médicis et les Bardi avaient sous leurs yeux la longue série des douze tables de trente personnes qui, par groupes de six, de part et d'autre de la salle, s'offraient à leur regard : toilettes étincelantes, bijoux de prix, gentilshommes et nobles dames très gais, buvant, chantant, dansant.

Renonçant aux usages qui, jusqu'alors, recommandaient la sobriété et même la sévérité dans les cérémonies nuptiales, les Médicis avaient prévu un banquet d'au moins trois cents personnes. Toute la ville colportait de maison en maison, de bouche en bouche, le nombre inouï des victuailles amassées et qui allait enflant à chaque demeure. On avait, pour ce faire, sacrifié au moins cinquante veaux, autant de chevreuils, lièvres, chapons, oies, faisans, paons... Des pièces entières de cochon attendaient d'être transformées en charcutailles et pâtés. Toutes ces pièces de viande et de volaille étaient farcies, entièrement reconstituées et présentées sur des plats d'argent ou de vermeil, portés par une multitude de pages.

Des tonneaux de vin de Vérone et d'Asti, et de

« Trebian* » avaient été mis en perce, et l'atmosphère, rapidement surchauffée, fut portée bientôt à
l'incandescence. Quelques personnes commencèrent à chanter, et furent bientôt suivies par d'autres.
Des musiciens accordèrent flûtes, violes, harpes et
luths. Les couples se levèrent pour danser. Depuis
peu, la danse avait droit de cité à Florence, et il
n'existait pas une aristocrate, pas une riche bourgeoise qui n'eût son maître à danser. On en raffolait.

Assis côte à côte, Giovanni et Adriana regardaient
ces réjouissances sans y prendre part. Ils évitaient
soigneusement de se regarder, et quand, par inadvertance, cela se produisait, aussitôt l'un et l'autre
détournaient la tête et s'entretenaient avec leur voi-
sin immédiat. Adriana paraissait préoccupée. Elle
jetait, à la dérobée, des regards anxieux vers Contessina qui mangeait du bout des lèvres. « Je ne lui ai
jamais parlé vraiment de ce qui l'attend, songeait-
elle. Que sait-elle exactement ? »

Soudain Giovanni posa sa main sur la sienne. Elle
tressaillit, stupéfaite, le cœur battant. Giovanni marqua un temps d'arrêt, puis à voix basse il balbutia :

— C'est un grand jour… n'est-ce pas ? Nous
pouvons être fiers. Fiers de nous.

— Oui. Certainement.

Devenait-il fou ? Une assemblée de trois cents
personnes pouvait le voir en cet instant, siégeant au
centre de la table d'honneur, sa main pressant celle
d'Adriana comme s'ils étaient seuls au monde l'un
et l'autre. En réalité l'inquiétude d'Adriana n'avait

* Actuellement, Chianti.

aucun fondement. La foule des invités n'était préoccupée que de nourriture, de chants, de danses.

— J'espère…, disait Giovanni. Oh, j'espère qu'ils seront heureux…

Pensive, Adriana baissa la tête. Elle murmura :

— Si tu ne peux ce que tu veux… veux ce que tu peux…

Giovanni inclina son visage vers sa voisine. Très près. Trop près :

— Que dis-tu ? Je n'ai pas entendu ?

Elle sursauta sous le tutoiement :

— Une phrase que me disait ma mère… Un conseil en quelque sorte. J'en ai fait ma règle de vie. « Si tu ne peux ce que tu veux, veux ce que tu peux », répéta-t-elle en martelant les mots.

Giovanni accentua la pression de sa main :

— Peut-être réussiront-ils ce que nous avons perdu…

Ils se regardèrent un instant qui leur sembla être une éternité, mais qui en fait ne dura que quelques secondes.

— Giovanni…, murmura Adriana d'une voix étranglée par l'émotion. Je ne t'ai jamais oublié… Jamais ! tu es le seul homme ! Ô Dieu, s'il m'était donné de tout recommencer… Je n'ai jamais cessé de t'aimer.

— Moi non plus, Adriana… Mais il est trop tard pour nous maintenant.

Il regardait la salle. Les pas compliqués des danseurs glissaient sur le parquet luisant. Les femmes étaient pour la plupart coiffées d'un hennin où s'accrochait une gaze aérienne, qui s'envolait au moindre

souffle. Giovanni soupira. Il avait voulu cela. Cette
richesse qui s'étalait devant lui, cette assemblée raf-
finée, moelleuse, si sereine. Toute sa vie avait été
consacrée à cette conquête fugitive. Ce moment où
la société la plus élégante de Florence s'inclinerait
devant sa table, devant lui, comme devant un roi. Il
avait tout sacrifié pour cela. Même Adriana. Il la
regarda. Il fixa son regard sur ses lèvres rouges, bien
formées, et il fut saisi d'un tel désir passionné de les
baiser qu'il fut trempé de sueur. Il lui serra la main à
la briser. Elle ne protesta pas. Ne fit entendre aucune
plainte. Elle partageait, comprenait, le désarroi de
Giovanni. C'était fini pour eux.

Pour Contessina, tout s'était passé comme dans
un rêve, et le rêve, du moins cette sensation nébu-
leuse, l'avait envahie dès le moment où elle avait
pénétré dans l'église. Au début du repas, un instant
elle avait senti peser sur elle le regard de Cosimo, et
à son grand étonnement elle fut soudain inondée
d'un ravissement sans borne et d'une étrange surex-
citation. Ses jambes fléchirent, elle sentit son cœur
s'enfler démesurément dans sa poitrine. Lorsque
Cosimo détourna les yeux, ce fut comme si elle avait
été dépouillée de quelque chose d'infiniment précieux. Cosimo lui prit la main pour l'entraîner dans
la danse où elle le suivit docilement en esquissant un
sourire. Jamais elle ne put se souvenir avec exactitude du moment précis où elle avait quitté le palais
de la Seigneurie pour se retrouver dans sa chambre
de jeune fille. Assise dans une chaise en bois sculpté,

face à Cosimo qui lui étreignait les mains. Il était tard dans la nuit et la pièce était plongée dans une demi-obscurité.

Cosimo était heureux. Heureux autant qu'il pouvait l'être. Il avait choisi cette jeune femme qui se tenait là devant lui, mais aussi tout ce qui l'entourait. Ce raffinement élégant, ce palais qui faisait toujours l'admiration des Florentins. Son père, Giovanni, avait toujours refusé de quitter la vieille maison Médicis, sombre, trop petite pour les contenir sans s'incommoder les uns et les autres. Mais Giovanni craignait l'envie et la haine.

— Tu construiras un palais, plus tard. Après moi. Laisse-moi vivre dans cette maison ! répondait-il aux objurgations de son fils qui le suppliait de faire construire un palais digne d'eux.

Cosimo avait toujours rêvé d'une demeure spacieuse, élégante, et maintenant il l'avait. Cette maison était à lui, désormais. Certes, il n'y changerait rien car il comptait bien se faire bâtir un palais qui dépasserait en beauté tout ce qui avait été construit à Florence jusqu'à ce jour.

Il aurait aimé que ses beaux-parents, Alessandro et Adriana, fissent dès à présent ce qu'ils projetaient pour l'année suivante, s'installer définitivement dans leur villa, à la campagne, mais il convint que dans les circonstances présentes, il valait mieux qu'ils restassent auprès de leur fille.

Il éprouvait une sensation de paix et de satisfaction comme jamais auparavant. Oubliées sa terreur et sa souffrance, ce matin même, lorsqu'il avait surpris le regard de Contessina. Maintenant il se sentait beaucoup plus sûr de lui, à son grand étonnement d'ailleurs. Quelque chose s'était produit qu'il ne s'expliquait pas et qui lui donnait une curieuse assurance. Il aimait Contessina. Il l'aimait dans cette maison, avec cette maison. Cela faisait un tout, nommé Contessina de Bardi, épouse Médicis, palais Bardi. Et ce tout était à lui. Il soupira et regarda autour de lui avec ravissement. Les meubles, merveilleusement sculptés, luisaient dans la pénombre. Le lit, immense, à baldaquin de rideaux pourpres, avait été préparé pour la nuit. Contessina gardait les yeux obstinément baissés et bénissait la pénombre de la pièce qui dissimulait sa rougeur.

Des fleurs à profusion, roses, iris de Florence, jasmins, exhalaient leurs odeurs jusqu'à l'ivresse. Contessina eut un sourire un peu incertain, et leva les yeux. Le silence s'éternisait et aucun des deux jeunes gens n'était en mesure de le rompre. Soudain, Cosimo se leva, ouvrit les fenêtres, et la lumière pâle, argentée, de la lune pénétra à flots, ainsi que les chants de la foule qui s'attardait encore dans les rues.

— Un peu d'air nous fera du bien, dit Cosimo d'une voix qu'il s'efforçait de rendre ferme. L'odeur de ces fleurs… N'êtes-vous pas incommodée ? On peut les faire retirer…

— Oh non !… je vous en prie ! répondit vivement Contessina. J'aime tant cela !… je veux dire ces odeurs mélangées, si douces et si puissantes à la fois…

Cosimo, amusé et troublé, l'observait. La clarté de la lune enveloppait la jeune femme. « C'est la beauté parfaite. Réelle et parfaite…, pensait-il. Il n'y a rien à redire… Mais c'est aussi une enfant. Sait-elle au moins ce qui l'attend cette nuit ? Sa mère lui a-t-elle parlé ? » Fasciné, éperdu, il plongea son regard dans ses yeux et se dit confusément qu'il n'avait jamais rien vu de plus rayonnant, de plus confiant que Contessina, cette exquise enfant dont il allait faire sa femme dans le plein sens du mot. « Au diable les usages !… se dit-il soudain avec humeur, je n'attendrai pas demain ! »

Contessina le regardait fixement. Elle ne savait pas exactement comment se comporter. Devait-elle se dévêtir seule ? Appeler une servante ? Attendre que Cosimo prit l'initiative des opérations ? Bizarrement, elle n'éprouvait aucune gêne. Plutôt une sorte de curiosité avide, impatiente. Mais son ignorance était telle qu'elle ne pouvait prendre aucune initiative. Depuis le moment où elle avait quitté le couvent, elle ne s'était jamais trouvée en mesure de prendre une décision pour elle-même. Et ce n'était pas en ce moment précis qu'elle allait commencer. Le silence habitait la grande chambre que déchiraient brièvement, de temps à autre, un cri, un rire, un chant venus de la rue. Alors Contessina sursautait, et ses mains se crispaient sur les bras de son fauteuil.

— Il ne faut pas avoir peur, dit enfin Cosimo. Surtout n'ayez pas peur de moi. Voulez-vous que nous parlions un peu ?

— Je n'ai pas peur, répliqua Contessina. Je n'ai peur ni de vous ni de personne…

— Je l'espère bien, répliqua Cosimo en riant.

— Vous vous moquez de moi ?

— Oh non !… Pourquoi le ferais-je ? Vous êtes si charmante.

Contessina se força à sourire. Elle avait l'impression que les paroles que venait de prononcer Cosimo allaient l'entraîner d'une manière irréversible vers quelque chose de terrifiant et de merveilleux.

— Ma chère amie, il faut maintenant que nous parlions. Que nous fassions un peu connaissance. Cela est nécessaire. Ne le souhaitez-vous point ?

— Messer*, je vous écoute, répondit Contessina. Ne suis-je pas votre épouse ? Vous pouvez tout sur moi. Cependant…

— Cependant ?… Eh bien, parlez !

— Je… Je ne sais trop comment…

Elle balbutiait, pressée maintenant d'en finir.

— Enfin, ce que je dois faire… ou dire… Suis-je obligée à… à tout cela ?

— Pensez-vous que je sois homme à vous forcer sans votre consentement ?

Contessina mit un certain temps à comprendre le sens de la question :

— Je ne sais pas. Vous connais-je seulement ? jamais vous n'êtes venu me voir.

Malgré elle, sa voix trahissait sa rancune et son désarroi.

— Ce n'était pas mauvais vouloir de ma part, répliqua Cosimo avec douceur. De la crainte seulement.

---

* Le terme de « Messer » est réservé aux personnages importants de Florence. L'équivalent est « Monseigneur ».

— De la crainte ? Comment cela ? De la crainte dites-vous ? Grand Dieu, qui suis-je que vous puissiez craindre de moi ?

— Je vais vous le dire en deux mots. Vous êtes belle... et je suis si laid ! Non ! ne protestez pas ! Je craignais votre regard sur moi... je craignais de le voir se détourner de moi comme vous le fîtes ce matin avec horreur. Je craignais de voir la déception se peindre sur votre visage. Et je le craignais d'autant plus que dès que je vous vis...

Il s'interrompit et se mordit les lèvres. Puis il reprit :

— Un jour je suis venu vous voir, au couvent, à votre insu. Vous étiez assise sur un banc. Seule. Silencieuse. Considérant vos compagnes avec tant de hauteur que l'on eût dit une reine face à ses sujets...

Surprise et charmée, Contessina écoutait sans répondre. Elle se laissait bercer par la belle voix grave, aux inflexions musicales et sombres, une voix dont Cosimo savait à merveille se servir, et dont il connaissait à la perfection le pouvoir de séduction.

— Mon Dieu, Messer..., dit-elle. Que vous répondre ? Je ne sais... Que dois-je dire ? Que dois-je faire pour vous complaire ? Indiquez-moi...

— Ne cherchez pas... Ainsi vous ne savez rien ! Mon Dieu ! Contessina mia. Vous êtes si jeune encore ! Une si petite fille.

Elle se rebiffa

— Je vais avoir quinze ans !

— Je sais. Et moi vingt-cinq. Aussi rassurez-

vous sur ce qui va se passer tout à l'heure. Je ne ferai
rien à quoi vous ne consentiez vous-même… Grand
Dieu ! non ! Que Dieu fasse de moi un eunuque si
jamais je vous forçais. Cela serait crime. La ville de
Florence a voulu ce mariage entre nos deux maisons. C'est fait. Cela ne doit pas nécessairement
vous porter préjudice et vous rendre malheureuse. Je
souhaite autre chose pour vous. Pour moi. Si vous
permettez… Il faut apprendre à connaître l'homme
que vous avez épousé ce matin. Je vais vous confier
mes projets… Ensuite, vous réfléchirez à ce que
vous aurez entendu. Vous voulez bien ?

Trop étonnée pour émettre un son, Contessina ne
quittait pas Cosimo du regard.

Il sourit.

— J'aime votre apparente docilité. J'ai bien dit :
apparente… Parce que moi je vous connais… Je sais,
de par les renseignements que j'ai pris sur vous,
qu'en réalité vous êtes indépendante, irrévérencieuse
parfois, voire insolente, que vous ne vous distinguez
pas particulièrement par une piété outrancière, et
que plusieurs fois on vous a surprise en train de
frapper vos compagnes. Est-ce vrai ?

Les dents serrées, Contessina siffla avec une rage
enfantine :

— Elles m'importunaient ! Jamais je ne m'oc-
cupe d'autrui ! Jamais ! Mais ces sottes… Alors parfois je me mets en colère.

— Et vous contenez difficilement vos explosions
de colère. Nous savons cela ! Contessina… j'aime
votre caractère, votre beauté aussi. Toute ta personne
me va droit au cœur. Et je veux te tutoyer comme si

déjà j'avais exercé sur toi mes droits d'époux… Tu veux bien ?

— Oui… si vous… voulez.

— Bien. Alors, maintenant, écoute-moi. Connais-tu Florence, notre belle cité ?

Contessina écarquilla les yeux

— Bien sûr !… Quelle drôle de question ! Je suis née à Florence !

Cosimo éclata de rire :

— Oui. Tu crois connaître ta ville. Mais tu ne sais rien d'elle… Demain nous irons nous promener dans les quatre quartiers de Florence et tu comprendras mieux mon dessein. Santo Spirito, Santa Goa, Santa Maria Novella et San Giovanni… Tu verras comme la ville s'est embellie et assainie depuis l'horrible épidémie de peste noire qui a ravagé notre cité. Florence est devenue le centre d'une culture magnifique, en constant développement parce que mon père et mon grand-père ont consacré une grande partie de leur fortune à doter des grands artistes. Moi, je ferai plus. je ferai mieux et davantage parce que… grâce à toi je deviendrai encore plus riche, plus fort…

Stupide d'étonnement, Contessina proféra :

— Grâce à moi ? Mon Dieu, Messer… En quoi ? Comment ?

— Tu es née Bardi, ma chère enfant. Cela va me permettre de bâillonner les partis aristocrates…

Contessina redressa vivement la tête, un éclair de rage dans les yeux :

— Vous vous oubliez, monsieur !…

De nouveau Cosimo éclata de rire…

— Quel orgueil ! Non ! rassure-toi… Je sais d'où tu viens et je n'oublie pas. Mais j'ai ouï dire certaines choses de toi… et je serais curieux de savoir si cela est vrai. Certaine lecture interdite par la Mère supérieure. Certain pamphlet dont nul n'a revendiqué la gloire d'être l'auteur, mais que la rumeur conventuelle désignait nettement… On a beaucoup jasé sur toi…

Contessina détourna la tête. La lumière de la lune couvrait sa nuque et laissait son visage dans l'obscurité. Cosimo dut employer toute son énergie pour dominer l'instinct puissant qui le poussait vers ce cou gracieusement incliné.

— Je ne vois pas ce dont vous parlez, murmura Contessina.

— Vraiment ?… Alors je vais t'éclairer.

Cosimo était content de lui. Sa voix ne trahissait en rien son trouble. Il sortit de son pourpoint de velours un parchemin. Contessina se mordit les lèvres, dissimulant tant bien que mal un sourire. La voix de Cosimo s'éleva dans le silence de la chambre. Il faisait semblant de lire, la clarté de la lune étant tout à fait insuffisante pour déchiffrer un texte. Contessina fut forcée d'admettre qu'il connaissait par cœur ce texte, écrit par elle au cours d'un épisode qui l'avait condamnée pour trois jours à la chambre et au pain sec. Mais loin de la soumettre, cette cruelle punition n'avait fait qu'exacerber sa révolte.

— « Que sont donc ces aristocrates si fiers de leur naissance, gentes demoiselles, dont nos parents nous rebattent les oreilles et que nous devons épouser de gré ou de force ? déclamait Cosimo. Ils ne prétendent soutenir la vertu de leurs ancêtres que parce qu'ils possèdent un grand nombre de chiens courants, de chevaux de belle allure et qu'à grand renfort de cris et de galopades ils foulent les moissons et forcent les biches en chasses sanglantes. C'est vraiment chercher la noblesse dans la boue, ne croyez-vous pas ? Alors mes sœurs, comme nous l'indique notre cher Pétrarque, dites avec moi : "On ne naît pas noble… on le devient !" Et vive Palmieri qui nous dit : "Qui par la vertu de ses ancêtres cherche la gloire, se dispense de tout mérite. Donner l'exemple par soi-même, non par les siens, c'est mériter l'honneur !" »

Contessina ne bougeait pas. Elle se demandait le pourquoi de cette scène et si elle devait s'attendre à une nouvelle punition. Elle avala convulsivement sa salive, et porta la main à sa gorge. Mal dégagée des angoisses de l'enfance, elle se persuadait qu'un époux, et en cela elle ne se trompait guère, avait tout pouvoir sur elle.

Cosimo replia soigneusement le parchemin et la regarda fixement :

— C'est bien toi qui as écrit cela, n'est-ce pas ?

La crainte déserta la jeune femme et fit place à la hargne. Elle redressa le front avec défi :

— Oui. Alors ?… tu vas me dénoncer ?

Cosimo l'apaisa d'un geste. Le tutoiement qu'elle venait d'arborer lui avait fait plaisir :

— À qui ? À la Mère supérieure ? Ma petite dinde… tu es mariée. À moi, Cosimo de Médicis.

Médire de toi, c'est désormais se condamner à mort.
J'ai lu ce pamphlet avant de te connaître.

Tout en parlant, Cosimo pliait méthodiquement
le parchemin et le rangeait soigneusement dans un
meuble.

— Quand on m'a certifié que l'auteur de ce petit
chef-d'œuvre c'était toi, je me suis déguisé en moine.
J'ai pu pénétrer dans ton couvent. Tu étais assise sur
un banc, solitaire, mélancolique. Je…

Il s'interrompit et l'observa avec une intensité
folle, sans faire un mouvement. Il se savait un
homme supérieur, un chef, un véritable souverain,
mais en cet instant, sur un geste de cette enfant, il
se fût jeté à ses genoux en pleurant de reconnaissance. «L'amour…, pensait-il avec une amertume
douloureuse, l'amour est un véritable fléau. Cela
détruit la nature humaine plus sûrement que ne
le ferait la peste…» Mais Contessina, le visage
incliné, ne vit pas ce regard qui sans nul doute l'eût
secouée, comme il l'avait bouleversée quelques
heures auparavant.

— Bah! reprit-il après un léger soupir, ce n'est
pas le moment. Sais-tu au moins pourquoi ta mère a
voulu ce mariage? Parce que ta mère y tenait absolument. Elle a dû lutter contre son propre clan pour
imposer cette union. Savais-tu cela?

Il fallait, il fallait absolument que tout fût clair
entre eux. Que jamais Contessina n'eût rien à lui
dissimuler, et pour cela, qu'elle comprît bien qu'il
n'ignorait rien du vouloir d'Adriana, de ses capaci-
tés incommensurables de roublardise, de sa volonté
de vengeance.

Contessina réfléchit. Devait-elle trahir sa mère ? La fierté de son sang l'emporta.

— Je ne sais pas..., dit-elle. Mère a sûrement pensé que tu étais pour moi un bon parti. Et puis... je... tu m'as épousée sans dot, n'est-ce pas ?...

Elle le regardait, presque avec espoir. Elle le suppliait silencieusement de mentir, d'épargner sa fierté, de lui dire... Oh, n'importe quoi qui pût la délivrer de l'humiliation de sa dépendance.

— C'est vrai, dit-il prudemment. Qui ne l'aurait pas fait à ma place, t'ayant vue une seule fois ? J'ai eu de l'avance sur tes autres prétendants... Et puis, que ton orgueil se rassure. Tu n'es pas tout à fait sans dot. Le palais Bardi est une belle donation.

Il marchait de long en large, cherchant ses mots. Qu'attendait-elle de lui ? Qu'il lui mente ? Mais que lui dire sinon la vérité ?

— Ta mère avait deux raisons pour que tu m'épouses, continua-t-il, hésitant.

— Je peux les connaître ?

— Sans doute. Tu es ma femme désormais. Il ne doit y avoir aucun secret entre nous. Et quand tu connaîtras mes projets concernant Florence, tu seras avec moi contre tous ceux de ton parti. Ta mère, disais-je, aimait mon père. Tu l'ignorais peut-être ?

— Pas vraiment. Au couvent, les ragots circulent vite. Je n'écoutais pas. Mais parfois je surprenais des phrases... Des yeux qui se détournaient. On me dissimulait beaucoup de choses en ayant bien soin que je n'ignorasse rien de ce qui se disait... Les jeunes filles ne sont pas bonnes entre elles. C'est curieux, n'est-ce pas ? Nous aurions dû être unies dans notre malheur commun. Enfermées, destinées soit au couvent, soit à un mariage dont aucune ne connaissait le futur époux. Eh bien, non ! Toutes se haïssaient, médisaient, calomniaient… Comment expliquer cela ?

— Je ne sais pas, dit Cosimo. Peut-être est-ce dû essentiellement à la nature féminine ? Pour en revenir à nos parents, à l'époque où cela se passait, ni ta mère ni mon père n'étaient mariés. Mais les Strozzi n'auraient supporté pour rien au monde que leur fille épousât un marchand, un parvenu… Ta mère, qui a beaucoup souffert de cette rupture, a toujours rêvé d'une revanche. Sur sa famille. Sur les Médicis.

De nouveau il s'interrompit, puis très lentement, en détachant bien ses mots :

— Elle espère nous ruiner…

Cosimo jeta un regard perçant vers Contessina et acheva avec une très grande douceur :

— J'espère qu'un jour tu comprendras que tu es désormais une Médicis, et que tu ne feras rien qui puisse nuire à ton nom et à ta réputation. Ma colère serait terrible. Alors je vais te dire ce que signifie être Médicis. Ce qui dès maintenant et à jamais t'appartient.

Il souriait, s'efforçait d'être léger, spirituel. Mais Contessina ne s'y leurra point. Elle savait qu'elle devait prendre à la lettre ce qu'elle entendait.

— C'est mon rôle d'époux de t'informer de la vie qui t'attend, disait Cosimo. Pour me bien faire comprendre, sache ceci. Mon grand-père Averardo, ayant agrandi considérablement sa fortune, devint gonfalonier des banques et fut l'un des plénipotentiaires parmi les plus importants de la république de Florence. Il conclut le traité avec Venise en 1336. Ceci est important pour me comprendre, car c'est de lui que je tiens le goût de la politique, du pouvoir. Le vrai. Celui qui vient de l'argent. Oui. Vraiment... Mon grand-père et mon père ont quintuplé, je dis bien quintuplé la fortune commencée par mon bis-aïeul... Sais-tu ce que nous possédons, ma chère petite, et qui désormais sera tien ?... En indivis avec mon frère Lorenzo, et mes sœurs Catherina et Bianca ! Mes sœurs seront superbement dotées si elles se marient comme nous le voulons, mon père et moi. Oui, moi. Je suis l'aîné. Mon père est las, et il m'a choisi comme futur héritier. Le chef de famille, ce sera moi, et dès à présent rien ne se fait ou ne se décide sans mon accord. Maintenant, écoute-moi bien. Nous avons en biens propres deux cents fabriques d'étoffe qui produisent par an plus de quatre-vingt mille pièces de drap, de soierie, de velours et autres tissus brochés et précieux. Grâce aux lettres de change mises au point par mon grand-père, un voyageur peut voyager à travers toute l'Eu-rope sans avoir ses écus d'or sur lui. Il lui suffit de quelques feuillets signés par nos comptoirs et il peut circuler en toute tranquillité. Et l'Église en profite avec un cynisme exemplaire. Elle peut ainsi, sous le prétexte des changes, pratiquer un taux usuraire absolument incompatible avec ses propres dogmes. Je t'explique tout cela, ma chère petite, pour que tu comprennes bien que je ne suis et ne serai jamais un époux comme tu serais en droit de l'espérer. Les affaires politiques dominent et domineront toujours mon existence. Et si, un instant, tu as pu supposer que je pourrais ressembler à ton père, il faut que tu te détrompes. Mais je reviendrai là-dessus tout à l'heure. Je reprends... Nous comptons à ce jour une cinquantaine de banques : Venise, Rome, Florence bien sûr, mais aussi Avignon, Nîmes, Montpellier, Lyon, Paris. Nous nous installons beaucoup en France.

Cosimo eut un sourire qui donnait à son visage une expression cruelle.

— Nous y avons des projets. De grands projets. Le florin est la monnaie la plus forte d'Europe. Sais-tu cela ? Non bien sûr. Comment le saurais-tu ? Tu es une femme. Nos biens, je veux dire l'ensemble de nos biens, représentent plus de trois cent mille florins. Maintenant, écoute-moi bien, et c'est en cela que je peux apporter mon aide précieuse à la République. La prospérité de Florence ne dépend pas que de moi. Elle dépend aussi du peuple florentin... Or, si le Florentin est un incomparable travailleur, il n'est pas un guerrier, et que se passe-t-il lorsqu'une république doit chercher et payer des mercenaires pour se défendre ? Elle meurt. Inévitablement. Elle est à la merci des condottieri, qui sont de véritables brigands, ou des factions qui briguent le pouvoir pour en tirer bénéfice et accroître leurs biens. Florence est riche, enviée, désirée férocement et, je le crains, à la merci de troubles intérieurs dont ta famille, ton clan sont à l'origine. Cela, tu ne l'ignores pas, n'est-ce pas ? Ce serait faire insulte à ton intelligence que de le supposer. Je veux arriver à convaincre Florence d'avoir son armée... Une armée que je doterai de son armement. Une armée qui doit obéir à la Seigneurie. Et seulement à elle. Ni à un parti ni à l'appât du gain. Je veux que Florence règne sur le monde par son art, son industrie, son intelligence et sa culture, et puisse également assurer son indépendance et sa sécurité par une belle armée efficace et bien entraînée.

Cosimo, à bout de souffle, se tut un instant puis reprit à voix si basse que Contessina n'entendit pas :

— Si un jour tu m'aimes, si tu me donnes des fils, alors tu seras la reine d'une république que j'aurai agrandie, enrichie, embellie... grâce à ton aide.

— Que dis-tu ? demanda Contessina. Excuse-moi, mais je n'ai pas entendu ce que tu viens de dire ?

— Aucune importance ! Je me parlais à moi-même. Que penses-tu de tout cela ?

Cosimo l'avait prise par la main et entraînée près de la fenêtre grande ouverte sur la beauté de la nuit. L'exaltation qui étreignait Cosimo gagnait Contessina. Elle ne voyait plus la laideur du visage qui l'avait tant effrayée le matin, à l'église. Elle n'était sensible qu'à cette voix grave, persuasive, et à l'émanation de puissance qui se dégageait de sa personne. Elle était si fascinée par Cosimo que s'il l'avait voulu, à cet instant, il eût pu la posséder sans qu'elle protestât. Leurs deux ambitions s'étaient rencontrées, soudées l'une à l'autre indéfectiblement. Pour Contessina s'ouvrait une perspective à laquelle elle n'avait jamais pensé et qui s'avérait adhérer pleinement à sa personnalité. « Il y a si peu de gens, en définitive, qui jouent un rôle dans la destinée d'un peuple, songeait-elle avec stupeur. Un nombre véritablement infime. Cosimo fait partie de ces gens. C'est un souverain. Un véritable souverain. Il dictera sa loi à tout un peuple, et moi je suis l'épouse de ce souverain… Ô Dieu ! Est-ce possible ? Et… m'aimera-t-il ? Pourquoi un homme comme lui m'aimerait-il ? Qu'ai-je donc qui puisse le fasciner ou seulement l'intriguer ?… Je ne suis rien… » Elle restait là, devant lui, immobile. Un sentiment d'orgueil puissant la soulevait toute. Elle allait appartenir à cet homme. Cela ne l'effrayait plus, et elle attendait maintenant avec une impatience vigilante le moment, enfin, où cela se produirait.

— Eh bien…, murmura-t-elle à voix basse pour rompre le silence.

— Eh bien !…, répéta Cosimo, souriant.

Et il prit la main de la jeune femme.

Cette étreinte fut si chaude, si possessive qu'il parut à Contessina qu'un gouffre vertigineux allait s'ouvrir devant elle, un gouffre où elle se laisserait glisser sans réagir, avec délices, avec terreur. Cosimo était parfaitement conscient du trouble de sa jeune épouse. Il avait souhaité cela, il avait fait preuve d'une patience que nul n'aurait eue à sa place. Tout homme se serait jeté sur Contessina et l'aurait possédée sans autre forme de séduction. Fallait-il attendre encore ? Était-ce le moment ? « Sa bouche…, pensait-il, seulement sa bouche… que je connaisse le goût de ses baisers… et puis, si elle ne veut pas de moi, je m'en irai. Je le jure, je m'en irai. » Il s'approcha de Contessina sans qu'elle fît un geste pour l'éloigner. Alors il l'attira contre lui, et sa bouche s'empara avec avidité de celle de Contessina. Il l'embrassait profondément, avec une sensualité savante, éperdue, sur la gorge, les cheveux, comme s'il ne pouvait se maîtriser. Il l'écrasait contre lui.

Elle crut d'abord qu'elle se noyait. Elle s'étonnait de cette bouche pénétrante, experte, qui la faisait frissonner des pieds à la tête. Elle avait chaud, terriblement chaud, et cependant elle tremblait de tous ses membres. Elle se débattait faiblement, reprise par sa peur. Cosimo la maintenait pressée contre lui et il ne relâcha son étreinte que lorsqu'il la sentit fléchir sur ses jambes. Alors il la souleva et la porta sur le lit. Longuement il l'embrassa jusqu'à ce que Contessina, perdant tout contrôle d'elle-même, s'accroche à son cou. Sa bouche s'ouvrait, mordait celle qui se pressait contre elle. Elle s'agrippait à Cosimo comme une noyée à une planche de salut.

Le jeune homme se redressa un instant, voulut se ressaisir. Il ne fallait pas. Pas maintenant. Pas si vite. Elle ne l'aimait pas ! Du moins s'en persuadait-il. Contessina le regardait et dans ce regard il lut sa reddition. Il s'enfonçait aussi doucement que possible dans cette chair humide, tiède, neuve, palpitante... Il s'étonnait, heureux de la sentir si prête à recevoir l'homme. Un instant il craignit le cri de douleur, mais à sa grande et heureuse surprise, à peine Contessina sursauta-t-elle quand il déchira l'hymen, et presque tout de suite après la jeune femme commença à jouir à grandes plaintes rauques. Elle feulait comme une chatte, et avec une force déconcertante maintenait entre ses cuisses encore enfantines Cosimo en elle. Il succomba à son propre plaisir.

Il se passa une quinzaine de jours, où Contessina crut vraiment connaître le comble du bonheur. Certes, Cosimo ne se livrait pas, ne disait rien, s'enfermait dans son cabinet de travail dans la journée des heures entières avec des visiteurs inconnus d'elle. Fidèle à la promesse faite à sa mère, elle s'approchait de la porte et collait son oreille contre l'épais battant de bois sculpté. Parfois elle surprenait des éclats de voix mais c'était là tout ce qu'elle parvenait à surprendre. En réalité cela n'intéressait guère la jeune femme. Dans sa chambre, à l'abri de la lumière, de la chaleur, elle attendait que Cosimo vînt la rejoindre et que recommençât la brûlure des nuits qui ne finissait qu'à l'aube. Elle flottait dans une espèce de torpeur dont elle ne sortait qu'au crépuscule, lorsque la porte s'ouvrait sur Cosimo. Alors elle devenait ardente, frénétique, soumise même, si bien que parfois Cosimo se demandait si elle ne commençait pas à l'aimer. Mais il n'osait jamais la questionner à ce sujet, craignant si désespérément sa réponse qu'il se cramponnait à son silence.

Un matin, à l'aube, après l'une de ces nuits torrides où l'on croit toucher le ciel et l'enfer, et d'où l'on revient comme si l'on avait rencontré la mort, Cosimo dit d'une voix unie :

— Je vais partir, ma mie…

Contessina sursauta. Elle était complètement nue, lovée contre cet homme qui avait pris sur elle un si étrange pouvoir. «Il ne m'aime pas ! pensa-t-elle, désespérée. C'est pour cela qu'il s'en va. Je l'ai déçu ! » Son orgueil lui permit de répondre d'une voix calme :

— Ah ?... tu pars ?... Ah bien. Où cela ?

Cosimo se méprit sur la froideur apparente de sa jeune femme.

— Avec notre ami le pape Jean XXIII, répondit-il avec détachement. Je lui ai promis assistance au concile de Constance. Et puis nous avons une banque à créer dans cette ville. Ce concile peut nous faire gagner beaucoup d'argent. Plus que tu ne peux l'imaginer. L'Église est riche. Très riche. Et elle sait s'enrichir avec autant de frénésie que le plus avare des hommes.

Contessina avait envie de hurler : « Emmène-moi avec toi ! » Au lieu de quoi, elle se détacha du corps de Cosimo, passa une chemise de batiste et se mit en devoir de peigner sa somptueuse chevelure noire qui lui caressait les reins. Elle ne disait rien, s'efforçant surtout de dissimuler la douleur qui la poignait. « Il ne m'aime pas !... Je ne suis rien pour lui. »

Refusant de le regarder (si elle l'avait fait, peut-être eût-elle surpris le regard intense posé sur elle, regard qui l'eût éclairée sur les sentiments qu'éprouvait Cosimo), elle appela sa servante pour que celle-ci l'aide à s'habiller, et sortit de la chambre sans détourner la tête. Il fallait absolument fuir cette pièce, se cacher, afin de pleurer en toute quiétude.

Cosimo se leva, passa dans la salle d'étuve, et ordonna à son esclave maure de bien le frictionner. « Elle ne m'aime pas... Son cœur m'est fermé. Je suis bien trop laid. Elle est partie sans même se retourner. Et avec quelle indifférence hautaine ! C'est une

Bardi bien sûr, et elle me le fait sentir ! Lorsqu'elle est dans mes bras… elle n'est plus Bardi. Elle n'est qu'un brasier qui s'anime sous mon souffle… Oui… c'est une Bardi… Orgueilleuse, volontaire… dure aussi. Pas un regard… rien. Que je parte ou que je reste lui est parfaitement indifférent. Je pensais l'avoir conquise mais je n'ai eu que son corps. Oui, seulement cela. Son corps. Mais il me faut plus !… Ô Dieu ! Pourquoi blessure d'amour fait-elle si mal ?… si mal… »

Il partit le jour même avec Jean XXIII sans avoir revu Contessina ; elle s'était fait excuser, prétextant un malaise, excuse admise par toute la famille, qui adressa à Cosimo d'hypocrites souhaits de bonne route. « Cosimo parti, songeait Adriana, il me sera facile d'interroger ma fille sans soulever d'inutiles dangers. Pourquoi ce voyage ? Que va-t-il faire à Constance avec tous ces gens d'Église ? »

Cosimo ne vit point la silhouette dissimulée derrière les rideaux qui le fixait et qui resta longtemps ainsi, bien après que le carrosse eut disparu et que la poussière soulevée par les chevaux se fut redéposée. Ce n'est que lorsqu'elle fut certaine que Cosimo ne reviendrait pas que Contessina se précipita sur son lit et sanglota jusqu'à l'épuisement.

Il en est de l'absence de l'être aimé comme de la douleur. On s'habitue. Étonnée, Adriana, qui vint plusieurs fois prendre de ses nouvelles, se rendit compte immédiatement de ce qu'éprouvait sa fille. Partagée entre la satisfaction et l'agacement, Adriana remit à plus tard les conversations qu'elle projetait d'avoir avec sa fille. « Elle n'est vraiment pas en état de me répondre, ni même de m'écouter. Allons, dans une quinzaine de jours cela ira mieux et nous pourrons parler… » Compatissante, elle restait quelques minutes auprès de sa fille prostrée, et s'interdisait l'inquiétude. Elle savait, elle, que l'on peut désirer mourir d'amour blessé.

Contessina, les premiers jours qui suivirent le départ de Cosimo, resta enfermée chez elle comme une bête blessée. Elle refusait de se nourrir, de parler, et se levait la nuit en sursaut dès qu'elle entendait par les fenêtres ouvertes le martèlement d'un galop de cheval, ou le crissement des roues d'un carrosse. Le cœur battant, elle écoutait, tendue à l'extrême… Le bruit continuait, dépassait le palais Bardi, allait s'éteindre au loin, que Contessina écoutait encore, à bout d'espoir… Alors elle s'effondrait en sanglotant comme une enfant. Cosimo était parti. Il la rejetait, il allait la renvoyer à son couvent… et surtout, il ne l'aimait pas ! Dans ces moments de désespoir, elle eût accepté même le couvent si elle avait acquis la certitude que Cosimo l'aimait. Quatre semaines passèrent ainsi, ponctuées par quelques cérémonies où, pâle, amaigrie, Contessina s'efforçait de paraître. Adriana ne bronchait pas, se contentant d'observer sa fille en silence, attendant patiemment le moment où la jeune femme accepterait enfin son sort.

Par une journée torride de la mi-août, alors que la

chaleur obligeait les Florentins à se claquemurer chez eux, en tenues succinctes, volets fermés sur les fenêtres ouvertes, Adriana força la porte de sa fille. Elle était agacée, rendue furieuse par cette attitude qu'elle jugeait sévèrement et contraire à ce que devait être celle d'une Bardi. Il y avait plus d'une semaine que Contessina se déclarait souffrante, et ne paraissait même plus aux repas. À ce régime elle risquait réellement d'être malade, et Adriana n'acceptait pas que sa fille se réfugiât dans la maladie de crainte d'affronter la vie. Pourtant, lorsqu'elle vit la pâleur et la maigreur de Contessina, les yeux cerclés de mauve, elle se sentit gagnée par l'angoisse. Elle jeta d'un ton sec :

— Que se passe-t-il ?... Il y a maintenant huit jours que tu refuses de descendre, que tu renvoies les plateaux que l'on te fait monter, et ce matin tu as refusé d'ouvrir à ta servante. Allons ! réponds !

Contessina détourna la tête. Adriana l'observa un instant, puis d'une voix plus douce :

— Tu l'aimes donc ? Voyons... parle ! Est-ce cela ?

Contessina inclina la tête en signe d'assentiment.

— Et tu penses qu'il va s'éprendre d'une pauvre petite loque, pâle et maigre à faire peur ? Tu penses qu'un homme comme Cosimo peut s'attacher à une femme faible qui dépérit dès qu'il a tourné les talons ? Tu fais une erreur, ma fille, si c'est là ta pensée !

— Il ne m'aime pas, gémit Contessina d'une voix à peine audible.

— Qu'en sais-tu ? Il te l'a dit ?

— Il est parti !

— Mon Dieu! Et c'est pour cela que tu... Folle que tu es! Folle et sotte! J'ai peine à croire ce que je viens d'entendre! Tu épouses l'un des hommes les plus éminents, les plus extraordinaires de Florence, peut-être même d'Italie, et tu pleurniches quand cet homme part et respecte ses engagements politiques ou amicaux! Ah! tu vas lui faire regretter, et très vite, de t'avoir épousée! Grand Dieu! Ai-je jamais entendu sottise pareille!

Fouaillée par la hargne de sa mère, Contessina se redressa, butée :

— On ne part pas quinze jours après ses noces!

— Un bourgeois ou un *ciompo*, peut-être! Mais Cosimo de Médicis avait donné sa parole. Et puis des affaires importantes sont en jeu! J'espérais être informée par toi! T'a-t-il dit quelque chose?

— Peut-être... je ne sais plus, dit Contessina en baissant la tête.

Elle était sincère. Tout à sa déception, elle n'avait guère écouté ce que Cosimo lui avait dit.

— Je crois qu'il est parti avec... le pape?... Est-ce vrai?

— C'est on ne peut plus exact... Il est parti avec Jean XXIII pour le concile de Constance.

— Ah?... vous le saviez?

— Nul ne l'ignore dans Florence, petite dinde. Cela n'est un secret pour personne.

— Et pourquoi?

— Pourquoi... quoi?

— Eh bien, tout ça... le concile... Et tout ce remue-ménage...

— Parce que l'Église nous donne trois papes là

où en principe un seul suffirait… Enfin pour ma part, pas de pape du tout serait encore mieux ! Je ne connais rien de plus sot et de plus ennuyeux que les gens d'Église. Mais garde ça pour toi, ma petite fille. Si l'on savait le langage que je tiens… je n'ose penser à ce qui se passerait…

Malgré elle, Contessina eut un sourire. La présence de sa mère la galvanisait. Adriana perçut immédiatement le changement d'humeur de sa fille et s'en voulut de n'être pas intervenue plus tôt.

— Si tu veux un conseil, ma petite chatte, reprit-elle, te vautrer dans les larmes ne te servira à rien. Il faut te battre pour conquérir ton mari. Et crois-moi, la bataille sera rude… Tu n'es pas la seule à vouloir l'amour de Cosimo…

Adriana avait parfaitement choisi ce qui allait secouer la torpeur de sa fille. Rageuse, Contessina bondit hors du lit et s'écria :

— Il est parti avec une autre femme ?

— Sotte !… Puisqu'on te dit qu'il est parti avec le pape. Je sais bien que parfois ceci remplace cela mais dans ce cas précis…

Devant les yeux pleins d'étonnement et d'incompréhension de sa fille, Adriana s'interrompit brusquement. « Mon Dieu ! pensa-t-elle, agacée. Est-elle vraiment aussi ignorante que cela ? Mais que leur apprend-on dans leur couvent ? De mon temps… » Elle chassa les souvenirs d'enfance où des gamines trop et mal renseignées lui confiaient sous le sceau du secret des horreurs à peine imaginables. « Et la réalité s'est révélée pire… », pensait Adriana. Elle constata avec satisfaction que la colère et la jalousie qui avaient secoué Contessina n'étaient pas retombées. La jeune femme marchait de long en large, serrait les dents, montrait le poing. Elle grinçait entre ses dents :

— Cosimo m'appartient ! Malheur à celle qui y porterait les mains ! Je la tuerais plutôt !

Adriana fut à la fois émue et amusée. Décidément, sa fille la surprenait toujours !

— Bon. Eh bien, voilà de nobles résolutions. En attendant, je t'envoie ta servante pour t'habiller et descendre dans la grande salle. Tu y dîneras ce soir en notre compagnie.

Elle resta un instant silencieuse, puis, reprise par son anxiété :

— Vraiment, je te trouve bien pâle. Tu es sûre de n'être pas vraiment malade ? incommodée par la chaleur ?

Adriana l'observait avec attention. Sa fille avait quelque chose à n'en point douter.

— Voyons, dis-moi, que se passe-t-il ? demanda-t-elle à voix basse.

Contessina baissa la tête

— Je ne sais pas, maman, Peut-être suis-je un peu malade ? Le matin la tête me tourne, et à la seule idée de me nourrir, j'ai une terrible envie de vomir... Oh, ce n'est rien ! Je suis sûre de cela ! Peut-être, en effet, est-ce la chaleur. Pourtant...

— Eh bien ? Achève... Pourtant ?...

Adriana commençait à entrevoir la vérité.

— Eh bien, je... normalement, n'est-ce pas... normalement, la semaine dernière, j'aurais dû avoir mes menstrues... Et il ne se passe rien. Est-ce grave ?

Adriana s'efforça de ne pas sourire :

— Ah ! c'est donc cela ! Oui, évidemment ! il fallait y penser !

— Cela ? Quoi donc ? Dites-moi !

L'anxiété de sa fille fit rire Adriana :

— Voyons, ce n'est pas grave...

— Ah ? Vraiment ? Vous êtes sûre ?

— Si je comprends bien ce qui se passe, tu vas avoir un enfant...

Contessina tressaillit :

— Un enfant ? un enfant de Cosimo ?... Est-ce... certain ?

Sur le coup Adriana éclata de rire :

— De qui veux-tu ? Grand Dieu, quelle bécasse tu fais parfois ! Allons ! nous allons annoncer la nouvelle en bas, et demain nous ferons porter un message à ta belle-famille. Nous parlerons plus tard ! Il y aura des dispositions à prendre. Peut-être serait-il bon que tu te retires pour quelque temps à la campagne ? Nous aviserons ! Je te laisse. Arrange-toi, fais-toi coiffer et mets ta plus jolie toilette.

Elle laissa ses paroles faire leur chemin dans l'esprit de sa fille, puis ajouta avant de sortir :

— Tout de même ! Cosimo aurait dû faire attention ! Je te trouve un peu jeune pour faire de moi une grand-mère !

Quand elle fut seule, Contessina chercha longuement son reflet dans le miroir. Elle était encore sous le choc de la surprise et elle n'éprouvait rien d'autre qu'une immense stupeur. « Un enfant !... de

Cosimo… » Puis elle pensa que jamais, plus jamais on ne l'obligerait à retourner au couvent. Alors elle se sentit délivrée d'un poids étouffant, d'une menace. Elle se sourit, se fit révérence sur révérence : « Contessina de Médicis, je vous félicite… Contessina *mia*, vous allez avoir un fils… un fils de Cosimo et cela, mon Dieu, m'est une grande joie. »

V

Le concile de Constance

Novembre 1414

Une très nombreuse suite composait la troupe qui entourait le pape Jean XXIII et Cosimo de Médicis. Outre les archers, arquebusiers et autres gens d'armes, des valets, des palefreniers assuraient confort et protection aux deux hommes. Le voyage avait débuté sous d'excellents auspices. Tout avait été parfaitement organisé. Les six carrosses, les douze chariots qui transportaient vivres, coffres remplis d'étoffes et de fourrures précieuses, pièces d'or et bijoux, étaient protégés par une petite cavalerie vigilante et prête à faire face à la moindre alerte. Cosimo avait été à la fois très audacieux et très prudent. Audacieux parce que Constance allait réunir à l'intérieur de ses remparts un nombre inouï de participants parmi les plus riches d'Europe, qu'il y aurait fête sur fête, tournois succédant aux banquets, bals se terminant à l'aube... et que tout ce monde aurait besoin de vêtements luxueux, de zibelines et d'hermines pour se protéger du froid germanique, et d'argent frais pour payer tout cela. Cosimo subodorait d'excellentes affaires. Il vendrait tout ce qu'il avait apporté, prêterait l'argent nécessaire à ces achats à un taux usuraire inférieur à ceux de l'Église... et, par conséquent, on irait plus volontiers dans la banque qu'il allait créer à Constance. Bénéfices, et quels bénéfices ! sur toute la ligne !... La prudence avait commandé les gens d'armes de toutes sortes pour faire face aux voleurs de grand chemin qui auraient pu être appâtés par les richesses que transportait Cosimo. Le jeune homme se félicitait de sa décision. Malgré le chagrin qui l'oppressait et l'absence de Contessina qui se faisait parfois cruellement sentir, Cosimo s'estimait particulièrement satisfait. Il n'en allait pas de même pour le pape.

Bien qu'il fût lui-même l'un des instigateurs du concile, Jean XXIII avait entrepris à contrecœur ce voyage vers Constance. Il avait cédé aux instances de l'empereur Sigismond de Hongrie, et déjà il s'en repentait amèrement. L'empereur était connu pour être particulièrement retors, déloyal et parfois cruel. Mais le moyen de refuser de mettre fin au schisme qui déchirait la Chrétienté ? Était-il concevable que trois papes se disputassent le pouvoir ? Pourquoi pas cinq ou six ? ou autant de papes qu'il existait de pays en ce monde !... Certes, ce concile était indispensable pour mettre fin au désordre. Mais le Saint-Père italien était sur des charbons ardents. À plusieurs reprises il eut l'occasion de s'entretenir avec Cosimo de ses craintes, qui d'ailleurs se révélèrent, plus tard, parfaitement fondées. En raison de nombreux aléas et de quelques obligations, le voyage allait durer plus de trois mois, ce qui, au début, fut un réel plaisir. L'itinéraire choisi d'un commun accord par les deux hommes allait les amener à traverser les villes de Lucques, Bologne, Padoue. Ils s'arrêtèrent plusieurs semaines dans la république de Venise, où Cosimo devait recevoir les comptes de ses affaires de commerce et de banque. Ensuite, ils étaient convenus de gagner Constance par Bolzano et de passer les Alpes avant la fin d'octobre. Le concile devait s'ouvrir vers le 16 novembre. Mais Cosimo souhaitait vivement arriver bien avant. Plus on approchait du terme du voyage et plus les inquiétudes du Saint-Père allaient s'amplifiant. Cosimo essayait, vainement parfois, mais souvent avec quelque succès, de détourner la pensée de son compagnon.

Les deux hommes étaient face à face.

— L'événement le plus important du monde, disait Cosimo, mollement secoué dans son carrosse, et qui va regrouper les hommes les plus riches, empereurs, rois, princes de l'Église, va nécessairement engager des sommes considérables. Je ne sais comment mon père s'y est pris, mais il a pu obtenir le contrôle absolu de toutes les opérations bancaires ! N'est-ce pas extraordinaire ? Notre maison va étendre sa puissance…

Longtemps il continua ainsi, cherchant à communiquer ses certitudes à son compagnon. La richesse de la maison Médicis protégerait le Saint-Père. Comment pouvait-il en douter ?

Jean XXIII écoutait sans manifester d'étonnement ni même de curiosité. Son esprit était loin des pensées réalistes de son compagnon. En réalité, s'il ne mettait pas un instant en doute la parole de Cosimo, il était beaucoup plus inquiet de son avenir immédiat, qui ne dépendait pas des Médicis mais des bons offices de l'empereur Sigismond. Il avait une attitude pour le moins singulière. À plusieurs reprises Cosimo le surprit poussant des soupirs angoissés, jetant des regards de regret par la vitre comme s'il eût souhaité revenir en arrière. Et lorsque enfin, n'ayant visiblement pas entendu ce que disait son compagnon, il laissa échapper : « Mon Dieu ! ce voyage ne me dit rien qui vaille ! Qu'ai-je fait là ?... Seigneur, protégez-moi... », Cosimo lui demanda avec un certain agacement :

— Voyons, mon ami ! Que se passe-t-il ? Depuis notre départ vous avez fait montre d'un tel mauvais vouloir que vous m'en voyez surpris... Puisque mes propos ne vous rassurent point, parlez donc. Cela soulagera votre cœur...

— Parler ?... Sans doute. Mais que vous dire ?

Étonné, Cosimo le dévisagea. Renfoncé dans son coin, Jean XXIII émit plusieurs grognements inaudibles.

— Je ne vous comprends pas, s'impatienta Cosimo.

— Comment le pourriez-vous ?... Pour vous, ce concile n'est que l'occasion de vous enrichir encore, bougonna le Saint-Père. Je vous connais, Cosimo, et vous n'attachez qu'une importance de façade à l'Église, à la religion. Je ne vous le reproche pas... je constate ! Et surtout ne me dites pas le contraire pour me plaire. C'est en cela que vous me peineriez.

Il se tut quelques instants, puis, se penchant

brusquement en avant, jusqu'à toucher Cosimo, il chuchota :

— Avez-vous entendu parler de Jan Huss ?

À prononcer ce nom, on eût dit que le Saint-Père évoquait le diable en personne.

Cosimo fit un signe d'assentiment. Non seulement il avait ouï dire de Jan Huss, mais en son for intérieur il avait un bon jugement sur le rebelle. Jugement qu'il se gardait d'ébruiter de crainte qu'on ne s'attaquât à la maison Médicis. « L'Église peut se montrer implacable dès lors que l'on touche à ses intérêts », songeait Cosimo, le regard fixé sur le paysage d'automne qui défilait au rythme lent des carrosses.

Jean XXIII eut un soupir :

— Jan Huss sera au concile.

— Mais c'est folie ! s'écria Cosimo. Cet homme va se faire massacrer...

— Non. Juger.

— Pour vous, gens d'Église, n'est-ce pas la même chose ?

— Non. Nous jugerons, puis nous brûlerons.

— Pourquoi vient-il ?

— Se faire entendre par l'Église... Il croit qu'il suffit de prêcher la vérité pour convaincre. C'est un homme pur.

Ces derniers mots furent prononcés avec un imperceptible mépris.

— Mais ce n'est pas seulement cela qui me soucie.

— Eh ! qu'est-ce donc ?

— Ah, je ne sais pas ! de mauvais pressentiments...

Jean XXIII se rejeta en arrière en soupirant.

La présence de Jan Huss au concile de Constance allait être pour lui une source certaine d'ennuis, il en était convaincu.

— Comme s'il ne pouvait rester tranquille…, marmonna le Saint-Père.

Il était connu, respecté. On venait de tous les pays civilisés pour suivre ses cours… Qu'avait-il besoin de s'agiter ainsi ?

— Pourtant il faut réformer l'Église ! s'exclama Cosimo. Trois papes !… Cela devient ridicule. Et puis vous vous enrichissez trop !… Ce Jan Huss trouve audience dans le peuple qui vous rejette. Pourquoi ne pas accepter cette réponse qui me paraît fort louable ? Au moins acceptez de mettre fin à cette querelle ridicule. Voyons ! Que craignez-vous donc ? Vous serez le pape. Le seul et l'unique…

— Ah, ce n'est pas cela qui m'inquiète. Je puis être attaqué sur… sur…

Il se tut et détourna la tête. Impatienté, Cosimo lui jeta un regard de biais :

— Je suis votre ami. Je vous prêterai main-forte si l'on vous inquiète. Bah ! vos mœurs ne sont ni plus ni moins corrompues que celles de la plupart de vos congénères. Pourquoi vous en voudrait-on parti-culièrement ?

Jean XXIII souleva les mains dans un geste d'igno-rance. Il baissa les yeux :

— J'ai votre soutien. Et vous êtes riche.

Cosimo rectifia en souriant :

— Mon père est riche. Je ne suis que son porte-parole.

— Peut-être. Mais vous êtes aussi l'héritier de la famille Médicis.

Il rêva un instant, cherchant à se rassurer. Les Médicis étaient puissants, c'était vrai. Mais leur puissance ne serait-elle pas mise en défaut par l'empereur Sigismond ? Jusqu'où pouvait aller la puissance des marchands-banquiers contre celle d'un roi-empereur ? Il considéra son vis-à-vis qui regardait au-dehors par la vitre.

— Ah ! je ne suis pas tranquille ! ajouta-t-il à voix basse.

Cosimo ne répondit pas. Lui aussi était inquiet pour son ami, mais il dissimulait son anxiété. Lorsque l'empereur Sigismond avait préparé ce concile pour en finir enfin avec le schisme qui déchirait l'Europe et avec cette mascarade des trois papes, Cosimo avait tout de suite compris les dangers que courait Jean XXIII, et c'est pour cela qu'il avait tenu à l'accompagner, quitte à affronter les mêmes dangers. Cette décision, qui d'abord avait surpris la ville de Florence, avait amplifié d'une manière fort satisfaisante la popularité de Cosimo, même si initialement ce n'était pas exactement le but recherché. « C'est un homme loyal… fidèle en amitié. » C'était agréable d'entendre cela, de recevoir des louanges et des messages d'estime et de respect. « Le pape Jean XXIII est un vaurien, disait-on encore. Mais, hein ? si l'on devait emprisonner tous les vauriens il y aurait peu de gens en liberté !… »

Cosimo avait été surpris et flatté du respect que désormais on lui témoignait. Indûment. Cela, il le reconnaissait honnêtement. Mais était-il vraiment indispensable d'informer ses concitoyens des buts réels de son voyage ? D'ailleurs, il éprouvait vraiment une amitié un peu narquoise pour Jean XXIII et une certaine admiration devant la licence que s'octroyait l'homme d'Église. La rumeur publique lui prêtait un nombre considérable de maîtresses et affirmait qu'il avait dépucelé quatre jeunes filles vierges en moins de deux heures. Cosimo, que le vice ou la luxure n'intéressaient pas, était néanmoins fasciné par ceux qui en faisaient le but essentiel de leur vie. Il observait le pape qui s'était endormi. Le petit Napolitain gras et rouge laissait échapper un léger bourdonnement de ses lèvres épaisses... « Comment peut-on vivre ainsi ? s'étonnait Cosimo. Oui. Comment ? Un homme ne saurait vivre ainsi sans y laisser son âme. Se jeter dans la luxure la plus éhontée... Quel plaisir, quelle satisfaction peut-il en attendre ? Une femme est un être humain, que diable... Je n'arriverai jamais à comprendre que l'on puisse les considérer comme de simples bêtes à plaisir. Et soi-même ? N'est-ce pas déchoir que de se livrer à de telles licences avec n'importe qui ? Pourquoi un homme doit-il se conduire ainsi ? Quel mépris a-t-il de lui-même qui l'entraîne à une telle abjection ?... » Peu à peu, le sommeil le gagna et il songea à Contessina... C'était le seul moment de la journée où il acceptait de se laisser aller à sa souffrance. Mais il aimait, chérissait cette souffrance même qui lui venait de Contessina.

Les jours passèrent assez rapidement et le temps changea. Il neigeait abondamment au moment de franchir l'Arlberg et alors que l'on décidait de faire halte et de chercher abri dans l'auberge la plus proche, le lourd carrosse versa. Fort heureusement, la chute fut amortie par un amoncellement de neige et il fut bientôt évident qu'il y avait plus de peur que de mal. Il y eut un grand remue-ménage et enfin on put dégager le pape, de fort mauvaise humeur, et Cosimo qui s'efforçait à plus de calme, sans pouvoir y parvenir. Le jour déclinait rapidement, et il était urgent de trouver un lieu pour y passer la nuit. Cosimo donna quelques ordres et aussitôt quatre cavaliers s'élancèrent au galop.

— Mauvais présage !... Mauvais présage ! gémissait Jean XXIII.

Il tremblait de froid, ses vêtements étaient trempés.

Cosimo s'irrita de cette faiblesse, pourtant compréhensible :

— Voyons, mon ami ! Cœur défaillant ne peut conduire à la gloire ! Ressaisissez-vous !... Dans moins d'une heure nous serons à l'abri, dans une auberge, auprès d'un bon feu...

Après bien des embarras, on parvint à redresser la voiture. Il était temps. La neige tombait à gros flocons serrés et ne fondait pas. Blottis sous leurs couvertures d'hermine et de zibeline, les deux hommes n'en finissaient pas d'épiloguer sur leur accident.

— Mauvais présage ! Ah ! si je le pouvais ! je ferais demi-tour..., soupirait le pape.

Gagné par cette crainte, Cosimo, un instant, se demanda si cela n'était pas la sagesse. Il reverrait

Florence, la douceur de son climat. Et Contessina. De la main il effaça la vapeur qui engluait la vitre. Le paysage s'estompait dans le crépuscule, et pour peu que l'on prêtât l'oreille, on pouvait percevoir la longue plainte des loups. Cosimo ouvrit la fenêtre et se pencha hors de la voiture. Les arquebusiers et les cavaliers qui leur faisaient escorte étaient visiblement aux aguets. « Il ne manquerait plus que les loups et ce serait complet ! » songea Cosimo, inquiet malgré tout. Mais il se rassura vite. Sa suite, officiers, serviteurs, secrétaires, en tout une centaine de personnes réparties dans une vingtaine de carrosses, chacun tiré par six chevaux, était solidement armée. Les gens d'armes qui les escortaient étaient de solides gaillards, lombards pour la plupart, et n'avaient pas froid aux yeux. Les loups n'avaient qu'à se bien tenir ! Cosimo aspira avec délices l'air glacé.

— Nous ne trouverons rien pour nous arrêter cette nuit, dit-il à l'officier qui chevauchait aux côtés de son carrosse. Avertissez tout le monde que nous installerons un campement dès que nous trouverons un endroit favorable. Vous ferez allumer des feux. Cela éloignera les bêtes féroces. Ah ! je serais bien aise d'arriver ! Constance est encore loin ?

— Nous arriverons sans doute dans deux jours, Messer, dit l'officier. Après une bonne halte, du repos et des nourritures, les fatigues du voyage seront oubliées.

En fait, il fallut attendre trois jours avant d'arriver en vue de Constance. Dans l'aube blafarde et la brume épaisse qui s'élevait du lac, en ce 3 novembre 1414, Constance. Ville du concile. Rendez-vous de tous les espoirs, de toutes les ambitions et peut-être de tous les crimes futurs de la Chrétienté...

En découvrant la ville, ses tours rébarbatives, ses murs crénelés, bien gardés par des archers et des arquebusiers, Jean XXIII se pencha vers Cosimo :

— Ah, que vous avais-je dit ? Ne dirait-on pas un piège à renards ?

La vieille ville de l'Empire germanique, de taille moyenne, hautaine, menaçante, sur les bords du lac, paraissait inviolable. La neige avait cessé de tomber. Mais le ciel bas, gris foncé, pesait comme une chape de plomb sur la cité. Il était tard dans la matinée et une foule nombreuse vaquait à de multiples et nécessaires obligations. C'était un conglomérat de chevaux, de voitures, de personnes allant, venant, encombrant les chaussées sales de neige boueuse. Des archers, alignés en cordons, maintenaient la foule qui se pressait autour de l'archevêché. Il n'était pas de jour, parfois même pas d'heure, qui ne vît l'arrivée tumultueuse d'un cortège, princier, ducal ou épiscopal. C'était un spectacle changeant, alléchant — les visiteurs étaient riches — et qui offrait aux badauds un divertissement ininterrompu.

Cosimo désigna la flèche de la cathédrale :

— Nous arrivons ! dit-il joyeusement. Enfin !...

Jean XXIII se pencha par la fenêtre. Morose, il marmonna :

— Oui... C'est là. Je suis attendu à l'évêché. Alors c'est décidé ? Vous ne logerez pas avec moi ?

Longtemps ils avaient débattu de ce sujet et Cosimo avait opposé un refus catégorique au souhait du pape.

— Cela vaut mieux pour vous… et pour moi ! Officiellement les gens d'Église ne doivent rien avoir en commun avec les gens de finance… Saint-Père vous êtes. Marchand et homme de banque je suis ! Il serait malséant que l'on vous supposât le goût du gain…

Jean XXIII s'était rendu aux raisons de Cosimo, mais l'idée qu'il allait être séparé de son ami l'affolait. Pour distraire sa pensée, Cosimo accepta de rester avec lui au cours de la réception officielle qui salua l'arrivée du troisième Saint-Père par les deux papes qui l'avaient précédé, Benoît XIII et Grégoire XII. Il était prévu que l'honneur d'ouvrir officiellement le concile, le 16 novembre, serait réservé au Saint-Père italien, soit à Jean XXIII. Il lui restait encore douze jours pour se préparer.

Dans la grande salle de réception de l'archevêché, les trois papes en concurrence se dévisageaient sans aménité, tout en se répandant en multiples louanges et gracieusetés. Cosimo s'amusait de la lutte sournoise qui opposait les trois hommes. « J'espère que Jean XXIII l'emportera », songeait-il, s'ennuyant le plus discrètement possible durant les longs discours de bienvenue. « Cela serait bon pour mes affaires ! Mais les deux autres accepteront-ils de se laisser destituer d'un si énorme pouvoir et d'une telle sinécure ? L'argent leur vient de tous côtés… »

Jean XXIII répétait son discours d'ouverture et sa voix le fit sursauter : « Dites la vérité, chacun à votre prochain. Rendez la justice dans vos portes selon la vérité et pour la paix… » Cosimo pensa : « Quelle vérité ? Pour qui ? Pour quoi ? »

La suite considérable de Jean XXIII et de Cosimo avait été accueillie avec faste par de nombreux cardinaux, archevêques, évêques. Les trois papes rivaux, qui se traitaient respectivement et secrètement d'hérétiques et ne songeaient qu'à se déposer mutuellement, s'offrirent tout aussi mutuellement des présents d'une incroyable richesse. Cela faisait une société fort civile et courtoise qui aiguisait et préparait en sous-main poignards et poisons virulents.

La salle était envahie par une nombreuse assistance. Les dignitaires allaient et venaient dans l'immense salle du Conseil de l'archevêché. Ils marchaient avec componction, d'un pas lent et solennel. Les visages, sous le sourire amène, étaient aux aguets, fureteurs. Certains regards s'attardaient sur Cosimo avec une expression matoise. « L'argent…, songeait-il, mollement appuyé contre un pilier, l'argent… c'est cela qu'ils attendent de moi, le moyen de décupler leur fortune par le prêt, les placements, les industries… Pour cela, ils me vendront père, mère, sœurs, frères, amis, tout… Accroître leur richesse, donc leur puissance… »

Il somnolait. Huit semaines de voyage l'avaient épuisé. Dans sa tête fatiguée les pensées se succédaient, disparates, sans lien parfois.

Les cérémonies d'accueil duraient l'éternité. Du moins ce fut exactement le sentiment de Cosimo. Ainsi reçut-il avec soulagement la permission de se retirer.

Bien que les logements fussent difficiles à trou-

ver, Cosimo trouva en fin de journée un abri aussi
confortable que possible chez une charmante jeune
veuve, Fida Pfister, dont la maison, située sur une
colline un peu à l'écart de la ville, dominait le lac, et
possédait un grand jardin couvert de neige. Il fit
très vite affaire avec la jeune femme qu'il trouvait
d'ailleurs fort attirante. Son appartement se composait d'une vaste chambre très confortablement meu-
blée d'un lit à baldaquin où trois personnes au moins
eussent trouvé leurs aises. Un coffre sculpté, d'une
taille imposante, occupait tout un pan de mur, face à
une énorme cheminée dans laquelle un tronc d'arbre
se consumait dans une gerbe d'étincelles.

Tandis qu'il s'installait et qu'il se délassait enfin
dans un vaste baquet rempli d'eau chaude, Cosimo
se surprit à penser à plusieurs reprises à sa jolie
hôtesse. Il se promit de faire plus ample connaissance dès qu'il serait reposé, et, comme tous les
autres membres du congrès, de jouir en paix des
mille plaisirs qu'offrait la ville de Constance… «Il
n'y a pas d'autre moyen d'oublier Contessina, pensa-
t-il. D'essayer, si je le puis. Cette veuve est délicieuse et son regard prometteur…»

Deux heures plus tard, après avoir soupé et s'être
assuré que sa suite avait pu trouver à se loger, qui
dans la même demeure que lui, qui dans les maisons
ou encore dans les granges avoisinantes, Cosimo
dormait.

Le lendemain, une réception privée attendait les
deux prestigieux voyageurs. Il avait été convenu que

Cosimo rejoindrait Jean XXIII assez tôt dans la matinée. L'évêque de Constance fut tout à fait charmant. Il leur fit faire le tour de la ville dans un carrosse surchargé d'ornements. Ouvrant la voie devant des spectateurs ébaubis de tant de magnificence, neuf chevaux blancs somptueusement harnachés allaient lentement dans les rues animées sous le soleil hivernal. Cosimo jouissait du spectacle en connaisseur : la beauté des maisons, la profusion des boutiques, des marchands ambulants, la variété et la qualité des étalages qui offraient une extraordinaire abondance de produits.

Cosimo songeait à Contessina : « Comme elle aurait été heureuse ici… Heureuse ?… Bah ! qui sait ? Le bonheur est-il de ce monde ? »

La foule allait et venait, excitée par l'animation qui régnait dans la ville. À n'en point douter, les Allemands étaient ravis qu'un tel concile se tînt sur leur sol. Ils étaient d'autant plus enchantés que, pour eux, une source inépuisable de gains se présentait avec chaque délégation. Du moins l'espéraient-ils. Pour certains d'entre eux, assez rares, il est vrai, le but essentiel de ce concile, l'union désirée par l'immense majorité de la Chrétienté, allait se réaliser. Une ère nouvelle qui serait source de paix et de félicité. Cela se sentait dans l'air glacé vibrant d'espoir.

Dans la semaine qui suivit son installation, Cosimo, stupéfait, rencontra plusieurs personnes qui le laissèrent rêveur. Il entendit certains vieux érudits parler de fraternité universelle, de langue commune à toute l'Europe, de lutte contre l'ignorance. Il écouta ces mêmes érudits parler de paix, d'amour. Et toujours revenait le thème de l'unité de la Chrétienté. Un seul pape… Une seule Église expurgée de ses éléments vicieux malfaisants. Souvent, le nom de Jan Huss revenait dans les conversations. « Jan Huss l'Hérétique », entendit-il même un jour. C'était l'évêque Pierre Cauchon, un Français qui discourait à n'en plus finir sur l'hérésie et allait jusqu'à faire l'apologie du meurtre par le bûcher de tous ceux qui ne reconnaissaient pas l'infaillibilité de l'Église catholique.

Lorsqu'il questionna Jean XXIII sur Jan Huss, le Saint-Père frissonna et demanda :

— Est-il ici ?… est-il arrivé ?

— Je ne sais. Pourquoi cette inquiétude ?

— Cet homme est dangereux.

— Ah bah ?… cela n'est pas ce que l'on dit de lui… Il parle de réforme.

De nouveau Jean XXIII eut un frémissement :

— Justement ! C'est un hérétique ! Dieu !… si par malheur vous le rencontrez… Faites-le-moi savoir au plus tôt ! Oh ! Vous le promettez, n'est-ce pas ?

Cosimo promit. Il était au comble de l'étonnement. D'après ce qu'il entendait de par les rues de Constance, ce Jan Huss était plutôt sympathique. Il fut agréablement surpris d'apprendre par sa logeuse que Jan Huss était arrivé et avait élu domicile chez elle. Quatre ou cinq jours après l'arrivée de « l'Hérétique », Cosimo demanda à Fida s'il arrivait à Jan Huss de quitter sa chambre.

— Oh non !… C'est curieux, n'est-ce pas ? répondit la jeune femme. Il travaille sans arrêt… jour et nuit… C'est un homme extraordinaire…

— Comment est-il ?

— Grand ! très grand… et maigre à faire peur…
Mais il mange peu. Je lui ai dit que tu vivais ici.

— Alors ?… n'a-t-il pas désiré une rencontre ?

— Si fait. Plus tard. Quand ceci sera terminé,
m'a-t-il dit en désignant ses parchemins, je serai
heureux de rencontrer ce Médicis…

Cosimo sourit et reprit ses promenades dans
Constance, parlant avec tous ceux qui le voulaient
bien.

Unité de la Chrétienté. Tel était le sujet débattu à
longueur de rencontres. Ce fut le thème qui ser-
vit lors de l'ouverture officielle du congrès en ce
16 novembre 1414. Jean XXIII y fit son discours,
que Cosimo connaissait aussi bien que le Saint-Père,
l'ayant entendu répéter sans arrêt les mots qu'il mar-
telait maintenant dans la grande salle de l'archevêché devant des centaines de prélats, poliment
ennuyés : « Dites la vérité à votre prochain… »

— Avez-vous entendu, Saint-Père ? dit Cosimo à
Jean XXIII tandis qu'ils se retiraient chez la veuve
Pfister pour prendre un peu de repos.

Jean XXIII inclina la tête. Il avait d'autres préoc-
cupations que d'écouter les élucubrations d'idéa-
listes séniles.

— La paix et la fraternité dans le monde…,
grommela-t-il, et puis quoi encore ?… Comment
peut-on être aussi naïf ?

— Naïf ? dit Cosimo, songeur. Non. Ce n'est pas
le terme que j'emploierais… Des utopistes… d'in-

décrottables optimistes. L'homme pourrait s'améliorer pour peu que la société le lui permette.

Il rêva un instant comme si, par miracle, cette éventualité eût pu avoir quelque chance de succès. Il soupira :

— Quelle erreur ! Donnez-lui un peu de pouvoir et les moyens d'exercer ce pouvoir, et l'homme se révèle aussitôt comme la pire des bêtes féroces. Sauf certains, en effet. Mais ils sont broyés par la masse… Bah ! Allons nous reposer. Ce soir est fête… Nous mangerons jusqu'à rendre l'âme, nous boirons jusqu'à l'ivresse, et si elle le veut bien, je baiserai encore cette jolie veuve Pfister…

Cette Fida Pfister, dont Cosimo avait fait sa maîtresse pour ne point trop souffrir de solitude durant les longs mois de son séjour à Constance, cette Fida Pfister, donc, était une jeune femme d'environ vingt ans, haute de taille et bien en chair. Veuve d'un gros bourgeois de trente années plus âgé qu'elle, à qui elle fut parfaitement fidèle, autant par ignorance des choses de la chair que par la crainte du qu'en-dira-t-on, elle n'avait connu de sa vie que les étreintes fugaces de ce mari qui eut la délicatesse de la laisser seule et libre après trois années de mariage. Elle avait découvert, dans les bras de Cosimo, qu'être femme ce n'était pas forcément subir les étreintes rapides d'un homme très respecté, sinon aimé. Cela pouvait aussi, lorsque l'amant usait de savoir-faire et de douceur, vous envoyer tout droit vers le septième ciel. La première fois que Cosimo l'avait pos-

sédée, deux jours après son arrivée, un grand cri
déchira la nuit dans la maison de la sage veuve Pfister, laquelle venait de découvrir des éblouissements
inconnus à ce jour. Elle resta longtemps épuisée,
ravie, auprès de Cosimo. Et se promit que chaque
fois que son hôte le désirerait, oui, chaque fois en
vérité, elle céderait à des exigences aussi délicieuses.

La venue de Jan Huss troubla quelque peu l'ordre
habituel de la maison de la Paulsgasse. De nombreux amis du théologien tchèque venaient lui rendre
visite, et ce fut un incessant va-et-vient de personnages que bientôt Cosimo apprit à connaître. Il y
avait là le baron de Chlum, un gigantesque barbu
précédé de deux hallebardiers à la mine peu enga-
geante et qui, chaque matin, portaient d'énormes
paniers de provisions. Souvent, le baron de Chlum
était accompagné par le recteur de Prague, le sieur
Rejtzen qui ne le cédait en rien quant à la taille et à
la mine patibulaire.

Lorsqu'il apprit l'arrivée de Jan Huss par Cosimo,
venu le voir à l'archevêché, Jean XXIII s'exclama :

— Ah ! les vrais ennuis vont commencer... Il
faut avertir...

Jean XXIII s'interrompit et regarda autour de lui
avec circonspection. La grande chambre qui lui servait de cabinet de travail était déserte. Pourtant, le
Saint-Père s'exprimait à voix basse comme si des
oreilles indélicates eussent pu surprendre ses paroles.

— Il n'a pas vraiment de sauf-conduit. Celui que

lui a signé l'empereur Sigismond ne vaut rien... et je ne pourrai rien pour lui ! absolument rien.

Il soupira. Ses yeux inquiets fixés sur Cosimo révélèrent son trouble et sa terreur.

— Mais qui est cet homme à la fin ? Que craignez-vous de lui ? demanda Cosimo surpris. Pour ma part, j'ai vu un grand gaillard sympathique entouré d'amis véritables comme j'eusse souhaité en rencontrer plus souvent...

Le Saint-Père soupira :

— On le soupçonne, enfin on dit que c'est un hérétique !... Vraiment ! Enfin ici tout le monde le croit ! ou veut le croire, ce qui à mon avis est pire. Et la délégation française conduite par le cardinal d'Ailly et l'évêque Cauchon veut faire un... procès. Un procès exemplaire contre l'hérésie. Pour tout dire, ils veulent la perte de Jan Huss !...

Le Saint-Père suspendit sa phrase et reprit son souffle, puis d'une voix plus ferme :

— Jan Huss veut une réforme de l'Église. Retourner à la pureté de la Bible. Mais l'Église veut maintenir le peuple dans l'ignorance... Il faut que le manant craigne Dieu et le pape... Jan Huss veut lutter contre tout cela. La Bible. Ni plus ni moins. Voilà ce qu'il veut... voilà ce que l'Église ne veut pas... Et voilà pourquoi on va lui faire un procès qu'il perdra, et qui le conduira au bûcher.

— Enfin, vous êtes encore le pape ! Vous pouvez vous opposer...

— Ah, mon ami ! interrompit le Saint-Père, je ne suis plus que l'apparence... Seigneur ! ayez pitié de moi ! J'ai été certes accueilli avec beaucoup d'égards ! Réception grandiose, logement à l'arche-vêché… oui… oui… Mais tenez, regardez par cette fenêtre…

Cosimo s'approcha de la croisée. Un singulier cordon d'archers, de hallebardiers, de moines se croisaient et se recroisaient, piétinaient dans la neige fondue et, de temps à autre, jetaient un regard indifférent vers les fenêtres du Saint-Père.

— Votre sécurité commande…, commença Cosimo.

— Ma sécurité ? soupira Jean XXIII. J'ai mes gens !… Du moins j'avais…

— Ah çà ?… Mais où sont-ils donc ?

Le Saint-Père fit un geste de la main :

— Je ne sais pas… Disparus ! Pfuitt !… Comme cela ! Et maintenant, ce Jan Huss ! cet hérétique ! Tous ses ennemis sont ici… Et par conséquent, les miens…

— Je ne comprends pas… Qu'avez-vous à voir avec Jan Huss ?

Le Saint-Père baissa la tête. Humble soudain. Et cette humilité toucha Cosimo plus sûrement que n'importe quelle supplication ou protestation.

— Je vois…, dit-il avec douceur. Je comprends…

Jean XXIII et ses pairs avaient tout fait dans leur vie pour que les Jan Huss et les Jérôme de Prague existassent.

— Au moins, dit Cosimo conciliant, vous avez l'avantage de la franchise… Les autres… parfois ils ont fait pire sans que cela se sache…

— Peut-être…, répondit Jean XXIII, peut-être…

— Que pensez-vous faire pour Jan Huss ?

— Rien. L'empereur Sigismond avait pourtant promis...

— Cette canaille ? dit tranquillement Cosimo. Qui peut croire à ses promesses ? Quand doit-il arriver ?

— Fin décembre. Comme je suis encore le pape, enfin le seul vrai pape... c'est moi qui dirai la messe... de la naissance du Christ...

Alors Cosimo eut une réflexion amère :

— Seule l'Église envoie si promptement au bûcher ceux qu'elle taxe d'hérésie et qui, pour la plupart, souhaitent simplement qu'elle s'amende de ses péchés...

Les jours suivants, les travaux du concile n'ayant pas encore commencé, le Saint-Père Jean XXIII, tout à fait rasséréné, profitait de ce repos et passait le plus clair de son temps avec Cosimo. Ce dernier, en digne Médicis et soucieux des affaires de la famille, tenait table ouverte, et ne se disait satisfait que si ses convives dépassaient la soixantaine, ce qui, moins d'une semaine après son arrivée, fut monnaie courante. Il se créa bientôt autour de la maison de la veuve Pfister une aura de gaieté et d'abondance qui attirait en nombre important badauds et marchands, maîtres de la finance, et surtout les femmes, qui s'empressèrent. Elles vinrent nombreuses. Bourgeoises, nobles dames, parmi les plus élégantes sinon les plus vertueuses. C'étaient d'ailleurs de fort jolis spectacles, certains soirs de réjouissances, que de voir danser ces gracieuses créatures portant le hennin, décolletées à la limite extrême de la décence et

« plus offertes à qui voulait les prendre que chiennes en chaleur », clamait l'évêque Cauchon dans ses sermons, appelant le courroux du ciel sur ces pécheresses, ces pages, ces cavaliers, ces jeunes bourgeois, tous somptueusement mis et qui tournaient autour d'elles.

Cosimo était fort satisfait de la tournure que prenaient ses affaires à Constance. Il se montrait, parfois, joyeux. Surtout lorsqu'il avait réussi une négociation, ou obtenu un désistement en faveur de Jean XXIII pour le prochain vote. Désistement largement monnayé par Cosimo qui veillait attentivement à ce que le Saint-Père fût maintenu envers et contre tous sur le trône papal quel que fût le prix que cela coûtait à la maison Médicis.

Vers la fin du mois de novembre, le temps se mit résolument à la neige, et Constance parut se replier frileusement sur elle-même. Les banquets suivis de bals se raréfièrent. Alors, parfois, les crépuscules furent douloureux pour Cosimo. Le souvenir de Contessina l'envahissait, pernicieux, délétère, le laissant en proie à une persistante nostalgie. Il devenait alors coléreux, jetait ses papiers à la tête de son secrétaire, reprenait ses comptes, se trompait dans ses calculs... Finalement, il chassait les importuns et se retrouvait seul, la tête entre ses mains, tout entier à sa douleur. Le pape était la seule personne au monde avec qui Cosimo pouvait parler de Florence, et incidemment, dans la conversation, glisser le nom de Contessina. Cela se faisait comme par inadvertance, mais de prononcer ce nom : « Contessina » ou bien « Oui, bien sûr, vous vous souvenez, Saint-Père, de

notre mariage… ma très chère épouse Contessina »,
cela, et cela seulement, apportait comme une amère
consolation à Cosimo. En l'évoquant ainsi, la jeune
femme devenait présente, existait enfin.

Il se souvenait d'une robe d'été, blanc et or, dont
le corsage lacé haut dessinait la taille mince et plate,
et découvrait subrepticement la gorge encore petite
à peine gonflée : on apercevait le téton rose pâle…
Elle marchait dans le jardin du palais Bardi, tout
éclaboussée de soleil, ses cheveux noirs coiffés en
casque lisse, entremêlés de perles fines. Elle le regardait, lui souriait… et Cosimo, narine ouverte, pouvait sentir le parfum d'iris de Florence dont elle
aimait se frictionner chaque matin. Étourdi, il revint
à l'heure présente.

— Comme le disait Contessina, Contessina, ma
très chère épouse…

Il s'interrompit. Il était à Constance, et Contessina n'était pas là…

— Eh bien ? questionna le Saint-Père étonné. Que
disait-elle donc ?…

Les deux hommes devisaient devant la cheminée.
Au-dehors, les éléments déchaînés s'acharnaient sur
tout ce qui ressemblait à un être vivant.

— Ah !…, dit Cosimo qui s'était levé et qui
regardait par la fenêtre. Voyez, Saint-Père ! C'est là
une véritable tempête de neige ! Je n'en avais jamais
vu jusqu'ici. Comme cela est fascinant…

Jean XXIII eut un sourire indulgent. Il ne saurait
jamais ce que Contessina de Médicis disait, et il songeait que sans doute cela n'était important que dans
l'esprit de cet homme petit et laid, dont le visage

émouvant, embrumé de tristesse, lui était aussi cher que s'il eût été son fils.

On frappa à la porte. Elle s'entrebâilla sur le joli minois de Fida Pfister :

— Excusez-moi, Messer, mais il y a là monsieur Jan Huss… il demande à vous parler, Messer !

Touchante de timidité, elle souriait, toute rouge et gauche, mais si charmante que Cosimo lui sourit :

— Messer Jan Huss, dis-tu ?

Quelque chose changea dans l'atmosphère de la chambre. Ce fut comme un vent froid.

Le pape eut un tressaillement et regarda Cosimo d'un air profondément attristé :

— Ah ! ne le recevez pas ! je vous en conjure !

Cosimo fit signe à Fida de fermer la porte et dit à voix basse :

— Et pourquoi cela ? J'ai moi-même demandé cette rencontre !

Jean XXIII insista :

— Oh ! s'il vous plaît ! Si les cardinaux l'apprennent… ou, tenez, l'évêque Cauchon ! le Français… il est abominable. Vous risquez vous-même d'être taxé d'hérésie… et ma position est si faible ! Que l'on sache… Et je suis un homme perdu… fini. Vous ne comprenez donc pas ? insistait Jean XXIII. Cet homme a frappé l'Église et les moines là où cela fait le plus mal ! Il a attaqué devant le peuple l'orgueil et les vices de nos prélats… Si encore il nous avait réservé ses fulminations en privé. Mais devant le peuple ! À l'église… à l'université… Partout où l'on a pu l'entendre… Accompagné de son acolyte le baron de Chlum, ils ont fait du prosélytisme pendant tout leur voyage… Des idées proches de l'hérésie…

— Allons ! calmez-vous, Saint-Père. Ce que vous dites ne fait que renforcer mon désir, dit Cosimo. Personne ne saura que j'ai rencontré le diable, si vous-même et ma douce Fida n'en soufflez mot ! Il est minuit passé… et il fait un temps tel que nul ne peut songer à venir jusqu'ici. Donc, notre rencontre peut rester secrète. Et j'ai tant entendu parler de maître Huss que j'ai vraiment furieuse envie de le connaître enfin ! Je suis fort aise que Messer Huss ait cru bon vivre dans cette demeure… Rassurez-vous, Saint-Père, insista Cosimo, cette rencontre restera secrète. N'est-ce pas, Fida, que tu ne diras rien ?

— Oh, Messer…

Fida parut blessée que l'on pût seulement penser qu'elle pourrait un jour trahir cet homme pour qui elle se fût jetée au feu.

Cosimo sourit et lui baisa la main. Jean XXIII eut un sourire triste :

— Eh bien, faites entrer maître Huss. Après tout… Peut-être pourrez-vous le sauver ?…

Mais ces derniers mots furent prononcés à voix si basse que ni Cosimo ni Fida ne les entendirent.

— Allons, ma mie, dit Cosimo à Fida Pfister, dites à maître Jan Huss que nous serons ravis de nous entretenir avec lui. Moi aussi je souhaite cette rencontre ! Je ne peux faire un pas dans la ville sans entendre parler de lui.

Fida Pfister s'empressa d'aller chercher l'intrus, et quelques instants plus tard elle s'effaçait devant un grand gaillard de près de sept pieds de haut.

Maigre, pâle, le regard intense, ce regard des fanatiques prêts à toutes les imprudences pour peu qu'ils croient sincèrement aux causes dont ils se persuadent d'être investis.

Les trois hommes s'observèrent en silence. Plus exactement, ils se guettèrent, comme des chats prêts à se battre pour une pitance à portée de leur patte. Chacun attendait que l'autre baissât la garde et dît le premier mot. Cosimo nota *in petto* que Jan Huss passait devant le Saint-Père sans lui prêter un regard. La tension qui régnait entre eux était telle qu'il fallait absolument que quelque chose se passât. L'atmosphère était insoutenable.

Enfin Cosimo rompit le silence :

— J'ai beaucoup entendu parler de vous, maître Huss. En vérité. Beaucoup. Et ce que j'ai entendu me porte à une vive sympathie à votre encontre.

Jan Huss s'inclina sans un mot, s'approcha de la cheminée, et, le dos tourné aux flammes, resta debout, face aux deux hommes qui le fixaient avec attention. Sa grande ombre se projetait dans la pièce et Cosimo avait du mal à distinguer les traits de son visage. Il sentait peser sur lui le poids d'un regard intense, scrutateur. Mais, bizarrement, cela ne le gênait point. Au contraire. Il se prêtait à cette curiosité avec complaisance.

— Puis-je me permettre une question ? demanda enfin Cosimo. Déplaisante, mais nécessaire.

Toujours dos à la cheminée, sans quitter Cosimo des yeux, Jan Huss recula davantage vers le feu, presque à le toucher. Puis il s'arrêta à la limite de la brûlure.

— Hum ! dit enfin Jan Huss… Que voulez-vous savoir, Messer Cosimo de Médicis de la banque de Florence ?

Sa voix grave, profonde, avait des inflexions légèrement ironiques mais dépourvues d'animosité. Cosimo inclina la tête :

— Je vois que vous me connaissez…

— Hum !… oui.

Une ombre de sourire éclaira le visage de Jan Huss :

— Moi aussi j'ai beaucoup entendu parler de vous en ville… Vous seriez le moins malhonnête des changeurs, est-ce vrai ?

— Je m'efforce de faire, le plus honnêtement possible, la plus malhonnête des besognes. Prêter ou changer de l'argent à usure est toujours source de profits.

— J'espère que vous ne vous en plaignez pas ? ironisa Jan Huss.

— Oh non ! Pourquoi le ferais-je ?… Je vous l'ai dit. Cela est ma besogne. Et je pense l'accomplir avec beaucoup de savoir-faire.

— Ah ! du moins vous êtes franc… Alors ? Quelle est votre question ?

Cosimo eut un petit rire :

— Il est notoire que l'empereur Sigismond est une vieille canaille politique, prêt à tout pour satisfaire ses ambitions. De plus, je n'ai jamais ouï dire qu'il tînt sa parole lorsque cela dérangeait ses intérêts. Je l'ai vu renier sa signature en bas d'un traité. Je l'ai mille fois entendu abjurer sa parole, donnée oralement devant témoin. Il a de trop grands besoins d'argent pour être honnête homme. Comment avez-vous pu venir dans ce piège qu'est Constance sans autre protection que la parole de Sigismond ?

À ce moment précis, le pape eut une petite quinte de toux. C'est alors que Cosimo s'aperçut que le Saint-Père suait abondamment. « Il a peur ! pensa Cosimo, interdit. Est-ce possible ? Et pourquoi ? »

Jan Huss ne répondit pas tout de suite. Quand il le fit, sa voix se fit pensive, grave, un peu sourde, et cela donnait une puissance singulière à ses propos.

— Il fallait que je me fasse entendre !…, dit-il enfin. Certes, ce ne sont pas les mises en garde qui m'ont fait défaut. (Il haussa les épaules, l'air d'un homme très au-dessus de ces mises en garde.) Ces petits épiciers… Ces revendeurs d'indulgences… Est-ce cela l'Église catholique ? Le Saint-Père excommunie lorsqu'on n'acquitte pas assez promptement ses redevances à l'Église. Excommunie lorsqu'il a besoin d'argent. Excommunie à tout propos, à tout vent ! Et puis, que veut l'Église ? Qu'est donc devenue la Chrétienté ?

— Vous avez eu tort de venir, répliqua Cosimo avec véhémence. Tort de vouloir vous faire entendre. Si vous voulez un bon avis, je vous conjure de quitter Constance tant qu'il en est encore temps. Lorsque le concile sera officiellement ouvert, il sera trop tard pour vous. Pensez-vous sérieusement que l'Église va vous laisser parler, essaimer des idées de réforme, de pureté, de pauvreté ? Allons, mon ami ! réveillez-vous ! Il y a tant de charges contre vous ! Vous êtes excommunié, interdit, insoumis à l'Église… Donc hérétique, relaps. Vous risquez la mort… Vous le savez ? Vous me connaissez, avez-vous dit. Mais savez-vous qui je suis... Vraiment ?

Étonné par cette dernière question, Jan Huss dévisagea longuement son vis-à-vis. Il hésita, perplexe, puis avec une certaine emphase, comme s'il voulait donner une note ironique à son propos, il martela :

— Cosimo de Médicis, fils de Giovanni de Médicis. Banquier de l'Église catholique. Vous détenez entre vos mains tant de richesses que vous pouvez vous offrir un pape. (Il désigna Jean XXIII d'un menton méprisant.) Est-ce cela que vous voulez entendre ? Je vous l'ai dit tout à l'heure, ce me semble...

— Sans doute. Je voulais m'assurer qu'il n'y avait pas de doute dans votre esprit. Mais vous faites une erreur. Nous ne sommes pas les banquiers de l'Église. L'Église connaît parfaitement son affaire et n'a nul besoin de nous pour s'enrichir. Nous nous entraidons. Parfois. Mais lorsque je vous demandais si vous me connaissiez, c'était surtout pour préciser que je suis un homme profondément réaliste, donc forcément pessimiste sur la nature humaine. Vous voulez réformer l'Église ? l'empêcher de s'enrichir ? d'asseoir sa puissance ?

— C'est pour cela que je me bats. L'Église n'a que faire de cette richesse, de ce pouvoir. Le rôle de l'Église doit être exemplaire. Être un modèle, le ciment qui unit les hommes. Elle doit montrer une morale infaillible, une pureté irréprochable. Elle doit être secourable et charitable aux malheureux, sévère avec les puissants... et c'est tout le contraire...

— Et c'est à ces deux mille cardinaux, archevêques, évêques, et prélats de tous les pays d'Europe que vous allez tenir ce discours ? Êtes-vous devenu fou ? Connaissez-vous un homme au monde, fût-il pape, qui va renoncer de gaieté de cœur au pouvoir que donne l'argent, parce qu'il a fait vœu de pauvreté ?... L'Église empêchera que le peuple vous entende ! Osez tenir ce discours à l'ouverture du concile et l'on vous pendra !

— Non. On me brûlera sur la place publique. N'est-ce pas, Saint-Père ?

Ces derniers mots s'adressaient à Jean XXIII, qui n'eut pas un geste. Pâle, transpirant, il évitait le regard de Jan Huss. « Que sait-il ? pensa Cosimo alarmé. Il a appris quelque chose à l'évêché et c'est sûrement mauvais pour Jan Huss... »

— Le Saint-Père est mon ami, dit-il d'une voix ferme. Maître Huss, vous avez de belles et généreuses idées. Vous pensez que l'Église a mission d'être la plus grande entreprise morale et spirituelle de notre pauvre monde, d'être un guide pour l'humanité, et vous êtes marri de constater qu'elle n'est qu'une société d'une répugnante rapacité, dont les vices ne peuvent qu'écœurer le plus tolérant des hommes. Qui donc voulez-vous mettre à leur place ? D'autres hommes à qui vous donnerez le même pouvoir ? Ils auront tôt fait d'agir de même.

— Cela n'existe pas chez les juifs... Les rabbins se croiraient damnés pour l'éternité s'ils se conduisaient comme nos chers prêtres. Pourquoi nos religieux ne sont-ils pas semblables ?

— Ah ! les juifs, c'est autre chose. Leur loi interdit toute licence.

— La nôtre la permet-elle ?

Cosimo fit un geste d'impuissance.

— Nos prélats ? dit-il, rêveur. Mais vous ne pourrez rien contre eux. Ils vous feront taire. Vous croyez que votre parole sera entendue ? Non. Si elle l'est, elle sera immédiatement salie, contredite. Personne ne quitte le pouvoir et la richesse s'il n'y est obligé. Partez tant qu'il en est encore temps. Vous n'avez aucune protection ici.

Jan Huss réfléchit longuement. Son regard ironique allait de l'un à l'autre des deux hommes. Il s'arrêta sur Cosimo :

— Et vous ?

— Moi ? dit Cosimo, étonné. Que puis-je pour vous ?

— Rien. Mais j'aimerais connaître votre pensée.

— Ah ! Vous voulez savoir si j'approuve votre combat ? Mon Dieu ! Quel homme sensé ne vous soutiendrait pas ? Bien entendu, moi aussi je souhaiterais que l'Église ne se mêlât que du spirituel et laissât le temporel aux hommes. Moi aussi, je trouve que la place de l'Église n'est pas à la guerre, et que l'acquisition effrénée de richesses n'est pas de son ressort. Je le dis souvent, je le clame parfois et me fais des ennemis puissants. Mais je suis Médicis. J'appartiens à une république et je suis un homme libre. Contre moi on ne peut rien. Ma fortune peut tenir tête à celle de l'Église et l'on me craint. Vous, maître Huss, vous n'avez rien. Rien ! Que votre foi.

— N'est-ce pas suffisant ?

— Elle vous conduira au bûcher. Comme hérétique...

Jan Huss ne répondit pas. Tournant le dos aux deux hommes, il fit face à la cheminée, et doucement tendit les mains jusqu'aux flammes. Il les y laissa jusqu'à ce que la douleur fût insupportable.

— Ce sera dur, dit-il calmement, en s'efforçant de maintenir ses mains encore quelques secondes avant de les retirer vivement.

Puis, se tournant vers les deux hommes, il eut un rire sardonique :

— Difficile, n'est-ce pas, la recherche de la vérité… J'ai été excommunié par l'Église. Par vous, Baldassare Cossa !…

Il criait maintenant et désignait Jean XXIII d'un index accusateur.

Le Saint-Père tressaillit.

— Excommunié, reprit Jan Huss. Hérésie… C'est là votre grand mot… Tout ce qui vous remet en cause est taxé d'hérésie. Vous me brûlerez en place publique, comme vous avez brûlé les livres de Wycliffe* sans les avoir ouverts, sans les avoir étudiés. Parce qu'il n'y a pas plus grande volonté d'ignorance que celle des gens d'Église. Le savoir vous fait peur. Vous ne recherchez pas la vérité, le bien de l'humanité… Vous voulez garder impérieusement le pouvoir absolu, temporel et spirituel…

De nouveau, Jan Huss s'interrompit…

— Eh bien, Saint-Père, reprit-il avec une ironie cinglante, je partage les idées de maître Wycliffe…

---

* John Wycliffe, théologien. Réformateur de l'Église (1320-1384). Précurseur de la grande réforme qui suivit le concile de Constance.

Je suis pour la séparation de l'Église et de l'État...
Nous n'avons que faire des papes... Ils sont coûteux,
inutiles et fornicateurs comme jamais... La Bible
des juifs est la vraie source de notre foi. La Bible !
Et rien d'autre. Les indulgences monnayables, les
communions, toutes vos simagrées ne sont que
chaînes pour l'humanité !

Jan Huss s'enflammait, sa voix s'élevait, percu-
tante. Il ne parlait plus seulement pour les deux
hommes médusés qui l'écoutaient, mais pour une
salle remplie d'évêques et de prélats, pour un peuple
ignorant et affamé, pour, enfin, être entendu du
monde entier.

Lorsqu'il s'arrêta pour reprendre souffle, Cosimo
répliqua vivement :

— Vous allez trop loin, maître Huss ! Allons, calmez-vous ! Vous parlez devant le Saint-Père.

Jan Huss enveloppa le prélat d'un regard chargé
de mépris :

— Le troisième de la liste... Au fond, pourquoi
pas douze Saints-Pères ?... comme les apôtres...
Chacun de nous pourrait choisir celui qui lui convient
le mieux... Dieu y trouverait son compte !

Jean XXIII soupira. C'était plus qu'un soupir. Une
sorte de gémissement angoissé, celui d'un homme
incapable d'arrêter le déroulement d'événements
dramatiques.

— Écoutez, maître Huss, dit le Saint-Père. Écoutez ! Mon ami Cosimo n'a pas tort. Il est encore
temps pour vous de partir. Ne vous entêtez pas, pour
l'amour de Dieu... Les Français arrivés d'hier, le
cardinal d'Ailly, Messer Pierre Gerson et l'évêque

Pierre Cauchon, sont vos pires ennemis. Plus dangereux que moi-même. Vous êtes ici sous ma protection, malgré vous, certes, mais sous ma protection
tout de même…

La voix du Saint-Père s'affermissait. Il redressait
la tête. Son regard montrait aussi plus d'assurance,
et même de la bonté. Il ne détestait pas Jan Huss.
Humblement, il reconnaissait le bien-fondé de ses
accusations, mais que pouvait-il dire pour sa défense ?
Il avait lui-même tant de péchés à se faire pardonner… Non, il ne haïssait pas Jan Huss. En d'autres
temps, peut-être eût-il éprouvé pour ce fanatique
une sincère amitié. Mais il ne fallait pas se laisser
aller à de si dangereuses inclinations. Il était le pape,
certes. Mais pour combien de temps ? Et si par malheur quelqu'un ébruitait qu'il s'entretenait, passé
minuit, dans une chambre, avec un hérétique…
Jean XXIII trembla. Il poursuivit :

— Je me suis porté garant de vous. Que vous ne
seriez pas cause d'événements graves portant préjudice à l'Église… Oui… oui… je suis garant de
vous !

Jan Huss haussa les sourcils. Puis d'une voix
rude :

— Sous quelles conditions ?

Sans répondre à cette question, le Saint-Père baissa
de nouveau la tête et reprit :

— L'empereur Sigismond m'a notifié qu'il ne
serait rien fait contre vous, que votre personne serait
protégée… « Pas le moindre mal, a-t-il dit, même
s'il avait tué mon propre frère. » Et moi-même je

vous le confirme. Il ne vous sera rien fait. Même si vous me portez atteinte.

De nouveau, la voix de Huss s'éleva, sèche, cinglante :

— Sous quelles conditions ?

Jean XXIII soupira :

— Vous taire. Vous taire désormais et pour toujours.

Jan Huss ricana :

— Me taire ? Jamais... L'oie n'est pas encore rôtie et ne craint pas de l'être.

Le Saint-Père eut comme un gémissement de désespoir :

— Alors, attendez-vous au pire, maître Huss... Pour l'amour de Dieu...

Il se tut, incapable d'en dire davantage. Méprisant, Jan Huss répliqua d'une voix forte :

— Ne prononcez pas le nom de Dieu. Dans votre bouche c'est un blasphème ! Dieu est amour, tolérance et pardon... Et vous, gens d'Église, qu'êtes-vous ?

Cosimo tenta de le calmer. Mais Jan Huss paraissait déchaîné. Tout y passa. Le trafic des indulgences papales, l'usure que pratiquait l'Église, mais surtout la luxure dans laquelle se vautraient la plupart des prélats.

— Savez-vous ce que l'on dit de vous, Saint-Père ! tonnait Jan Huss. On dit que vous avez forniqué avec des nonnes !

Jean XXIII secouait la tête et faisait des gestes de dénégation. Son regard suppliait Cosimo de faire quelque chose. Cosimo sentit que s'il ne mettait pas fin à la conversation, un événement dramatique risquait de se produire. Il n'aurait pu dire lequel, mais il était devenu nécessaire que les esprits s'apaisassent pour le bien de tous et surtout pour celui de Jan Huss. Se faire un ennemi du Saint-Père était stupide. Comment ne pouvait-il le comprendre ? Voulait-il être un martyr ? et pour quelle cause ?… « La vérité…, pensa Cosimo. Quelle vérité ? »

— Voyons, maître Huss, dit-il en s'efforçant de sourire. Ne malmenez pas mon ami. De tous ceux que vous condamnez, et peut-être justement, le Saint-Père est sans doute parmi les meilleurs… Si… si ! Je vous l'affirme ! Il ne faut pas tenir compte des rumeurs. Je connais le Saint-Père depuis des lustres, et je souhaite qu'aucun homme au monde n'ait davantage de péchés à se reprocher. Mais c'est un homme imparfait, certes, comme vous, comme moi. Et qui donc peut prétendre à la perfection ? Celui qui l'affirmerait serait soit un menteur, soit un homme très dangereux pour le bien de l'humanité… Car il n'aurait aucune pitié, aucune indulgence pour nos pauvres faiblesses humaines…

Jan Huss haussa les épaules et regarda fixement le Saint-Père comme s'il voulait percevoir ce qui se cachait derrière ce visage plein et rubicond, dépourvu de méchanceté. « Un homme d'instinct et de passion, pensa Jan Huss. Capable de tout pour satisfaire ceux-ci… Pour le moment, cet homme a peur. De moi, de son ombre… et surtout de ses congénères… »

Cosimo s'adressait à Jean XXIII

— Allez vous reposer, mon ami, dit-il en appuyant sur les derniers mots. Demain est jour de travail pour vous et pour moi ! Une bonne nuit de repos nous est nécessaire. Je vais vous faire préparer un carrosse et prenez bien garde de prendre froid... et surtout que l'on ne vous voie point.

Cela mettait fin à un entretien où aucun des trois hommes n'avait pu exprimer ni crainte ni espoir.

En fait, Cosimo avait envie de rester seul. Il avait du travail en retard, et surtout il avait envie d'un tête-à-tête avec son hôtesse, cette jolie veuve Fida Pfister.

Et il était si tard ! Dormirait-elle lorsqu'il pénétrerait dans sa chambre ? ou bien l'attendrait-elle ? Il espéra cette éventualité et précipita le départ des deux hommes. Puis, Cosimo attendit quelques instants et sortit dans les couloirs silencieux, à peine éclairés par la lumière parcimonieuse des torches fichées çà et là.

Il y avait un peu plus de quatre mois qu'il avait quitté Florence, et le souvenir de Contessina ne le quittait pas. « Il est grand temps pour moi de n'y plus penser à ce point. Elle-même, sans doute, m'a oublié. Puis-je compter sur sa sagesse ? Bah, c'est une enfant... » Troublé, il pensa aux nuits qu'ils avaient passées ensemble. « Ce n'est plus une enfant ! Quel âne bâté je suis !... C'est une femme ! une femme très ardente qui cherchera toujours à assouvir ses sens... Et comment empêcher des godelureaux de tourner autour d'elle ?... Je suis absent ! Et sa famille ne serait que trop heureuse de faciliter mon cocuage ! » Il avançait en butant contre un meuble, se prenant les pieds dans un tapis.

Il avait auguré juste. Fida l'attendait, nue, dans son lit, souriante et humble.

Bien qu'il n'eût qu'à se louer des transports de Fida, dès qu'il quitta la chambre de sa maîtresse, il souffrit terriblement cette nuit-là et les jours suivants d'une jalousie extrême. La pire des jalousies, celle qui naît sans autre cause que le pouvoir de l'imagination. Ce qu'il faisait à Fida, il imaginait qu'un autre le faisait à Contessina, et la douleur qu'il ressentait alors était si vive qu'il aurait pu en crier si sa dignité d'homme ne l'en eût empêché. Les jours suivants, pour chasser son obsession, il passa le plus de temps possible dans les bras de Fida et oublia pendant quelques heures son tourment. Fida Pfister se révélait une maîtresse fort amoureuse, mais surtout un moyen de renseignements très fructueux, qui lui tenait des comptes précis de tout ce qui se disait en ville... et notamment de tout ce qui pouvait se dire sur Jan Huss. Son amitié avec l'hérétique devenait chaque jour un peu plus vive. Dès que cela était possible, les deux hommes passaient de longues heures en conversations qui les laissaient enchantés l'un de l'autre.

VI
Constance

Hiver 1414-1415

Ce jour du 28 novembre commençait à laisser place au crépuscule. Déjà vers l'ouest, de longues traînées empourprées jetaient çà et là leurs dernières lueurs, vite masquées par les nuages d'un gris plombé, annonciateurs de neige. Cosimo de Médicis sortait et marchait dans la ville. Après un long moment, il rentra chez lui et s'installa à son bureau. Il travailla à ses comptes, à l'énorme correspondance qu'il entretenait avec ses différents comptoirs de banque, ses maisons de commerce, et surtout avec Florence.

Il espérait avoir des nouvelles de sa famille vers la mi-décembre, et savoir enfin quelle mystérieuse surprise l'attendait à son retour. Lorsqu'il eut achevé son travail, alors que dix heures du soir sonnaient au clocher de la cathédrale, Cosimo repoussa sa chaise et vint rêver devant la cheminée où le feu pétillait dans une gerbe d'étincelles. Alors qu'il songeait à la douceur de l'automne en sa belle ville de Florence, et que le sourire de Contessina le hantait, il y eut un bruit étrange, venant de la chambre de Jan Huss. Intrigué, il sortit de chez lui et se trouva nez à nez avec le baron de Chlum, très pâle, visiblement irrité, et qui, les bras en croix comme pour en barrer l'entrée, se tenait devant la porte de Jan Huss. Stupéfait, Cosimo se demanda un instant si le baron n'était pas devenu fou.

— La garde municipale a cerné la maison, dit le baron de Chlum d'une voix sourde, hachée par la colère.

Il était très pâle, en proie à une si vive émotion qu'il ne pouvait s'empêcher de trembler.

— Que craignez-vous, baron ? demanda Cosimo à voix basse.

— L'arrestation de maître Huss… Ils le brûleront sans l'entendre ! Et pourtant le diable lui-même doit être entendu quand il s'agit d'une querelle.

À cet instant, des pas pesants martelèrent les marches. Six prélats en grande tenue, suivis d'une douzaine d'archers de la garde civile, encombrèrent bientôt l'espace réduit du palier. Dérisoire de faiblesse, d'impuissance devant la force qui lui faisait face, le baron de Chlum s'écria :

— L'empereur Sigismond a ordonné qu'il ne soit rien entrepris contre maître Huss avant son arrivée !

Sans répondre, le prélat qui paraissait diriger la petite troupe le repoussa et frappa contre le battant à coups violents. Il y eut un moment d'angoisse et d'attente.

La porte s'ouvrit sur Jan Huss qui considéra la scène avec un petit sourire narquois. Il portait sa pelisse doublée de fourrure et ne paraissait pas surpris. Son regard croisa celui de Cosimo. Son sourire s'accentua.

— Que vous avais-je dit ? murmura Jan Huss.

Puis, d'un ton ferme, il s'adressa au chef des prélats qui lui ordonnait de le suivre :

— Je ne désire pas haranguer les cardinaux. Je veux parler devant le concile réuni et, si Dieu le permet, c'est ainsi que je ferai. Mais si les cardinaux veulent s'assurer de ma personne et veulent m'interroger sur quelque point que ce soit, j'accepte de me rendre auprès d'eux. Je dirai exactement ce que j'ai à dire. La vérité ! Et seulement la vérité telle que je l'ai reconnue dans l'Écriture.

Les six prélats s'entre-regardèrent, indécis. Puis celui qui visiblement paraissait leur chef proclama :

— Messer Jan Huss... Les cardinaux m'ont ordonné de m'emparer de votre personne et de vous conduire en lieu sûr où vous ne pourrez pas haranguer.

Cosimo et le baron de Chlum tentèrent d'intervenir, mais aussitôt deux gardes croisèrent leurs lances devant eux et les empêchèrent d'avancer.

— Puis-je vous être utile ? demanda Cosimo à voix basse.

Jan Huss haussa les épaules. D'un mouvement de tête il désigna le chef des prélats qui ne quittait pas Cosimo des yeux :

— Je n'ai besoin de rien, messire de Médicis. Vous m'obligeriez en n'insistant point.

Alors la troupe qui encombrait palier et escalier se mit en mouvement. Il n'y avait pas moins de douze personnes pour s'assurer de « l'Hérétique ». Mais lorsqu'il passa devant Cosimo, celui-ci l'entendit murmurer :

— Pour l'amour du ciel, mon ami ! partez ! ou vous êtes un homme perdu…

Puis, passant devant Fida Pfister qui sanglotait, Jan Huss la bénit et lui baisa le front, et alors, précédé des archers et suivi des prélats, il descendit l'escalier.

La scène éclairée par les cierges et les torches avait quelque chose de maléfique, de dramatique, qui le fit frissonner. Il frissonna davantage quand la porte de la maison s'ouvrit sur la nuit de novembre. Il y eut un grand courant d'air glacé, des bruits, des ordres donnés d'une voix rugueuse, des claquements secs de portières, des hennissements de chevaux, et puis plus rien. Le silence, parfois rompu par le bruit sec, rythmé, de la porte laissée ouverte et qui battait.

Immobile sur le palier, le baron de Chlum, très sombre, tendait encore le sauf-conduit de Jan Huss, dans un geste dérisoire.

Un bruit de sanglots. C'était Fida Pfister qui pleurait.

Brusquement, Cosimo reprit ses sens. Durant toute cette scène, il avait été comme pétrifié. Il fit appeler son chambellan, se vêtit d'une ample cape doublée d'hermine et, après quelques secondes de réflexion, s'empara d'un coffret rempli de pièces d'or. Sa décision avait été si rapide qu'il ne s'était pas écoulé une demi-heure. Lorsqu'il fut sur le point de monter dans son carrosse, il aperçut le baron de Chlum qui pleurait sur les marches de la maison. La neige s'était remise à tomber en gros flocons serrés et c'était là un spectacle désolant que ce colosse effondré, sanglotant comme un enfant, l'inutile parchemin qui devait assurer la vie sauve à Jan Huss dans sa main.

— Venez, baron! cria Cosimo. Venez avec moi. Je vais à l'archevêché. Le pape Jean XXIII pourra peut-être quelque chose pour votre ami… Allons! venez! Faites vite!

Essuyant ses larmes, le baron de Chlum s'installa auprès de Cosimo.

À Constance, la nuit était calme. Dès qu'ils furent à l'archevêché, les deux hommes furent introduits dans la grande salle de banquet où les Saints-Pères, Benoît XIII, Grégoire XII, Jean XXIII, et un grand nombre de prélats — archevêques, évêques et moines de tous ordres et de toutes nationalités — achevaient un somptueux repas. C'était un spectacle étrange que cette grande salle, éclairée de centaines de torches et de cierges, où se mêlaient danseurs, jongleurs, montreurs d'animaux dressés et quelques mendiants qui se précipitaient sur un morceau de viande ou de venaison qu'on leur jetait de temps à autre et dont on s'amusait. Une armée d'échansons, de valets, et de pages allaient et venaient d'un pas glissant, presque dansant, portant des plats, versant à boire. Quelques têtes se tournèrent vers les nouveaux arrivants, et il y eut une vague de chuchotements, puis le silence s'installa. Tout s'arrêta : la musique, les jongleurs, les danseurs… Les regards allaient de la table principale, où les cardinaux dînaient, vers l'étrange couple qui se tenait maintenant au centre de la pièce, immobile. Il y eut un moment d'insoutenable tension puis, loin de se laisser impressionner, le baron de Chlum cria soudain d'une voix forte, s'adressant à Jean XXIII :

— J'avais dit à Votre Sainteté et je le redis. J'ai amené maître Huss ici sous la protection de monseigneur l'empereur Sigismond... Et Votre Sainteté m'a répondu qu'il y serait en sûreté, même s'il avait tué votre propre frère... Et maintenant il est arrêté ! Le sauf-conduit... (Le baron de Chlum brandissait le parchemin qu'il gardait dans la main.)... le sauf-conduit... bravé... méprisé... et vos propres évêques... vos cardinaux viennent de l'arracher à son domicile, à ses amis... Est-ce toi, Saint-Père, qui as donné cet ordre infâme ?

Jean XXIII, affolé, se leva. Ses yeux se portèrent tour à tour sur ses pairs qui fixaient leurs assiettes avec intérêt.

— Jamais je n'ai donné d'ordre... Jamais ! Vois mes frères ici présents...

Il s'adressait tour à tour à Cosimo, puis au baron, désignant d'une voix bouleversée le cardinal d'Ailly, Pierre Gerson et l'évêque Cauchon qui se trouvaient être ses plus proches voisins.

— Ils en sont témoins !... Je n'ai pas donné d'ordre.

Cosimo fut alors convaincu de la sincérité de Jean XXIII. Faible, lâche peut-être. Mais dépourvu de méchanceté et de malice.

Pesamment, le Saint-Père quitta sa place et vint se mettre à portée de Cosimo et du baron.

— Partez !... partez vite ! chuchota-t-il au comble de la frayeur. Vous ne savez pas ce qui se passe ici !

Je n'ai pas donné l'ordre ! Vous devez me croire...
Mais ils veulent un procès... Un procès exemplaire...
Cela se terminera sur un bûcher... C'est maintenant
chose sûre.

— Cela pourrait-il s'arranger ? demanda Cosimo
à voix basse. J'ai là, dans un coffret, sous ma pelisse,
de quoi enrichir ces prélats comme jamais ils ne
l'eussent espéré.

Jean XXIII blêmit :

— Surtout... Oh, surtout n'en faites rien. Je vous
en supplie, Cosimo... Ils prendront l'argent et vous
jetteront au cachot pour complicité hérétique. Ils
vous soupçonnent déjà... Vous étiez toujours comme
cul et chemise avec maître Huss...

Nul n'aurait pu certifier sur l'honneur qu'il n'y
avait pas pointe de jalousie dans cette dernière
remarque...

Tandis que Jean XXIII s'entretenait avec les deux
hommes, il se faisait de grands mouvements dans
la salle. Le banquet avait repris comme si de rien
n'était. Les jongleurs refirent leurs tours, les danseurs se mirent en ligne, et les musiciens accordèrent luths, violes et harpes... Les cardinaux, les
évêques et autres prélats s'entretenaient tout en désignant les trois hommes. À leurs mines, il était clair
qu'ils ne disaient rien qui pût être en faveur des
deux intrus.

Jean XXIII prit Chlum et Cosimo chacun par le
bras, et les entraîna hors de la grande salle... aussi
vite que cela lui était possible, sans paraître cependant prendre la fuite.

— Partez ! Partez tous les deux ! J'ai beaucoup

de crainte pour Jan Huss, beaucoup... Si je puis faire quelque chose... Je vous promets...

Cosimo comprit que s'ils ne cédaient pas aux objurgations du Saint-Père, le baron de Chlum et lui-même risquaient d'avoir maille à partir avec les cardinaux. Il entraîna avec lui le baron de Chlum qui marmonnait dans sa barbe des menaces imprécises contre le pape et les prélats. D'ailleurs, il n'y avait malheureusement plus rien à faire d'utile, et il valait mieux réserver au lendemain leurs forces et leur détermination.

Les jours suivants, puis les semaines qui succédèrent furent pour Cosimo et le baron de Chlum comme un cauchemar. Ils allaient d'un cardinal à l'autre, d'une délégation à l'autre, et remuèrent ciel et terre. Mais Jan Huss n'avait pas de défenseurs à Constance. Considéré comme hérétique, il n'y avait pas droit, et tous ceux qui le soutenaient pouvaient être suspectés d'hérésie. Les deux hommes apprirent que Jan Huss avait été emprisonné dans un cachot nauséeux et malsain, juste à côté d'une fosse d'aisances que l'on maintenait ouverte. Le propos délibéré des prélats était de faire mourir Jan Huss de fièvre maligne sans qu'il y eût le moindre procès, et surtout avant l'arrivée de l'empereur Sigismond. Non que ce dernier fût d'un quelconque soutien pour le malheureux (il était absolument en accord avec les prélats pour en finir avec « l'Hérétique »), mais afin de lui éviter des scènes pénibles.

Cosimo courait sans se lasser. Il s'était pris d'ami-

tié pour Jan Huss et le parti pris de l'Église l'exaspérait. Souvent, il s'en prenait à Jean XXIII :

— Pourquoi l'avoir excommunié ! Parce que c'est
vous qui avez fait cela lorsque Jan Huss vous a
condamné publiquement. Vous vous êtes vengé... et
voyez le résultat... D'ailleurs, vous aussi, on vous
jugera ici... Et que croyez-vous que sera l'issue de
ce jugement ?

Le Saint-Père baissait la tête.

— Je ne voulais pas cela, répétait-il invariable-
ment. Il faut me croire ! Je ne voulais pas cela...

Puis il promettait d'intervenir. Parfois, l'espoir
renaissait et Jean XXIII pouvait affirmer que Jan
Huss ne risquait rien à condition toutefois «qu'il
renie ses écrits et qu'il jure sur les Évangiles de ne
plus attaquer la Sainte Église...». Le Saint-Père
espérait que «l'Hérétique» en arriverait à se renier,
ce qui pourrait, peut-être, lui sauver la vie.

Il en fut ainsi jusqu'à l'arrivée de l'empereur
Sigismond vers la fin du mois de décembre, et dès
qu'ils le virent, Cosimo et le baron de Chlum com-
prirent que Jan Huss était perdu. Un dernier espoir
subsistait cependant. Sigismond de Hongrie avait de
grands besoins d'argent, et Cosimo, impatient, attendit la fin des festivités saluant l'arrivée de l'empereur.

Au matin du 24 décembre 1414, une grande réception avait été donnée à l'hôtel de ville et fut suivie le
soir d'une procession aux flambeaux jusque vers la
cathédrale illuminée de plus de mille cierges. Grand,
mince, âgé de quarante-sept ans, d'une séduction
vraiment imposante, l'empereur Sigismond portait la
couronne impériale et une cape de velours pourpre,

doublée d'hermine. Au grand étonnement de Cosimo, c'était un homme au physique amène et affable. Son regard était dépourvu d'animosité. Cosimo dut faire un effort pour conserver sa rancune et son antipathie envers ce monarque.

Jean XXIII célébra trois messes de Noël cette nuit-là, et Cosimo de Médicis comprit dès la deuxième qu'un grand danger menaçait le Saint-Père. Ce qu'il avait surpris dans certaines conversations lui apparut sous un jour nouveau. Jean XXIII serait déposé et certainement jeté en prison comme antipape. Et lui, Cosimo ? Que risquait-il ? « Il me faut quitter Constance ! pensait-il. Au plus tôt… Aurai-je même le temps de réunir quelques objets ? Je peux tout laisser en sécurité chez Fida… Rien ne me sera dérobé… Voyons, si je quittais Constance dès les premiers jours de janvier… » Puis il se calmait, se traitait de sot… « Voyons ! Quel poltron je suis ! Qu'ai-je à craindre ? Est-ce parce que l'on m'a vu souvent causant et cheminant avec Jan Huss ? » Les regards haineux des deux prélats français, d'Ailly et Cauchon, lui revenaient alors en mémoire. « Ils me haïssent… Je sais pourquoi… Ils me haïssent parce que je marche sur leurs brisées. De plus, je ne crains ni Dieu ni pape. Ils savent qu'un pape cela peut s'acheter et que j'ai les moyens de m'en offrir un. Peut-être même pourrai-je m'offrir l'empereur Sigismond lui-même. L'Empire est pauvre, et son maître en est réduit à vivre d'emprunts ruineux… Peut-être pourrai-je payer pour sauver la vie de Jan Huss ?… et peut-être celle de Jean XXIII. Ces cardinaux d'Ailly et Cauchon… comme ils me regardent méchamment… Que puis-je craindre d'eux ?… que dois-je craindre ?… Ils me haïssent comme ils haïssent ce malheureux Huss. Lui, il met en danger leur pouvoir spirituel, et moi, je menace leur pouvoir temporel… Pour ma fortune et celle de mes pareils, ces gens n'hésitent jamais. Ils parlent d'hérésie, font des procès et brûlent ceux dont ils veulent les biens… »

La messe s'achevait et des chants plaintifs, monocordes, s'élevèrent dans la nef.

« Le bûcher pour les hérétiques », pensait Cosimo. L'exemple donné par l'Église était encore assez récent pour qu'il sentît les griffes de la peur lui étreindre le cœur. Pour un peu, il se fût précipité hors de la cathédrale sans plus attendre. « Je vais préparer mon départ aussi vite que possible. S'il suffit que quelque fou accuse un malheureux de sorcellerie ou d'hérésie afin de lui confisquer ses biens, qu'ai-je à faire ici ? Dieu ! j'aimerais être plus vieux de quelques heures. »

Baldassare Cossa, dit Jean XXIII, achevait sa troisième et dernière messe. Le Christ était né. Apportant la paix sur le monde et dans le cœur des hommes. Du moins c'était là ce que chantaient les fidèles qui se pressaient en cette nuit du 24 décembre dans la cathédrale de Constance.

Le lendemain matin, tôt levé, Cosimo fit appeler Fida Pfister.

— Je vais partir…, dit-il à mi-voix. Partir au plus tôt… Écoute-moi, ma mie. Je te laisse ici, en dépôt, certains coffrets que je ferai reprendre dans quelques mois par mon frère, Messer Lorenzo. Et puis…

Il n'eut pas le temps d'achever qu'on frappa à la porte de la maison. De nouveau Cosimo sentit la peur s'emparer de lui. C'était une sensation glaçante, paralysante… Il agrippa la main de Fida comme pour se rassurer. Puis doucement il ouvrit la porte de sa chambre. Un valet grimpait les marches, courbé en deux par le respect :

— C'est Sa Sainteté… Sa Sainteté le Saint-Père…

Jean XXIII était décomposé. La colère déformait ses traits.

— Il y a eu complot contre moi, grimaça-t-il dès qu'il aperçut Cosimo. J'ai été averti dès l'aube par le seul de nos évêques qui nous soit resté fidèle… On va me déposer, me faire jeter en prison… Que faire, mon Dieu ?… Que faire ?

Il se tut, haletant.

— Il n'y a point de précédent à la situation où je suis. Que puis-je faire maintenant ? Fuir ? où ? comment ? sous quelle garde, sous quelle escorte ? Et avec quel argent ?

Alors Cosimo entra dans une grande colère. Une de ces colères salvatrices qui lavent l'âme de toutes les boues accumulées par une domination excessive de ses sentiments. Toutes les révoltes de Cosimo, toutes ses rancœurs, toute sa peine aussi, soigneusement dissimulée depuis l'arrestation de Jan Huss, furent balayées par un grand vent de haine et de fureur. Cela fut bon. Cela fut agréable de jeter une pelisse sur son vêtement de nuit, et de se faire conduire à l'hôtel de ville et, sans se faire annoncer, après avoir bousculé gardes et hallebardiers, de se précipiter dans la chambre à coucher de l'empereur

Sigismond. Déjà levé, celui-ci s'entretenait avec le cardinal d'Ailly et l'évêque Cauchon. Alors, devant les trois hommes pétrifiés, Cosimo se campa et sans même leur laisser le temps d'une parole, d'un mouvement, il commença d'une voix froide en martelant ses mots :

— Ce concile de Constance... Sire, ce concile sera marqué à jamais du sceau de l'infamie... Je vous le dis, et le ferai savoir partout où il me sera possible de le faire... Vous avez fait arrêter et condamner un homme juste... Jan Huss, pour qui, je vous le dis bien haut, j'éprouve estime et amitié, ce que je n'éprouve pas pour vous, messires d'Ailly et Cauchon qui glorifiez si bien l'assassinat de vos rois*. Je n'éprouve pour vous, Sigismond, empereur de Hongrie, que mépris et dégoût, parce que vous êtes un homme qui a failli. Failli à votre parole, à votre signature... Et peut-on respecter un homme qui ne se respecte pas lui-même ? Honte ! Honte à vous, Sigismond de Hongrie ! Je suis devant vous comme devant un tyran !... Honte à vous, cardinal d'Ailly, honte à vous, évêque Cauchon...

Longtemps, Cosimo s'époumona ainsi devant les trois hommes silencieux qui se tenaient immobiles devant lui. Il ignorait le danger qu'il affrontait ainsi, tout à l'ivresse, à l'extraordinaire griserie de se laisser aller à sa vindicte, à tous ces mots qui se pressaient dans sa gorge, sur ses lèvres, et que jusqu'alors

* Allusion à l'assassinat du duc d'Orléans par Jean sans Peur en 1407. Assassinat qui fut célébré par l'évêque Cauchon, acquis aux Anglais et aux Bourguignons.

il avait refoulés par prudence. Il se tut enfin. À bout
de souffle. Il tremblait encore de rage. Et il se sentait
heureux, heureux comme jamais, délivré du poids
qui l'alourdissait de jour en jour depuis son arrivée à
Constance. Alors ce fut le silence. De ceux qui sem-
blent durer une éternité.

L'empereur Sigismond fit quelques pas vers
Cosimo.

— Si j'étais un tyran, dit-il sans colère, si vraiment j'étais un tyran, vous ne seriez pas là devant
moi... Et vous seriez déjà un homme mort... C'est
la destitution de votre ami Baldassare Cossa qui
vous met dans cet état ? Eh bien ! cette destitution a
été voulue par tous. Votée par la majorité du concile
en réponse aux turpitudes de l'antipape. Quant à Jan
Huss... c'est un hérétique ! Point n'est besoin de
tenir parole envers des hérétiques !

Cosimo de Médicis eut un hoquet de dégoût et de
haine. Il fut imprudent :

— Vous entendre... c'est prendre en horreur
l'Église catholique...

L'évêque Cauchon dit alors d'une voix mince,
coupante :

— Messire de Médicis... Mesurez vos propos.
Vous êtes allié de l'antipape Baldassare Cossa, vous
êtes ami de Jan Huss... Peut-être serait-il bon que
vous vous souveniez que vous êtes devant l'empereur Sigismond de Hongrie et devant nous, maîtres
du concile, qui pouvons sans coup férir vous faire
jeter en prison...

Ces paroles furent comme une douche glacée sur
Cosimo. Sa colère s'évapora et il observa longue-

ment les trois inquisiteurs. Il n'eut aucun doute quant au sort qui l'attendait s'il persistait dans cette voie généreuse peut-être, mais dangereuse sûrement. Aussitôt il reprit son sang-froid et ne pensa plus qu'à sortir de l'hôtel de ville sans trop de dommage... Il redressa la tête et se dirigea, affectant une attitude nonchalante, vers la cheminée.

— Le nouveau pape est-il élu ? demanda-t-il froidement, cherchant à gagner du temps et à en imposer.

Désorientés par cette soudaine volte-face, les trois hommes se regardèrent.

— Il se pourrait..., commença prudemment l'empereur Sigismond.

— Ah ?... Qui est-ce ?

— Nous pensons à Oddone Colonna... qui prendrait pour nom Martin V, articula le cardinal d'Ailly. Mais rien n'est encore décidé... Pourquoi cette question ?

Cosimo haussa les épaules. Il pensait surtout à gagner du temps et le nom du prochain pape lui importait moins que de partir au plus vite sans donner l'alarme.

— Ah ! vous avez donc tenu parole !... Baldassare Cossa sera content..., dit-il machinalement.

Les trois inquisiteurs interdits s'exclamèrent :

— Comment ?...

— Je ne comprends pas... Que veut-il dire ?

— Baldassare Cossa... satisfait ?

— Comment entendez-vous cela ? demanda l'empereur à Cosimo.

— Vous aviez promis de déposer également Benoît XIII et Grégoire XII... C'est donc fait ?

Par un curieux dédoublement de sa personnalité Cosimo se regardait agir. Ses sens excités par le danger atteignirent une intensité aiguë, comme jamais auparavant ils ne l'avaient fait. L'odeur d'encaustique se mêlait à celle du bois qui flambait dans la cheminée. Les voix étouffées des trois hommes lui parvenaient avec netteté, mais, chose étrange, il n'en comprenait pas la signification.

— Eh bien! (Les paroles de Sigismond de Hongrie le firent sursauter.) Vous voyez qu'il m'arrive de tenir parole… Je ne ferai rien contre vous, messire de Médicis. Il m'est parvenu que vous étiez un homme sagace… et réaliste. Votre ami Baldassare n'a rien à craindre de nous s'il ne commet aucun acte qui puisse nous déplaire… J'ai votre parole?

Cosimo vit apparaître une issue possible.

— Je lui parlerai…, dit-il brièvement.

— Où est-il en ce moment? demanda benoîtement l'évêque Cauchon.

— Chez moi, répliqua Cosimo. Il s'est mis sous ma protection.

Les deux hommes se dévisagèrent. L'évêque Cauchon détourna la tête et chercha le cardinal d'Ailly des yeux.

— Sous ma protection, monseigneur, articula Cosimo avec insistance. Et je suis citoyen de la république de Florence. Me porter atteinte ou porter atteinte à ceux qui se mettent sous ma garde pourrait être de grave conséquence…

— Rien de mal ne lui sera fait…, insista l'empereur. Pensez-vous que notre rôle se borne à sévir? Le concile a pour but l'unification de l'Église…

Alors Cosimo eut une inspiration fulgurante. Pour quitter en toute sécurité le palais, il fallait que l'empereur vint avec lui.

— Sire, dit-il à voix basse, puis-je vous entretenir seul à seul... quelques secondes ? (l'entraîner avec lui... gagner son carrosse, ses gens, sans laisser aux deux inquisiteurs le temps d'intervenir, de le faire arrêter).

L'empereur fit un geste aux deux prélats, qui s'éloignèrent.

— Je vous écoute, dit-il.

Cosimo le prit par le bras et le conduisit vers la porte.

— Cent mille guldens d'or. Chez moi. Tout de suite. Si Baldassare peut être certain d'avoir la vie sauve et quitter la ville dans moins de trois heures. Je me porte garant de lui, dit-il à voix basse.

— Cent mille guldens d'or, répéta-t-il alors que tous deux atteignaient la porte, que Cosimo ouvrit.

L'empereur Sigismond observa un temps, puis le regarda fixement :

— Je vous fais accompagner chez vous et vous vous acquitterez de votre promesse. Vous aurez ce que vous demandez. La vie sauve pour Baldassare Cossa et... votre liberté. Nous nous sommes compris, n'est-ce pas ? Mais attention ! Passé trois heures, je ne réponds de rien. Je ne pourrai retenir les cardinaux plus longtemps. Vous avez été fort loin dans l'insolence, mon ami.

Moins de deux heures plus tard, Cosimo, accompagné de deux archers portant les armes de l'empereur, s'affairait dans la maison de Fida Pfister, où l'ex-pape Baldassare Cossa l'attendait, mort d'impatience et de peur.

Ce fut chose rapide que de prendre un coffret, d'y compter cent mille guldens, et de remettre le tout aux deux archers qui repartirent aussitôt. Lorsqu'ils furent laissés seuls, Cosimo pressa vivement Baldassare Cossa de fuir.

— Où?... comment? hoqueta l'ex-Saint-Père.

— Je vais vous faire donner le sauf-conduit de l'un de mes palefreniers... Nous allons partir plus tôt. En une journée nous pourrions gagner Schaffhausen qui est une ville franche et libre...

Il soupira. Lui, Cosimo de Médicis, être obligé de fuir comme un bandit! Il ne comprenait pas comment il en était arrivé là. «Mais je m'en sortirai... Et vite! Il n'est pas encore né celui qui portera atteinte à ma vie ou à ma liberté!»

Alors que midi sonnait, un curieux équipage franchissait les portes de la ville de Constance. Un moine et son valet, sur deux mules très somptueusement harnachées, allaient au petit galop par les rues verglacées. Rien ne semblait pouvoir les arrêter. Ni la beauté de la ville sous les rayons du soleil hivernal, ni les auvents du marché regorgeant de merveilles et de mets odorants. Criant pour faire place, frappant leurs montures à grands coups de bâton, les deux voyageurs arrivèrent enfin aux portes de la ville.

Devant les soupçons des archers qui en gardaient l'entrée, le moine, d'une taille imposante, dont le visage était à demi dissimulé sous le capuchon, montra des sauf-conduits en bonne et due forme, signés de la main de Sigismond, empereur de Hongrie. Haussant les épaules, les archers laissèrent sortir les deux voyageurs qui de plus belle donnèrent des éperons et du bâton à leurs mules.

— Nous arriverons à Schaffhausen avant minuit si nous parvenons à maintenir cette allure, dit Cosimo de Médicis dont la robe de bure dissimulait le pourpoint sur lequel Fida avait hâtivement cousu lettres de change, petits sacs de pièces d'or et bijoux. Ainsi lestée, la taille de Cosimo paraissait avoir doublé de volume. L'ex-pape n'avait, quant à lui, nul besoin de rembourrage pour offrir une taille majestueuse, qu'engonçait davantage son habit de palefrenier, ce qui le gênait pour forcer sa monture à maintenir un train rapide. Il était largement passé minuit lorsque les deux cavaliers virent enfin le donjon de Schaffhausen éclairé par la lune se détacher à l'horizon. Ils avaient galopé durant les quelque vingt-cinq lieues qui séparaient Constance de Schaffhausen. Épuisées, les deux mules étaient près de s'effondrer quand les portes de la ville se refermèrent sur eux... Il faisait extrêmement froid. Un froid sec, rigoureux, mais singulièrement vivifiant, qui enflammait les poumons. La neige glacée s'amoncelait dans les rues en couches épaisses.

— Nous allons chercher un logement et nous y

passerons la nuit, dit alors Cosimo. Je vous conseille
de rester dans cette ville jusqu'à nouvel ordre. Ici,
vous êtes en sécurité et nul ne pourra vous y chercher noise. Moi, je retournerai à Florence dès demain.
Je passerai par la France. Dès que je serai chez moi,
je pense pouvoir faire le nécessaire pour vous permettre d'y retourner aussi. Et peut-être pourrai-je
faire quelque chose pour maître Huss !... s'il n'est
pas trop tard...

Alors Baldassare Cossa dit d'une voix sourde :

— Il est trop tard, mon ami. À l'heure où nous
parlons, Jan Huss a été condamné à mourir sur le
bûcher. La sentence sera exécutoire avant la fin du
concile, probablement au cours de l'été. Et cela,
croyez-le bien, jamais je ne l'ai voulu, ni même
souhaité.

VII
Florence

Mars 1415

— Je voudrais…, dit Contessina faiblement, je voudrais de la lumière… Il fait si noir ici !

Chaque mot prononcé la faisait souffrir. Depuis deux jours elle souffrait. À l'interminable journée commencée depuis l'aube, succédait une interminable soirée. Souffrances, hurlements, silence et souffrances encore… Combien de temps cela allait-il durer ?

Contessina haletait, le front humide. Sa main moite se crispait sur celle d'Adriana qui se tenait à son chevet. Elle ne distinguait plus les heures du jour et de la nuit. Par intermittence, un couteau lui transperçait le ventre et la faisait hurler.

Adriana se demandait pourquoi le travail ne se faisait pas. Elle avait eu elle-même cinq enfants. Elle avait souffert, mais ses souvenirs, assez précis, ne lui rapportaient rien de ce qui se présentait. Contessina était très pâle, et de curieuses convulsions la soulevaient. Effrayantes. Épuisantes. Adriana avait fait chercher les matrones prévues pour aider sa fille. La plus âgée d'entre elles, Evangelista, avait accouché Adriana, et un nombre impressionnant de jeunes femmes. Son expérience, sa compétence étaient telles qu'aucune Florentine ne voulait accoucher s'il n'y avait Evangelista auprès d'elle. Lorsque enfin Evangelista arriva, rassurée, Adriana l'amena jusqu'au chevet de Contessina. La jeune femme tendit les bras vers la matrone, et s'accrocha à ses mains comme une noyée à la planche de salut. Elle était dans un moment de répit, mais si faible qu'elle ne pouvait prononcer un mot. Des larmes jaillissaient de ses yeux, la sueur collait ses cheveux en mèches grasses et luisantes.

— Allons !... eh bien ! nous voilà dans un bel état ! grommela Evangelista, dissimulant son anxiété.

Elle se tourna vers les deux matrones qui devaient l'assister.

— Allez, vous autres, qu'on se dépêche... de l'eau chaude dans un baquet, des linges... Allez ! ouste...

Puis s'adressant à Adriana :

— Depuis quand, les douleurs ?

— Ce matin très tôt... Un peu après l'aube.

Elle fut interrompue par les cris de Contessina dont les douleurs avaient repris.

— Délivrez-moi ! hurlait-elle. Oh ! je vous en prie... je vous en prie... délivrez-moi !...

Cela parut durer un siècle. En fait, trois minutes plus tard, Contessina reposait inerte sur ses oreillers. Adriana se précipita avec un linge humide et essuya le visage trempé de sueur de sa fille :

— Là... ma petite... là, là... Encore un peu de courage... hein ? un tout petit peu de courage...

Contessina esquissa un faible sourire et ferma les yeux. Adriana se tourna vers la matrone.

— Comment la trouves-tu ? demanda-t-elle. La vérité ?

Elle chuchotait, étreignant les mains d'Evangelista avec une telle force que la sage-femme gémit :

— Attendez, maîtresse Bardi. Je vais l'examiner...

Elle monta sur l'estrade où le lit se dressait sous son baldaquin de velours pourpre, palpa Contessina, et redescendit. À l'oreille d'Adriana elle murmura :

— Plutôt mal. Elle est bien étroite et l'enfant a de la peine à passer.

Absolument indifférente à ce qui se disait autour d'elle, Contessina, inerte, paraissait dormir bien qu'il n'en fût rien. Elle gémissait d'une voix si faible que personne ne l'entendait :

— Il faut aller chercher Cosimo !... il le faut absolument !

Soudain, un bref hurlement déchira le silence. Adriana se précipita :

— Allons ! agrippe-toi à moi ! Peut-être le travail a-t-il commencé ? Evangelista ! regarde !

La matrone ouvrit les couvertures, écarta les jambes de Contessina et porta les mains au sexe de la jeune femme, puis lui tâta les flancs, s'efforçant de déterminer la position du fœtus :

— Il n'y a rien de commencé !... Elle est aussi fermée qu'une vierge !

Adriana pâlit. Maintenant, elle en était certaine, rien n'irait comme il se devait. Il était anormal que les douleurs eussent commencé depuis si longtemps, sans que la dilatation eût lieu. Que se passait-il ? Elle eut peur soudain. Peur du cercle noir qui entourait les yeux de sa fille, peur de ces convulsions répétées et de cette inertie absolue qui leur succédait. Adriana prit un autre linge humide et frais, épongea le visage en sueur qui haletait sur l'oreiller, et s'efforça de sourire.

Devant ce visage naturel, espiègle et souriant, Contessina se rassura. Si elle avait été en danger de mort, sa mère aurait eu un tout autre visage ! Elle savait qu'Adriana l'aimait, maintenant. Elle en était certaine. Cet amour, en cet instant, lui importait plus que tout autre... même celui de Cosimo n'aurait pu...

— Où est Cosimo ? demanda-t-elle en rassemblant ses forces. Quelle heure est-il donc ?

De nouveau Adriana eut un frémissement d'angoisse. Visiblement, Contessina n'avait plus sa tête. Elle paraissait avoir oublié que Cosimo était absent depuis des mois, et qu'il n'y avait aucune raison pour qu'il fût là comme par miracle. Avait-il seulement reçu le message qui l'avertissait que Contessina attendait un enfant pour le mois de mars ? Bien sûr qu'il l'avait reçu ! Lorenzo était parti le rejoindre dès que la maison de Médicis avait su Contessina enceinte. Et si Lorenzo était mort sans avoir atteint son but ? Les routes étaient si dangereuses jusqu'à Constance.

— Il sera là bientôt, affirma Adriana. Voyons ! Laisse-lui le temps d'arriver ! Il va revenir, tu le sais bien... L'heure ? Ah ! le soleil se couche déjà... Et puis quelle importance, l'heure ?... Veux-tu un peu d'air ?...

Bien que l'air fût singulièrement doux en ce printemps précoce, on avait fait un feu d'enfer dans la cheminée, et la pièce était surchauffée.

Contessina fit un signe d'assentiment. Sur un geste d'Adriana, la matrone ouvrit une fenêtre. Tous les bruits de la Via Larga pénétrèrent, envahissants, gais, accompagnés d'effluves parfumés. Le crépuscule de ce mois de mars, tiède et doux, retenait les gens sur le pas des portes. On les entendait rire, causer, chanter parfois. Contessina écouta le bruissement de cette vie palpitante qui montait jusque vers elle. Elle aspira doucement l'air frais chargé de multiples odeurs.

— Maman..., appela-t-elle d'une voix très basse.

— Quoi donc ?

Adriana se pencha vers sa fille. L'angoisse lui déchirait le ventre. Le visage de Contessina se creusait de plus en plus. Elle était livide, au bord de l'évanouissement. Adriana insista d'une voix ferme

— Eh bien ? dis...

— Maman... il faut me dire la vérité. Sans ménagement. Vous avez eu cinq enfants. Est-ce normal... Je veux dire... pourquoi ai-je si mal ? Pourquoi les choses ne sont-elles pas plus avancées ? Je vous en supplie... dites-moi la vérité... Qu'en pensez-vous ?

— Je pense, ma petite bête, que tu te montes l'imagination dans un très mauvais sens. Un premier accouchement n'est pas chose facile !... Oh, Dieu ! Non ! Les autres seront beaucoup plus aisés. Il semble que ton enfant soit très gros, et tu es étroite... Alors forcément ce sera un peu plus long. Crois-moi ! Certains accouchements peuvent durer deux, trois jours… Cela s'est vu ! On dit que c'est parce que l'enfant est très attaché à sa mère. Alors il ne veut pas la quitter…

— C'est une bien jolie légende…, commença Contessina.

Soudain son visage se contracta, et une seconde plus tard elle hurlait comme on hurle à la mort.

Puis tout s'arrêta. La respiration courte, Contessina tenta de se soulever. Adriana l'aida à s'adosser à ses oreillers, et ordonna à la matrone d'aller chercher un peu d'eau fraîche et des flambeaux. L'obscurité commençait à envahir la pièce. Evangelista souleva les draps et regarda si l'enfant s'annonçait. Secouant la tête, elle s'éloigna de la femme en couches.

Contessina agrippa la main d'Adriana :

— Vous ne me dites pas la vérité… je le sais. Je le sens. Je vous ai vue chuchoter tout à l'heure avec Evangelista.

Adriana songea qu'il valait mieux dire une partie de la vérité :

— … Il semble que l'enfant ne puisse sortir. Il est très gros… au moins dix livres… Oui c'est cela… peut-être plus. (Elle fixa Evangelista qui fit un signe d'assentiment.) L'enfant est très gros… Mais surtout je crains qu'il ne se présente mal !

Elle fut interrompue par les gémissements de Contessina. Les douleurs avaient repris avec une telle intensité qu'elle se concentra tout entière dans ses cris.

Evangelista se précipita.

— À moi ! appela-t-elle d'une voix forte. À moi !… Vite !

Les deux matrones qui jusqu'alors bavardaient à voix basse dans un angle de la chambre se précipitèrent.

— Ce sont les eaux…, chuchota Evangelista. Mais je ne comprends pas ! Jamais l'enfant ne pourra sortir. Elle n'est pas plus ouverte que de la taille d'un ducat.

Les douleurs étaient plus rapprochées et, malgré le rejet des eaux, rien n'indiquait que l'enfant fût sur le point de se présenter. Bientôt, les douleurs ne cessèrent plus. Evangelista ouvrit le lit.

— Elle saigne. Cela n'est pas bon signe ! Pas bon du tout, dit-elle. Il faut aller chercher un prêtre…

Adriana lui saisit le bras avec une telle violence que la matrone eut un gémissement de douleur.

— Vas-tu te taire, espèce de folle !… Si c'est pour dire des âneries pareilles…

Evangelista secoua la tête :

— Venez, maîtresse… Venez un peu plus loin.

Elle attira Adriana dans un angle de la pièce et chuchota :

— Je m'y connais… Il faudra sacrifier l'une ou l'autre… L'enfant est trop gros. Si l'on n'intervient pas tout de suite, il mourra.

— Cela est-il certain ?

— Oui, maîtresse

— Et… ma fille ?

— Maîtresse… Pour sauver votre fille, il faudra

tuer l'enfant. Et il faudra faire vite si on ne veut pas les perdre ensemble.

Blême, Adriana parvint à proférer :

— Sauvez ma fille à n'importe quel prix…

Les yeux ronds de stupeur, Evangelista dévisagea la jeune femme :

— Mais, maîtresse, cela n'est pas à vous… Oh, maîtresse, pardonnez-moi !… Mais vous n'avez pas le droit de décider ! Seulement le père… ou, à défaut, un prêtre… Vous me feriez jeter en prison…

Adriana eut un drôle de rictus. Puis :

— Personne ne touchera à ma fille… Personne ! Je la sauverai…

De nouveau Evangelista secoua la tête, et désigna les matrones du menton :

— Elles savent… et elles s'apprêtent à ouvrir la mère pour sauver l'enfant.

D'un bond, Adriana grimpa jusqu'au lit où, effectivement, sans se soucier des hurlements de Contessina, les deux aides qu'avait emmenées Evangelista commençaient à provoquer l'accouchement…

— Allez-vous-en ! cria Adriana en les saisissant par leurs jupes avec une telle violence que les deux femmes ahuries roulèrent sur les marches. Ne touchez pas à ma fille ! Sinon je vous fais jeter aux chiens… Est-ce bien compris ? Déguerpissez !… Et si vous revenez ici avec un prêtre, il sera là pour votre extrême-onction… Avez-vous compris ? Disparaissez !

Les deux matrones, épouvantées, s'enfuirent. Elles avaient si peur qu'Adriana sut que, de leur part, elle n'aurait rien à craindre.

Evangelista était revenue auprès de Contessina. Les douleurs avaient cessé, mais elle continuait à saigner.

— Elles ont essayé d'ouvrir la jeune dame. On ne peut pas les blâmer. Elles font ce qu'elles ont appris…, chuchota Evangelista à l'oreille d'Adriana. Tout en parlant, elle déchirait des linges en charpie pour éponger le sang.

— Oui. On assassine la mère pour sauver l'enfant. Je sais. Pas ici. Pas chez moi. Je me moque d'être excommuniée… Je m'en moque à un point !

Adriana essuya le visage de Contessina, et retint une nausée.

Une odeur fétide de sang séché montait du lit.

De nouveau il y eut des cris et des convulsions. Cela semblait ne jamais devoir cesser. Un cauchemar sans fin, dont on sait ne pouvoir se réveiller… Et puis le silence. Ce silence apaisant qui succède à l'enfer des cris.

— Il va nous falloir de l'aide, maîtresse, dit Evangelista. Il va falloir chercher d'autres matrones ou peut-être un médecin ? Seule, je ne pourrai rien… Et puis il faudrait peut-être lui faire prendre des herbes pour faire aller les choses plus vite ? De toute manière… maintenant, il est trop tard pour l'enfant. Ça m'étonnerait qu'il sorte vivant du ventre de sa mère…

— Envoie Leone chez l'apothicaire, qu'il lui dise de venir et qu'il amène avec lui des sages-femmes. Et puis tu lui diras d'aller avertir les Médicis. Il faut que… Giovanni vienne ici. Au plus vite ! Il s'agit de son petit-fils, après tout.

Contessina tendit la main vers Adriana. L'épouvante dilatait ses yeux, et des larmes coulaient lentement vers ses joues blêmes.

— Maman…

Épuisée, elle se tut. Parler devenait un effort
insurmontable.

— Oui… oui…

Adriana se pencha vers sa fille. Elle maudissait
Dieu et la terre entière. Mais comment éviter à son
enfant le sort commun à toutes les femmes ? Elle ne
savait plus que faire, ni à quel saint se vouer, elle, la
mécréante.

— Si on apprend que j'ai choisi de laisser mourir
l'enfant… Ô Dieu, pardonnez-moi !

— Que veux-tu ? Dis-moi ?

La voix de Contessina était inaudible. Adriana
devina plus qu'elle n'entendit : « Cosimo… »

— Il sera là dans un instant, dit Adriana, égarée.

Elle ne savait plus ce qu'elle disait. Elle aurait dit
n'importe quoi pour voir l'apaisement se répandre
sur le visage de Contessina.

Soudain il y eut du bruit à la porte de la chambre.
Adriana, les yeux noyés de larmes, ne distinguait
pas les traits des nouveaux arrivants. Deux hommes.
Peut-être trois ou quatre, qui s'avancèrent à pas lents
vers le lit.

Alors Adriana reconnut Cosimo. Pâle, hagard,
couvert de poussière, en loques. Un mendiant eût
refusé sa capuche de moine, et pourtant… Cosimo !
C'était Cosimo ! entouré d'hommes dont, dans son
trouble, elle ne distinguait pas encore les traits.

Pour la première fois depuis le mariage de Contessina, Adriana eut un élan véritablement sincère vers son gendre. Elle s'élança sur lui, sûre de son appui, sûre d'être approuvée.

— Cosimo ! hurla-t-elle. Elle se meurt…

Puis, suffocante, à voix basse, elle acheva :

— Elle ou votre fils… Mais si elle meurt…

Elle ne put achever. Après lui avoir baisé le front, Cosimo s'écarta et laissa Adriana face à Giovanni de Médicis. Au moment où elle allait s'effondrer, deux mains s'emparèrent des siennes, deux mains solides, réconfortantes entre toutes. Giovanni lui dit tout bas :

— Courage… courage, ma belle Adriana. Nous sauverons ta fille et notre petit-fils…

Il avait accompagné son fils arrivé d'une heure à peine. Alors Adriana eut un hoquet presque grotesque et s'effondra en sanglotant sur l'épaule du vieux Médicis.

Cosimo ne prononçait pas une parole. Il se tenait près du lit d'où provenaient des lamentations atroces, se penchant sur Contessina, puis, se tournant vers l'un des hommes qui l'avaient accompagné et qui portait un costume d'apothicaire :

— Le médecin juif Elias… le fils du vieux Mardoché ! Vite !… Va vite. Si tu n'es pas de retour aussitôt, tu es un homme mort !

L'homme ne se le fit pas dire deux fois et se précipita.

La plainte de Contessina montait, lancinante :

— Oh, mon Dieu ! Je vous en prie, je vous en supplie… qu'on me délivre… qu'on me délivre… Aidez-moi… Aidez-moi…

Elle ouvrit les yeux et regarda Cosimo sans paraître le reconnaître. Il s'empara de sa main qui se crispait sur le drap et la serra à la briser. Une éternité passa ainsi, troublée par les clameurs de la jeune femme.

De nouveau il y eut du bruit à la porte. Evangelista se précipita et introduisit le médecin juif Elias. C'était un homme assez âgé. Une longue barbe blanche, mousseuse, envahissait son col presque jusqu'au milieu de la poitrine. Vêtu d'une robe noire, il portait le béret de velours rouge bordé d'hermine qu'exigeait son art. Il s'approcha du lit de Contessina et l'observa longtemps, la palpa sans ménagement, sans paraître gêné par les cris. Puis, se tournant vers tous ceux qui attendaient, il dit :

— Allez... retirez-vous. Priez Dieu ou qui vous voudrez... Mais laissez-moi faire... Cela ne sera pas simple. Voilà une jeune femme bien trop étroite... Mais avec l'aide de Dieu... et... (il désigna Evangelista) toi ! reste ici avec moi !... J'aurai besoin de toi. Vous aussi, Messer Baptista (il désignait l'apothicaire), restez !

Giovanni entraîna Adriana et Cosimo hors de la chambre de gésine, et ils prirent place dans la pièce attenante. Il se passa une heure, puis encore une moitié d'heure... Les cris de Contessina se succédaient sans relâche.

« Comment peut-on souffrir ainsi sans que quelqu'un puisse avoir pitié », songeait Adriana en se tordant les mains.

Cosimo ouvrit la fenêtre sur la douceur de la nuit florentine. Il priait sans même s'en rendre compte, les yeux fixés sur les étoiles : « Dieu… où que vous soyez… qui que vous soyez… ayez pitié de nous… »

Adriana était prostrée. Giovanni avait gardé ses mains dans les siennes. Et cela lui était un doux réconfort.

Soudain, il y eut un hurlement déchirant. Cela éclata dans le silence de la nuit comme un cri de fin du monde. L'épouvante et la douleur, la supplication et l'horreur. Tout était dans ce cri inhumain. Et puis… il n'y eut plus rien. Rien. À peine entendait-on une sorte de râle, des bruits de pas, des bassines qui s'entrechoquaient. Cosimo, Adriana et Giovanni se regardèrent, éperdus. Aucun d'eux n'osait prononcer un mot… esquisser un geste. Et puis par intermittence il y eut comme un miaulement, faible, plaintif.

— Si ma fille…, commença Adriana, n'osant formuler entièrement sa pensée.

Cosimo la regarda :

— Si Contessina… Taisez-vous ! Contessina…

Il se précipita vers la chambre et au même moment la porte s'ouvrit sur le médecin Elias. Il souriait :

— Vous pouvez entrer… Tout va bien… Vous avez un fils, Cosimo de Médicis. Un garçon.

Alors ils se bousculèrent. Sous les cierges qui éclairaient le lit, Evangelista achevait de soigner et de panser Contessina, plus blanche que ses draps. Pour aider la matrone dans sa besogne, Cosimo lui prit le flacon d'huile de camphre et le fit couler doucement sur les membres de la jeune femme. Il y avait du sang et des humeurs partout. Il fallut chan-

ger de draps et ce ne fut pas chose aisée que de soulever Contessina presque inconsciente.

Bientôt, l'accouchée, le visage défait, reposa dans
son grand lit, dans des draps immaculés, vêtue d'une
chemise de soie blanche... Elle regardait Cosimo, et
dans ses yeux il y avait un immense étonnement.

— Ma mie..., demanda Cosimo qui ne reconnut
pas sa propre voix, ma mie..., comment te sens-tu?

— Ahaa..., proféra Contessina.

Cosimo lui baisait les mains :

— Dis... parle... juste un mot...

— Aaah..., répéta-t-elle, impuissante à s'exprimer. Elle retira l'une de ses mains qu'étreignait
Cosimo et exhala dans un soupir : ... Fils... tu...
as... fils...

Et dans la grimace qu'elle fit, Cosimo comprit
qu'elle s'efforçait de sourire.

Les vagissements du nouveau-né, d'abord plaintifs, se transformèrent en cris.

— L'enfant a faim, dit Adriana.

Sa voix avait repris un timbre normal. Elle tenait
le nouveau-né contre elle, soigneusement langé dans
des bandelettes serrées.

— Une nourrice serait nécessaire. Une bonne
nourrice jeune et saine...

Elle souriait. Son regard cherchait Giovanni, et
soudain elle comprit qu'elle n'avait cessé de l'aimer, donc de le haïr. C'était stupéfiant de penser
cela en cet instant précis, mais cette pensée-là s'empara de son esprit et ne la quitta plus. Elle était grand-
mère. Sa fille était sauve, et Giovanni de Médicis
serait son compère lorsqu'on baptiserait l'enfant. Elle

adressa un sourire radieux à cet homme qui avait fait de sa vie ce désert de cendres, brûlantes encore.

— Nous sommes grand-père et grand-mère, et si Contessina le veut bien, nous serons parrain et marraine…

Elle se vengeait. Elle ne savait encore comment ni même pourquoi. Mais elle se vengeait.

Giovanni inclina la tête en signe d'assentiment. Une ombre de mélancolie voilait son regard, ombre qui disparut rapidement lorsqu'il prit son petit-fils des mains d'Adriana.

— Il est vraiment très laid, dit-il en souriant. Vraiment! Un vrai Médicis… que Dieu soit loué.

Ses yeux s'accrochèrent au regard d'Adriana. Et tout joyeux, guilleret même, il y déchiffra une adoration haineuse. «Allons…, pensa-t-il, rajeuni soudain. Il va me falloir être attentif. Adriana va me jouer encore quelque tour à sa façon… Je pensais pourtant qu'elle avait cessé de m'aimer…»

Dans la chambre, maintenant tous s'affairaient. On envoya Evangelista à la recherche d'une nourrice, malgré l'heure tardive. On conseilla à Giovanni d'aller se reposer; demain il reviendrait avec tout le clan Médicis, et le clan Bardi, les bras chargés de cadeaux… Demain serait vraiment jour de fête. Il y eut un moment de folie, de gaieté mêlée de peur, de remerciements confus…

Adriana s'agenouillait devant le médecin juif Elias, lui baisait les mains avec transport et lui promit des dons pour sa synagogue… Il y eut ce moment de bonheur incrédule où la joie succède à la peur, les larmes se mêlent aux rires et les mots ne signifient plus rien. Tous s'embrassèrent encore, se congratulèrent encore jusqu'au moment où le médecin réclama du calme et du silence... Alors l'un après l'autre, Giovanni, Adriana, l'apothicaire, les matrones, puis Evangelista se retirèrent, laissant les deux époux seuls avec leur enfant.

— Je l'appellerai Pierre..., émit Contessina dans un souffle.

— Pierre ? demanda Cosimo. Pourquoi... Pierre ?

Il frissonnait, inquiet, jaloux peut-être.

La paix et la fraîcheur de la nuit pénétraient par la fenêtre ouverte. Il répéta sa question et se pencha pour mieux entendre. Mais il n'y eut pas de réponse. Contessina s'était endormie.

Alors, seulement, Cosimo se retira à son tour, laissant une garde auprès de la jeune femme. Il se pencha au-dessus du berceau où l'enfant dormait.

— Merci..., murmura-t-il.

Il ne savait pas très bien à qui exactement s'adressait ce merci.

Le lendemain, Contessina délirait. Elle était brûlante de fièvre, et le médecin Elias appelé à son chevet eut un air soucieux :

— Ah... c'était à prévoir... Évidemment... Mais je la soignerai... J'ai des herbes, des onguents... Courage, Messer Cosimo, courage !

Il fallut plus de trois semaines au médecin Elias pour affirmer un clair matin d'avril :

— Maintenant tout va bien. Maîtresse Adriana, votre fille est sauvée. Messer Cosimo, vous pourrez bientôt embrasser votre femme.

Au cours des mois qui suivirent, Contessina connut une période singulièrement heureuse. Son retour à la santé fut pour elle une époque de joie exubérante, de satisfaction et de bien-être physique jamais éprouvés auparavant. « Je suis vivante ! » se disait-elle le matin en ouvrant les yeux. « Vivante ! » Elle avait encore, inscrites dans sa mémoire, dans son corps fragile, toutes les douleurs endurées et cette menace précise de mort... Alors, elle se précipitait à la fenêtre et regardait la Via Larga s'animer sous le soleil levant. Mai finissait dans une délicieuse tiédeur. Les acacias, les glycines, les iris et les roses mêlaient leurs senteurs en odorants bouquets. Contessina se grisait de ces parfums qui pour elle signifiaient la vie. Et puis, elle regardait des heures durant, assise sur une chaise, les pieds sur un banc, l'animation de la rue qui était un spectacle permanent, changeant et varié et dont elle ne se lassait pas. Cela criait, chantait, chahutait avec une telle joie de vivre que, parfois, bien qu'encore très affaiblie, la jeune femme se levait, esquissait quelques pas de danse... Étourdie, elle s'effondrait sur une chaise et appelait Evangelista. La matrone qui, depuis la naissance du petit Pierre, restait auprès d'elle comme femme de chambre et gouvernante de l'enfant, arrivait aussitôt, grondait, sermonnait, faisait apporter du lait d'ânesse, du miel, menaçait de tout raconter, et finalement allait chercher l'enfant que Contessina lui réclamait.

Alors il y avait la succession de moments si doux dont elle ne se lassait jamais. Nettoyer, langer, nourrir ce petit être lui était devenu une délicieuse nécessité… Après avoir accompli ses devoirs de mère, elle s'habillait, exigeait un carrosse, et demandait une promenade. Elle chérissait Florence avec des yeux neufs, éblouis. Cette ville avait donné une messe en son honneur ! À elle, Contessina ! De temps à autre, un badaud, une ménagère reconnaissaient les armes des Médicis sur son équipage. Alors aussitôt il y avait des souhaits de rétablissement, des paroles amicales, des offrandes de fruits ou de pâtisseries… Les semaines se succédaient, exquises et remplies de joies nouvelles. Lorsqu'elle en avait la force, Contessina, escortée d'Evangelista, s'attardait dans les échoppes du Ponte Vecchio. Elle choisissait des colifichets, des bijoux, riait et bavardait comme une pie avec qui désirait l'entendre. Elle savourait chaque minute, chaque seconde de sa vie. Parfois elle s'arrêtait, se penchait sur un parapet et regardait l'Arno. L'eau était claire, rapide, si fraîche. « Quand je serai tout à fait rétablie, disait-elle en riant, … j'irai me baigner avec mes petites sœurs Catherina et Bianca… »

Les deux petites Médicis, alors âgées de douze et dix ans, s'étaient attachées à leur belle-sœur. Pour les deux fillettes, le fait qu'elle eût frôlé la mort la parait d'une aura romanesque des plus intéressantes. Alors, dès la visite quotidienne terminée, les deux enfants jouaient à la « malade-qui-va-mourir ». Ce qui entraînait aussitôt des protestations de leur mère qui n'appréciait pas ce jeu comme sans doute elle l'aurait dû.

Mais, la plupart du temps, Contessina aimait être seule dans sa chambre. Alors elle se prenait à rêver, à ouvrir sa secrète blessure, à s'en repaître jusqu'à la nausée. Elle ressassait sa première rencontre avec Cosimo, le jour de leur mariage. L'incompréhension qui dès le premier regard... Et puis malgré tout, ces deux semaines de bonheur fragile qui avaient précédé le départ de Cosimo. Son désespoir orgueilleux : « Ah ? tu pars ? Très bien... » Alors qu'elle aurait dû... Mais qu'aurait-elle dû faire ? Et puis l'enfant... Ce petit Pierre souffreteux et plus précieux que sa propre vie.

Après la naissance de Pierre, les souvenirs de Contessina se faisaient imprécis. Elle avait été malade : « Aux portes de la mort... », avait dit le médecin Elias. Elle savait ce que c'était que la mort. C'était un gouffre sombre où elle s'enfonçait, désespérée parce qu'on l'enterrait vive. Elle hurlait : « Non ! je suis encore vivante. » Mais personne ne l'entendait. Elle était seule, désespérément seule avec la mort qui l'obligeait à descendre encore et encore dans ce tunnel noir et sans fin... « Je suis vivante... » Elle s'était débattue tant et si bien que la mort avait lâché prise. Et toujours la sensation de la présence constante de Cosimo. Elle le savait, comme elle savait malgré son délire que la main qui la retenait à la vie était celle de Cosimo... Et puis, il y eut cette minute ineffable, ce moment si court où, la fièvre tombée, elle avait ouvert les yeux sur le visage inondé de larmes de Cosimo...

— Tu es guérie… ma mie… tu es guérie.

Ces mots prononcés d'une voix sourde étaient comme un aveu. L'aveu que depuis sa guérison elle attendait tous les jours, le cœur battant.

Cela, cette attente toujours déçue, était la seule ombre à son bonheur. Car depuis qu'elle était mère, elle se sentait heureuse. Il y eut la découverte de l'enfant. Du petit garçon qui avait failli la tuer. Un enfant énorme et braillard comme jamais nouveau-né ne le fut. Elle avait voulu le nourrir et tenta plusieurs fois de lui donner le sein. Il tétait goulûment sa mère qui trouvait un singulier plaisir à la succion avide de cette petite bouche. Pourtant Contessina dut renoncer très vite à ce plaisir. Elle n'avait pas assez de lait. La nourrice qui l'avait suppléée à la naissance de l'enfant était désormais indispensable.

Vers la fin du mois d'août, Contessina devint nerveuse et souvent maussade. Certes, cela ne durait pas, mais des petites scènes éclatèrent entre elle et sa mère ou Evangelista. Personne ne comprenait la raison de cette mauvaise humeur. La cause réelle était pourtant fort simple. Elle attendait chaque nuit que Cosimo vienne la rejoindre dans la chambre, mais le médecin Elias avait interdit toute reprise de rapports conjugaux avant le complet rétablissement de Contessina. Et Cosimo se conformait aux décisions de l'homme de l'art et, selon Contessina, paraissait s'en accommoder parfaitement. La rage au cœur, la jeune femme savait que Cosimo passait une partie de la nuit avec Leïla, une jeune esclave circassienne appartenant aux Médicis. Nul ne le lui avait dit. Elle l'avait deviné, compris à ce regard soumis qu'ont souvent les femmes comblées par l'amour et que l'esclave posait sur Cosimo. Ce regard soulevait la colère de Contessina qui cependant faisait semblant de ne s'apercevoir de rien.

« Je me vengerai, pensait-elle alors. Chaque larme que je verse me sera payée au centuple ! » Mais elle se dominait et s'efforçait de se rétablir aussi vite que possible. « Quand il viendra me rejoindre… » Cette phrase était comme un phare dans sa vie. Alors elle se jetait sur la nourriture, surveillant ses rondeurs encore inexistantes et maudissant les seins superbes et les hanches généreuses de Leïla. À chaque visite du médecin Elias elle faisait la forte, la femme pleine de vie et de santé… Suppliait parfois. Mais le médecin Elias repartait en hochant la tête :

— Il n'est pas temps encore… Il ne manquerait plus qu'un autre enfant… Allons, encore un peu de patience… quelques jours…

Et les jours passaient, et Contessina devenait de plus en plus nerveuse et capricieuse.

On était au début de septembre. Contessina reprit ses longues promenades. Lorsque les occupations de Cosimo le lui permettaient, il l'accompagnait et cela se répétait fort souvent, au grand plaisir de la jeune femme. Ensemble, ils allaient vers Santa Maria del Fiore, traversaient la Piazza della Signoria, admiraient les arches élégantes, légères, de la loggia, s'attardaient devant le Palazzo Vecchio. Cosimo fai-

sait remarquer la beauté de la tour de pierre grise
s'élançant dans la lumière dorée, transparente, du
ciel florentin. Contessina écoutait, frémissante. Avec
les premiers jours de septembre une chaleur écrasante s'abattit sur Florence. Il y eut une succession
de kermesses, de fêtes de la moisson, fêtes plus ou
moins païennes, mais qu'importait que l'on célébrât
Cérès ou un saint quelconque du moment que l'on
célébrait quelqu'un? Les greniers regorgeaient de
blé et d'avoine, et cela seul comptait. Les proces-
sions donnaient à la ville un air de fête perpétuelle.
Contessina s'amusait comme jamais elle n'aurait
imaginé le faire. Elle changeait chaque jour de toilette, rivalisant en cela avec les élégantes Florentines qui toutes bravaient les interdits et l'austérité
qu'exigeait la Seigneurie. Contessina adorait ces
robes fluides, à la limite de la décence, faites dans
une soie arachnéenne, parfaitement transparente, dont
les jupes plissées superposées révélaient plus que ce
qu'elles étaient censées cacher. Le hennin s'enroulait
toujours d'une gaze aérienne. Par chance, Contessina avait un front haut, légèrement arrondi, qu'elle
n'avait nul besoin de raser pour l'agrandir encore,
comme le faisaient les Florentines, la mode exigeant
des femmes un visage dégagé à l'excès.

La première fois que Cosimo la vit ainsi vêtue, il
eut d'abord un sursaut. La toilette de Contessina
offrait toute l'apparence de la décence. Mais dès
qu'elle bougeait, les voiles superposés qui compo-
saient sa robe s'envolaient, s'enroulaient, se déro-
baient, et révélaient la taille mince et souple, une

jambe délicieusement faite, une cheville de petite fille.

Un mince sourire éclaira le visage de Cosimo :

— À ce que je vois, ma toute belle, tu ne risques pas de passer inaperçue… Mais tu as raison. Il faut exalter la beauté, et Dieu sait qu'il en faut peu pour rehausser la tienne… J'aime que tu portes ce hennin. Il accuse ce que ton visage a de beau, de singulier. Viens. Allons nous promener. J'aime que l'on te voie à mon bras…

Ils sortirent alors que le jour déclinait, apportant comme un semblant de fraîcheur. Cosimo refusa le carrosse qui les attendait et proposa une promenade à pied. Contessina acquiesça avec transport.

Les rues venaient d'être lavées. Une foule disparate de gens, de chevaux, de chiens errants, d'enfants laissés en liberté couraient çà et là, s'arrêtaient, puis repartaient. Cela criait, riait, aboyait, hennissait, dans un concert furieux de bruits divers qui pourtant s'harmonisaient entre eux et sonnaient agréablement aux oreilles du jeune couple qui se frayait un passage dans la foule encombrant les rues. Contessina, appuyée au bras de Cosimo, s'efforçait d'accorder son pas à celui de son compagnon. Ils marchèrent lentement, et bientôt arrivèrent jusqu'à l'Arno. Ils longèrent les berges du fleuve où d'autres couples se promenaient, à la recherche de la même fraîcheur et peut-être de la même illusoire solitude. Les dernières lueurs du jour flambaient derrière les collines qui se détachaient, sombres, déchirées sur le ciel d'une étonnante clarté. Déjà, l'ombre du crépuscule s'étendait sur la ville. L'odeur du soir montait du sol, odeur pénétrante d'acacia, de tilleul, de rose, d'iris et de jasmin, odeurs variées se mêlant à celle, particulière, de la vapeur qui, impalpable, voilait déjà les berges. Cosimo et Contessina continuèrent leur promenade jusqu'aux murs d'enceinte. Cosimo caressa les pierres brunies, encore chaudes de la chaleur du jour.

— Voilà qui est construit pour l'éternité…, murmura-t-il. Et nous bâtirons une famille pour l'éternité… Aussi belle, aussi indestructible que cette muraille.

Alors pour la première fois depuis son retour de Constance, Cosimo parla enfin de ce qu'il avait vécu dans cette ville où il avait connu la peur et le désespoir. Il parla longtemps. Jan Huss, Jean XXIII finalement capturé et emprisonné et qu'il s'employait à faire libérer, et surtout la Réforme… La pensée de Jan Huss dont l'authenticité l'avait troublé… Jan Huss encore, qui revenait sans cesse dans son récit.

Silencieuse, Contessina écoutait, consciente que Cosimo se délivrait d'une torture que, jusqu'à cet instant, elle n'avait même pas soupçonnée.

— Il a refusé d'abjurer ses écrits, disait-il. Il a écrit cette lettre que j'ai pu me faire remettre…

Lentement Cosimo déroula un parchemin et lut à voix haute :

« Moi, Jan, serviteur de Jésus-Christ, je refuse d'avouer qu'aucun de mes articles extraits de mes livres soit erroné… Je refuse d'abjurer de crainte de me parjurer… Ils ne m'ont vaincu ni par les Écritures, ni par la raison, mais ils m'ont éprouvé par la terreur et par le mensonge afin de m'arracher une abjuration... Le Dieu de miséricorde dont j'ai glorifié la justice était avec moi. Il y est encore maintenant et j'ai confiance qu'il sera avec moi jusqu'à la fin.

« Écrit le 4e jour après la fête de saint Jean-Baptiste, en prison, dans les chaînes, et dans l'attente de la mort... »

Cosimo se tut. Des larmes brouillaient ses yeux mais ne tombaient pas...

— Ils l'ont brûlé vif... C'était un homme de vérité..., reprit-il. Les princes de l'Église veulent que les fidèles restent ignorants et ne découvrent jamais, dans la Bible, qu'ils n'ont pas droit aux extravagants privilèges qu'ils s'octroient... Jan Huss voulait les dénoncer... Moi aussi je m'emploierai à cela.

Contessina sursauta :

— Je ne doute pas que tu n'aies raison mon ami, mais...

— Mais ?

— Ils ont brûlé Jan Huss... Que ne te feront-ils ?

— Maître Huss était en terre étrangère et hostile. Ici, à Florence, je suis dans mon pays... Ici, je porterai la connaissance à son plus haut niveau. Un niveau jamais atteint... C'est cela, ma mie, qui désormais sera ma raison d'être... Une académie où se réuniront les plus grands savants, les plus illustres érudits, pour porter la connaissance jusqu'au plus humble des *ciompi*...

Cosimo s'enflammait. Il porta sur la campagne

noyée d'ombre un regard de visionnaire, puis il aida Contessina à grimper sur le haut du rempart. De là, la vue s'étendait à l'infini sur la campagne vallonnée, noyée de brume. Le vent s'était levé, ce vent d'été, tiède, odorant, plus grisant que le vin d'Asti. Porté par ce souffle tiède venu de tous les horizons, un chant s'éleva. C'était une voix d'homme, puissante et pure. Cosimo et Contessina écoutèrent, émus, troublés. Le chant s'éteignit.

— Les temps vont changer, dit Cosimo à voix presque basse. Tout va évoluer et je veux favoriser cette évolution.

Puis, sans transition, il prit Contessina par la taille et la baisa au front :

— Comment te sens-tu, ma mie ?

Contessina rougit. Elle savait ce que signifiait cette phrase. Le médecin Elias était venu la voir aujourd'hui puis avait demandé à voir Cosimo. Elle leva son visage vers lui qui souriait. Elle sentit ses jambes fléchir sous elle et ne chercha pas à dissimuler la douce agitation de ses sens.

— Oh ! tout à fait bien…, répondit-elle. Jamais je ne me suis sentie aussi…

Elle aurait voulu dire : « aussi heureuse », mais elle n'osa aller jusqu'au bout de sa pensée…

— Je suis tout à fait rétablie…

Il l'enlaça et la pressa contre lui :

— Alors rentrons, ma mie. Il se fait tard.

De nouveau Contessina leva vers lui son visage souriant, empourpré. Maintenant ils allaient tous deux vers le palais Bardi, sans parler, unis, marchant d'un pas vers le même but. Cosimo pensait : « Je

serai si tendre qu'un jour peut-être elle m'aimera…
Déjà elle ne me repousse pas… » Contessina, frémissante, se disait : «Enfin. Enfin… Oh, cette fois-
ci je ne le laisserai plus partir… jamais ! »

VIII
Florence

Il y avait onze ans maintenant que Contessina avait épousé Cosimo. Et au fil des années, elle avait accouché successivement de deux autres fils : Filippo né alors que le petit Pierre fêtait son premier anniversaire, et Giovanni, né en 1421 et dont on venait de célébrer le troisième anniversaire. Jamais Contessina n'avait pu assouvir son désir de certitude quant à l'amour que pouvait lui porter Cosimo. C'était cela, et cela seulement qui émergeait dans son esprit lorsqu'elle pensait à ce long trajet qui serpentait à travers toutes ces années. Un long trajet commencé le jour de son mariage : une jeune fille effrayée découvrait l'homme qu'elle allait aimer et les servitudes de la vie commune. Elle se demandait parfois ce qu'elle avait fait de cette jeune fille solitaire, orgueilleuse et indépendante. Cosimo avait abattu toutes ses défenses, et elle se sentait désarmée, vulnérable, si vulnérable devant lui. Certes, il lui témoignait toujours une affection courtoise, et en dehors des périodes d'accouchement et d'allaitement, jamais il ne manquait à ses devoirs d'époux et chaque nuit venait rejoindre Contessina. Alors seulement, durant quelques instants la jeune femme pouvait supposer qu'elle possédait Cosimo corps et âme. Lorsqu'il pesait sur elle, lorsqu'il perdait le contrôle de lui-même et qu'ivre d'amour, il se laissait enfin aller à son délire, l'étreignant comme si sa vie même dépendait de cette étreinte. Parfois des mots sans suite s'échappaient de sa bouche. Des mots qui comblaient la jeune femme de joie, et qu'elle feignait de croire vrais. Alors elle osait tout, se livrait entièrement, oubliant toute retenue, toute pudeur, bénissant l'obscure clarté qui régnait dans la chambre à peine éclairée par une chandelle. La nuit, et seulement la nuit lui livrait enfin Cosimo. Un Cosimo tel qu'elle l'aimait, quémandeur et plaintif...

Pourtant chaque matin, alors que pleine d'espoir elle pensait que quelque chose allait naître enfin de ces nuits de fol amour, Cosimo lui parlait, avec affection certes, mais avec une distance qui la laissait toute décontenancée. Était-ce là l'homme qui criait dans ses bras quelques heures auparavant ? Cet homme qui parlait en termes élégants de l'achèvement du dôme de Santa Maria del Fiore ? « Brunelleschi va être choisi entre tous... », entendait Contessina atterrée, alors qu'elle émergeait à peine du sommeil qui avait succédé à une nuit particulièrement ardente. « Brunelleschi ?... » Son esprit encore enfiévré refusait la réalité. Brunelleschi... Alors le souvenir revenait.

Sur les instances réitérées d'Adriana qui voyait là, pour son amant, une possibilité d'atteindre enfin la gloire qu'il recherchait avec une telle ferveur, l'architecte avait été choisi entre les meilleurs.

Alors Contessina, stupéfaite, alanguie, encore blottie dans ses draps, écoutait Cosimo qui l'entretenait de construction, palais, portiques, fontaines, marbre, bronze, peintres, architectes. Tout s'enchevêtrait dans ses projets grandioses pour embellir Florence. La matinée s'achevait et Contessina, prise par ses obligations de maîtresse de maison, remettait à plus tard l'entretien qu'elle se proposait d'avoir avec son époux. « Demain… », pensait-elle pleine d'espoir. Mais le lendemain était semblable. Et puis, il y avait encore et toujours les soucis que donnait le clan des Albizzi, qui contrecarrait tous les projets, tous les espoirs des Médicis et qui occupait encore le devant de la scène politique florentine, Cosimo et son clan affectant de n'apparaître qu'à l'arrière-plan, se complaisant surtout à ne pas laisser voir leurs ambitions et s'évertuant à amasser discrètement le plus possible de richesses.

« Les aristocrates ne se résignent pas à leur sort ! Avoir perdu le pouvoir les rend enragés… Ils savent qu'ils doivent composer avec la Seigneurie. Je dois toujours lutter contre eux », disait souvent Cosimo avec, dans le regard, un vague reproche, lorsqu'il revenait d'une séance du Palazzo Vecchio. Contessina se demandait alors s'il savait qu'Adriana rapportait fidèlement à son « clan » tout ce qu'elle surprenait chez son gendre. Visites d'émissaires venus de Venise, de Rome, d'Angleterre ou de France. Contessina dissimulait soigneusement à son époux les harcèlements incessants d'Adriana qui exigeait de sa fille qu'elle se montrât déloyale envers Cosimo. Des scènes fréquentes éclataient entre la mère et la fille. Pour Adriana, il était inconcevable que sa fille pût préférer soutenir un marchand, fût-il son époux, au parti de la noblesse dont elle était issue.

— Tu es une sotte! s'exclamait-elle devant les refus réitérés de Contessina de trahir Cosimo. Aider ton père à reconquérir sa puissance d'autrefois, cela t'est-il donc indifférent?

— Non! Bien sûr que non! Je ne demande pas mieux que d'aider papa... Pas au prix de fourberies dont mon époux aurait à souffrir... Vous ne pouvez exiger cela de moi.

— Va... va! fulminait Adriana. Je trouverai un autre moyen... Pourquoi Cosimo a-t-il envoyé Leone Alberti à Venise? Est-ce vrai qu'il attend des marchands turcs?

— Qu'en puis-je savoir?... J'ignorais même qu'il existât des marchands turcs.

Alors Adriana riait:

— Tu te moques de moi? C'est bien!... c'est bien! Je finirai par savoir ce qui m'importe...

En cela Adriana ne se leurrait pas. Elle finissait toujours par tout savoir. Parfois cela gênait Cosimo, qui alors soupçonnait Contessina de déloyauté bien qu'il se gardât du moindre reproche, parfois l'information que recevait Adriana arrivait trop tard pour qu'elle pût s'en servir et cela n'avait guère de conséquence pour la maison de Médicis. C'est ainsi que le « clan » des Bardi, Strozzi et Albizzi n'apprit qu'avec beaucoup de retard que les Médicis avaient traité d'une importante vente d'armes à la France, et, moins de deux mois après, qu'une importante vente d'armes à l'Angleterre avait été effectuée par une maison concurrente qui se trouvait être aux mains des Médicis...

Tout cela ne troublait pas Contessina. Elle aimait Cosimo avec une telle ferveur, une telle passion silencieuse que jamais elle n'eut, même une seconde, l'idée de céder aux prières de sa mère. Elle ne vivait que pour Cosimo, était jalouse de tous ceux qui l'approchaient, lui parlaient, inquiète dès qu'une jeune dame de leur entourage s'attardait plus d'une seconde dans un bavardage anodin. Elle s'approchait alors, telle une panthère, prête à couvrir la terre de ses hurlements, à faire gicler le sang... Le meurtre se cachait derrière son sourire gracieux et ses yeux fixés sur sa proie. Si elle se fût ouverte à Cosimo de ses angoisses, de ses douleurs, sans doute l'eût-il immédiatement rassurée en lui témoignant d'une manière plus expansive ce que lui-même éprouvait avec violence. Mais un mur séparait ces deux êtres que tout aurait pu rapprocher. Un mur invisible et puissant, un mur infranchissable. Contessina s'enfermait dans le silence, s'effarouchant de se laisser aller à ses sentiments, convaincue d'ailleurs que Cosimo n'éprouvait pour elle qu'une affection sincère, certes, mais dépourvue de passion. Aussi par excès de pudeur et d'orgueil affectait-elle un détachement poli, une gaieté artificielle qui renforçaient Cosimo dans sa conviction que Contessina ne l'aimait guère. Les quelques querelles qui parfois éclataient entre eux ne duraient jamais assez longtemps pour qu'enfin ils pussent l'un et l'autre soulager leur trop grande tension.

Pourtant, Contessina était heureuse. Un bonheur bizarre, informulé, d'une fragilité parfois insupportable, qui s'effondrait à la moindre anicroche. Et alors s'amplifiait, envahissante jusqu'à l'étouffement, une insupportable angoisse. Il suffisait d'un regard pensif, d'un froncement de sourcils, d'une parole un peu sèche... Mais parfois aussi, un ineffable bonheur s'emparait de Contessina et la faisait renaître à la vie. Une main serrée en catimini, une étreinte plus ardente, un regard, cette sensation confuse et exquise de savoir que Cosimo existait pour elle et qu'elle lui était nécessaire, essentielle même, sans pour autant en acquérir la certitude. C'est de cette certitude-là qu'elle se languissait. Sans rien en dire. Seule Adriana était au fait de la passion réciproque que les deux époux éprouvaient l'un pour l'autre. Elle s'efforçait de dissimuler à l'un ou à l'autre ce qu'elle avait découvert, mais ne cherchait pas vraiment à les séparer. En d'autres temps cela l'eût fait rire. Pressée par son «clan», elle se demandait comment exploiter ces sentiments exacerbés et mettait souvent à profit l'aveuglement réciproque des deux époux. Cette totale incompréhension était d'autant plus forte qu'elle était masquée par l'ambition et la capacité de travail de Cosimo. Sa fortune allait se décuplant comme par enchantement. «L'argent appelle l'argent...», disait-il en riant. Mais il restait vigilant et savait que ses ennuis se décuplaient eux aussi.

Il devait faire face à l'opposition de plus en plus virulente du clan des Albizzi, qui voyaient de très mauvaise grâce s'étendre les travaux entrepris par le clan des Médicis, avec l'accord de la Seigneurie, pour l'agrandissement et l'assainissement de Florence. Ces travaux accroissaient la popularité des Médicis. Et cette popularité pouvait leur donner un jour le pouvoir.

Giovanni et Cosimo avaient décidé d'un commun accord de créer un hôpital réservé aux enfants et aux nécessiteux, dont l'exécution fut confiée à Brunelleschi qui s'affirmait de plus en plus comme un architecte de grand talent. Ce choix n'était pas tout à fait innocent. Cosimo espérait ainsi neutraliser Adriana qui, en effet, parut satisfaite de voir que son amant réussissait aussi bien. Mais Contessina n'ignorait pas que sa mère allait tous les jours chez les Albizzi, et cela ne laissait pas de l'inquiéter. Et puis, un jour, Alessandro et Adriana de Bardi décidèrent de quitter Florence et d'aller passer quelques mois à Venise. Le départ de ses parents rassura Contessina, et c'est avec un indicible soulagement qu'elle vit le carrosse disparaître à l'horizon.

Toujours en proie au souvenir des jours sinistres de Constance, Cosimo cherchait une solution pour délivrer le peuple de l'ignorance. Il s'entretenait des heures entières avec son père sur ce sujet, et une idée prit corps au cours de ces longues conversations. Une idée que Cosimo avait développée au fil des ans et qui, en cette année 1425, se précisait dans son esprit. Une académie réunirait ce que l'Europe comptait de savants, érudits, artistes, philosophes, écrivains. « Et, disait-il, dans cette réunion des esprits parmi les plus éclairés, naîtra un nouvel art de vivre… Un art de vivre basé sur le savoir et l'amour entre les hommes… » Il ne croyait pas vraiment qu'un jour les hommes pussent devenir meilleurs. « Mais au moins on peut toujours essayer… Après tout, qui sait ? » L'idée d'une académie consacrée à la connaissance, à toutes les formes de connaissance, le séduisait. N'était-ce pas donner là une nouvelle preuve de sa puissance et de sa générosité ?

Cette idée prit une telle importance que, une année durant, Cosimo en négligea presque ses affaires, tout occupé qu'il était par la réalisation de cet audacieux projet. Il fit venir au palais Bardi tous ceux qui excellaient dans un art noble.

Un homme, dont il avait fait son plus intime confident, allait lui apporter une aide précieuse. Un épicurien, un érudit, affublé du patronyme de Pléthon. Il avait une soixantaine d'années et s'était illustré par une connaissance si extraordinaire du grec qu'il était le seul homme au monde capable d'analyser un manuscrit ancien et de détecter s'il ne s'agissait pas d'un faux. Mais, surtout, Pléthon répandait une idée absolument nouvelle, révolutionnaire, proche de celle de Boccace. Cosimo avait découvert ce texte avec ravissement. « Voici le livre du traité des lois, écrivait Pléthon, de la forme idéale de l'État, de la foi et des efforts tant publics que privés par les moyens desquels les hommes réussissent à se faire une vie belle et bonne et, ce qui compte plus que tout : heureuse. Parce que la nature est ainsi faite que les hommes tendent tous au même but : vivre heureux… » Une vie heureuse. C'est là le but ultime et véritable de chacun.

— Le bonheur…, dit Cosimo à son père, après avoir lu le livre de Pléthon, le bonheur. Quelle idée nouvelle et combien précieuse…

Giovanni retint un sourire. Cosimo pouvait être encore si naïf parfois !

— Ah, mon garçon ! Si tu veux promettre le bonheur, tu n'es pas au bout de tes peines… Qui peut savoir ce qu'est le bonheur ?

Cosimo soupira :

— Personne. Je suppose que nul n'est susceptible de définir ce que cela peut être. Et pourtant cela me semble être une aspiration légitime, nécessaire… Pourquoi serait-ce toujours le malheur qui serait le lot de l'humanité ? La peste, la guerre, l'intolérance, la violence, les meurtres… N'y a-t-il rien d'autre dans une vie ?… Le bonheur peut-il exister ?… Et comment ? Et si l'on ne peut assurer apporter le bonheur aux hommes, du moins peut-on leur donner les moyens de l'acquérir par eux-mêmes. De trouver eux-mêmes quelles en seront les sources, et ainsi de pouvoir choisir en toute connaissance ce qui leur sera nécessaire.

Il s'interrompit, repris par ses démons familiers, et ajouta avec cynisme :

— Il est vrai que parfois le bonheur des uns fait le malheur des autres. Et, à cela, aucune loi ne peut apporter de solution équitable…

Giovanni murmura :

— On dit que, parfois, l'amour est source de bonheur…

Cosimo haussa les épaules :

— L'amour ?... source de bonheur ? Quel fieffé sot a jamais pu prétendre pareille sottise ! Oh non ! Rien de ce qui est amour ne peut rendre heureux... Les juifs l'appellent Hatraba, les Grecs Éros, et nous Amour... Le principe même de la vie... Et cela, cette ardeur qui nous porte vers une femme aimée serait source de bonheur ?... Je ne crois pas. Source de nos plus grandes douleurs, certainement !

Giovanni enveloppa son fils d'un regard pénétrant :

— Contessina ?

De nouveau Cosimo eut un haussement d'épaules :

— Ah ! je ne sais pas... Lorsque je suis devant le pape, un roi, un empereur, un puissant entre les puissants, je me sens plus fort qu'eux. Je sais que je peux les atteindre... les acheter s'il le faut. Je sais que j'obtiendrai ce que je veux... Lorsque je suis devant elle...

— Tu trembles et tu te mets à genoux..., dit Giovanni à voix basse.

Surpris, Cosimo observa son père, puis, avec un léger sourire :

— C'est un peu cela... Mais... je ne me mets jamais à genoux...

— Je comprends... va. Je comprends ! Autrefois... moi aussi... C'est vraiment la pire des choses qui puisse arriver à un honnête homme !

— Guérit-on ?

— Jamais. Voilà au moins quelque chose de certain. Jamais ! Un jour, tu croiras être guéri. Alors tu te réveilleras gai et joyeux comme un pinson... Délivré... Délivré d'une chaîne puissante et invisible... Et puis il suffira d'un rien... un air de musique... une odeur... l'ombre d'une femme profilée dans le lointain... et ton mal reviendra, plus fort, plus douloureux encore d'avoir été un instant oublié...

Il se tut, essoufflé. Depuis quelque temps il s'essoufflait vite, ses jambes enflaient, bref la vieillesse gagnait du terrain et le passé revenait dans sa mémoire, plus proche, plus présent que jamais. Adriana. Un mince sourire éclaira son visage pensif, adoucissant la dureté des traits. Il changea de conversation :

— As-tu des nouvelles de tes beaux-parents ? Leur séjour à Venise me paraît plus long que prévu...

— J'avoue n'être pas tranquille quand ma tigresse de belle-mère est hors de ma vue plus de quelques jours... Que trame-t-elle ? Que veut-elle ?... Je me demande d'ailleurs si elle-même le sait ! Elle croit vouloir notre perte, et travaille à ce faire. Mais je suis sûr que si cela devait arriver, elle en serait la première fort marrie... Rinaldo des Albizzi est aussi à Venise, de même que le duc de Milan...

— Que de monde à Venise en ce moment ! Alors ? Que peut-on penser de tout ce remue-ménage ? répondit Giovanni. Et que de monde qui nous aime si peu, si peu en vérité que, s'ils pouvaient nous voir morts, ils se feraient un devoir de danser et chanter pendant au moins trois jours...

Cosimo rit de bon cœur :

— Nous n'avons rien à craindre. Leone Alberti est sur place. C'est encore un enfant, certes. Mais il me rend compte fidèlement de tout ce qui se dit, tout ce qui se passe à Venise... Personne ne peut rien contre nous. Personne !

— Pour le moment, mon fils..., soupira Giovanni, le regard perdu. Mais qui peut préjuger de l'avenir ? Contessina ? Est-elle des nôtres ?... Ce que nous allons préparer est si risqué ! Es-tu sûr d'elle ?

— Je le crois, père...

— Sa mère paraît avoir de l'influence sur elle.

— Sans doute. Mais Contessina est de nature loyale.

— Elle pourrait l'être à sa mère, insista Giovanni.

— Elle l'est pour moi. Soyez sans crainte là-dessus.

Giovanni soupira puis, à voix basse comme s'il eût craint quelque oreille indiscrète :

— Nous emparer des mines de Lucques pourrait nous être sérieusement reproché par la Seigneurie. Qui sait... Peut-être la prison ou l'exil ? Une guerre, aussi rapide soit-elle, est toujours une guerre. Peut-on au moins s'assurer du silence ?

Perplexe, Cosimo considéra un instant son père et se demanda s'il lui devait la vérité. La Seigneurie était parfaitement au courant de leurs projets. Une cassette de ducats d'or avait fait taire bien des consciences et rendu aveugles bien des regards... Giovanni approuverait-il de telles méthodes ?... « Bah ! songea Cosimo. Mieux vaut qu'il l'ignore. Tout cela ne pourrait que le troubler... et c'est un homme âgé... Ces mines d'alun... il nous les faut pour faire baisser nos prix de teinture... »

Déjà son esprit s'envolait sur les bénéfices colos-
saux qu'il attendait de cette opération. Il souriait…
Contessina… déloyale ? Cela ne se pouvait. C'était
elle qui avait porté la cassette à la Seigneurie.

IX

Les Cavalcanti

Aucun de ceux qui connaissaient Lorenzo de Médicis, si gai, si plein d'entrain, toujours entouré d'une légion de donzelles toutes plus énamourées les unes que les autres, ne pouvait soupçonner à quel point il s'était épris de la ravissante Ginevra Cavalcanti. Tout en Lorenzo avait changé. En l'espace de quelques semaines le jeune homme si charmant, qui faisait la joie et la fierté de sa famille, s'était mué en une sorte de fauve hargneux que nul ne pouvait approcher sans se faire agresser. Cosimo, qui l'observait, pensait en le voyant agir : « C'est un tigre furieux qui flaire sa femelle et qui rôde pour l'avoir... Ginevra Cavalcanti ?... Quelle funeste utopie ! Pauvre Lorenzo ! Cette union n'est pas pensable... » Mais était-elle souhaitable ? Cosimo supputait les avantages que pourrait apporter une alliance avec les Cavalcanti, et songeait que ceux-ci étaient loin d'être négligeables. Les Cavalcanti possédaient à Lucques et à Volterra la plus grande partie des mines d'alun, que Cosimo convoitait. Aussi surveillait-il le déroulement de cet amour insensé avec une attention aiguë bien que silencieuse. Parfois il s'impatientait contre son frère et s'exaspérait de le voir dépérir.

Car cela n'était plus douteux : Lorenzo dépérissait. Sa maigreur devenait inquiétante. Il ne pensait qu'à Ginevra, mais nul plus que lui-même ne savait à quel point ce mariage était impossible. Les Cavalcanti acceptaient certes avec une froideur distante de s'allier aux Médicis pour certaines opérations commerciales, mais en aucun cas ils n'eussent accepté des relations plus suivies, plus amicales. Et jamais ils n'eussent accepté sans en rire un projet de mariage entre leur fille et Lorenzo, quels que fussent les sentiments respectifs des deux jeunes gens. Les Médicis ne représentaient rien encore dans la ville de Florence. Rien d'autre que l'argent et une certaine popularité auprès des *ciompi*. Popularité dont les nobles n'avaient que faire. Pour eux, les manants libres avaient à peine plus de droits que leurs esclaves. De plus, et sans doute était-ce cela le plus grave, les Cavalcanti, liés aux pires ennemis de la famille de Lorenzo, avaient avec Rinaldo des Albizzi, chef du «parti des nobles», le pouvoir politique.

La ville de Florence détestait le clan des nobles. Ils étaient accusés de tous les maux : provoquer des guerres, spolier, voler même, tout cela sans preuve, naturellement, et peut-être ces accusations étaient-elles pour la plupart sans autre fondement que la haine inspirée par le parti de Rinaldo des Albizzi. Dans la lutte qui opposait le clan des nobles aux Médicis, la ville de Florence avait fait son choix, ce qui excitait encore plus la fureur des nobles.

C'était peu dire que Rinaldo des Albizzi et le mar-

quis Guido Cavalcanti détestaient les Médicis. Ils
les haïssaient comme jamais homme n'a été capable
de haine. Ils haïssaient en bloc, d'ailleurs, sans dis-
tinction particulière pour l'un ou l'autre des Médicis. Et cette haine, née de l'envie la plus basse,
puisqu'elle n'avait pour motif que l'enrichissement
permanent des Médicis, atteignit son paroxysme
lorsque Giovanni fut élu, en février 1421, sans même
l'avoir sollicité, gonfalonier de la ville de Florence.
Niccolo d'Uzzano, oncle de Rinaldo des Albizzi et
cousin des Cavalcanti, s'opposait à toute violence et
à toute révolte. Il était l'un des éléments de conci-
liation qui acceptaient de s'entretenir avec l'un des
Médicis sans mettre aussitôt la main à l'épée. Démo-
crate convaincu, il souhaitait le pouvoir des élections ; des élections seulement. Mais comme tous
ceux de sa caste, il ne pardonnait pas à sa cousine
Adriana de Bardi, née Strozzi, d'avoir accepté de
vendre sa fille à Cosimo, ce marchand ! Cette alliance
contre nature avec des parvenus lui faisait horreur et
il ne souhaitait profondément qu'une chose : se débarrasser — et par ce fait débarrasser Florence — des
Médicis. Mais le vieux d'Uzzano voulait le faire en
respectant les lois de la république de Florence, tandis que les plus jeunes de son clan parlaient de plus
en plus ouvertement de violence et de coup de force.
Le clan des nobles, et Rinaldo des Albizzi en particulier, était persuadé que le pouvoir devait lui revenir
de droit divin… « Dieu le veut ainsi ! » prétendaient-
ils, une main sur le cœur et l'autre sur la poignée de
leur épée. C'étaient des jeunes hommes valeureux,
courageux, et pour qui la vie d'un homme n'avait

guère de prix. Pour la plupart d'entre eux les quelques cadavres qu'ils avaient sur la conscience n'avaient rien qui pût les empêcher de dormir. Mais le clan des nobles se heurtait encore à la volonté des *ciompi*.

Le peuple aimait Giovanni et Cosimo, et il ne se passait pas de jour sans que l'un ou l'autre de ces manants vînt se présenter soit devant le palais Bardi, soit devant la vieille maison des Médicis, pour y apporter une offrande, y exposer une requête, demander un prêt d'argent sans intérêt ou simplement un don.

Lorenzo connaissait l'ostracisme que vouait à sa maison le parti des nobles, comme il connaissait les projets secrets de son frère de faire main basse sur les terrains que possédait Rinaldo des Albizzi à Volterra, ces terrains riches en minerai d'alun... Lorenzo savait que pour posséder ces terrains, Cosimo était prêt à tout. Même à déclarer la guerre aux Albizzi et aux Cavalcanti. Et se poser en ennemi déclaré devant le vieux marquis, c'était se fermer à jamais la porte de sa fille. Jamais, non jamais, il ne pourrait épouser Ginevra.

Les semaines qui suivirent la rencontre fatale, cette rencontre qui allait déterminer sa vie dans le sens du malheur, furent pour lui le comble de la souffrance.

Parfois, dans sa chambre, la nuit, incapable de trouver le sommeil, le souvenir des rares moments où il avait vu ou entrevu Ginevra lui revenait en mémoire. Alors il se repaissait de ces scènes. Il les faisait passer et repasser dans son souvenir, s'attardant sur un détail infime, mais qui pour lui prenait une importance considérable. Il y avait si longtemps que Ginevra était dans sa vie !

Onze années auparavant, lorsqu'il avait été vaguement question pour lui d'épouser Contessina, aujourd'hui sa belle-sœur et déjà mère de trois enfants, Cosimo, ivre de joie d'épouser une Bardi, avait jeté en manière de plaisanterie :

— Plus tard, peut-être lorsque la petite Ginevra Cavalcanti (alors âgée de quatre ans) sera plus vieille, nous pourrons envisager une alliance avec cette famille... Nous serons encore plus riches, je te le promets. Et le marquis ne pourra rien nous refuser ! Ginevra promet d'être une fort jolie personne !

Cosimo, tout à sa joie d'épouser Contessina, bourrait son frère de coups de poing affectueux. Peut-être était-il sincère ? À cette époque, Cosimo se sentait invincible. Le monde lui appartenait. Il allait épouser la femme qu'il aimait, il allait vivre dans l'un des plus ravissants palais de Florence et il s'apprêtait à conquérir le monde. Comme Lorenzo l'admirait ! Tout ce que Cosimo disait était pris à la lettre. Lorenzo avait ri. Il se souvenait très bien de cette époque pleine de charme. Il était beau, jeune, à peine dix-neuf ans. Tous les espoirs lui étaient permis. Quelques semaines après le mariage de son frère avec Contessina, il avait oublié sa petite déception (Contessina était vraiment très belle) et la promesse de Cosimo. Dans les bras de la belle Eleonora Pazzi, qui trompait ainsi gaillardement son mari et son clan, Lorenzo découvrit avec ivresse que

l'amour pouvait réserver des joies extraordinaire-
ment concrètes et répétitives. Eleonora bravait la
religion, le qu'en-dira-t-on, avec une férocité joyeuse
qui éloignait les foudres bien-pensantes des nobles.
Elle s'affichait avec Lorenzo sans vergogne et disait
à qui voulait l'entendre :

— Moi, je fais mon paradis sur terre. Au moins,
c'est toujours ça de pris ! Ensuite ? Je réglerai mes
comptes avec Dieu s'Il ose me faire face !

Il semblait bien qu'Eleonora Pazzi eût quelque
chose sur le cœur, dont sa famille n'était pas particulièrement fière. Peut-être était-ce le fait que l'on
avait marié la jeune fille, alors âgée de seize ans, à
un barbon de quarante-cinq ans ?... Peut-être. Toujours est-il que personne ne s'offusquait de l'attitude
d'Eleonora et tous fermaient les yeux. Sans doute
avait-on peur également d'une langue trop bien
pendue.

Parfois, au fil des mois, puis des années, il arrivait
à Lorenzo de dire plaisamment, lorsqu'on évoquait
devant lui le nom de la famille Cavalcanti :

— Ah !... C'est vrai... Ginevra Cavalcanti, ma
petite fiancée...

Il riait de sa plaisanterie et ajoutait en riant plus
encore :

— Grandit-elle ? Que devient-elle ?

Toute la compagnie de joyeux lurons qui l'entourait alors s'esclaffait, le plaisantait sur cette promise
encore au couvent.

Au fil des années, bien des événements eurent raison des quelques moments de vraie jeunesse de Cosimo et de Lorenzo. Il y eut l'établissement du pape Martin V, la libération de Jean XXIII pris en otage et remis en liberté contre trente-cinq mille florins. Il fallut accueillir le nouveau pape Martin V à Florence, tenir tête au duc Philippe-Marie Visconti de Milan, qui voulait absorber toute l'Italie du Nord. Cosimo et Lorenzo avaient maille à partir avec la Seigneurie. Il fallait lutter et lutter encore contre l'emprise des nobles qui, boutefeux dangereux, voulaient la guerre, encore la guerre. Giovanni de Médicis repoussait avec horreur l'idée d'une confrontation sanglante qui n'apporterait rien de bon à personne. Avec ses deux fils, et parfois même avec les moins acharnés du clan des nobles, Florentins avant tout, il fallait négocier, négocier encore, signer avec l'accord de tous traité sur traité. La jeunesse de Lorenzo passait. Les soirées libres se faisaient moins nombreuses, les escapades moins bruyantes. Il y eut tant de choses enfin que Lorenzo, occupé toute la journée, ne regardait guère ce qui se passait autour de lui.

La maison des Médicis s'agrandissait, s'enrichissait encore... D'autres marchés, d'autres manufactures vinrent s'ajouter à ceux que possédait déjà la famille. Lorsque Cosimo proposa la construction d'un palais plus conforme à la fortune de son père, dont il avouait mourir d'envie, cela fut refusé. Giovanni était né dans cette maison et entendait y mourir. Pris à témoin, Lorenzo éclatait de rire et répondait en plaisantant :

— Ah ! Mais pourquoi forcer papa ?... Tu as le

palais Bardi… J'aurai celui des Cavalcanti et tout sera bien ! Les deux fillettes suivront leurs époux… Laisse donc papa et maman en paix…

Alors, de nouveau des éclats de rire sonores éclataient de toutes parts et l'on échafaudait déjà le mariage, les banquets, les invités… Rien de trop beau pour Lorenzo et Ginevra… À plusieurs reprises Lorenzo entendit Contessina parler de sa petite-cousine Ginevra à qui elle avait été rendre visite. C'est ainsi qu'il apprit que la petite fille devenait une jeune fille, qu'elle était ravissante, intelligente et cultivée… Alors il riait et disait : « Ah oui ! ma fiancée… » Puis il oubliait aussitôt. Parfois, au cours d'une promenade, ou à la messe de Santa Maria del Fiore, il croisait la jeune fille. Il la regardait avec curiosité et déception. Toujours accompagnée d'une duègne aragonaise, Ginevra était encore une adolescente sans attrait particulier, un peu maigre, timide et pâle, qui passait devant Lorenzo sans paraître le remarquer. Ses vêtements de couventine n'arrangeaient pas les choses. « Osseuse », pensait-il, déçu. Pourtant, il appréciait ses cheveux très longs, d'un blond très clair, de ce blond encore neuf et brillant que l'on voit chez de très jeunes enfants, et, lorsqu'il passait près d'elle, il remarquait les grands yeux noirs qui dévoraient trop d'espace dans le visage étroit et pâle, que parfois elle levait brusquement vers lui. Elle le fixait sans rougir. « Elle a le regard effronté… », pensait alors Lorenzo. Et puis il se détournait, son attention entièrement requise par sa maîtresse, Eleonora Pazzi, qui s'agaçait de sa distraction passagère. Elle lui faisait signe d'un geste impérieux de venir s'agenouiller près d'elle, et il obtempérait aussitôt. Et puis un jour, le lendemain même de la naissance des jumelles, Nannina et Giuletta, il revit Ginevra.

Comme à l'accoutumée, amis, famille, alliés étaient venus voir l'accouchée, apportant des présents, des fleurs, des pâtisseries, ou de délicieuses confiseries.

Ce jour-là, Lorenzo s'en souviendrait sa vie durant, était une délicieuse journée de printemps, douce, lumineuse et tiède. La chambre de Contessina bruissait de ces mille petits riens délicieux qui succèdent à un événement heureux. Bavardages et rires qu'une demi-douzaine de jeunes filles et de jouvenceaux porteurs de présents échangeaient auprès du lit de la jeune mère, joueurs de flûte et de viole, matrones et domestiques portant les unes du linge frais, les autres des rafraîchissements. Tout ce va-et-vient charmant dont Lorenzo était coutumier depuis des lustres. Evangelista et deux jeunes matrones somnolaient auprès du berceau où dormaient les bébés. Le luxe, discret, était pourtant là. Tapisseries somptueuses sur les murs, draps de l'accouchée et des nouveau-nées incrustés de dentelle, coffres remplis d'objets précieux, tapis d'Orient à profusion, jetés sur les planchers miroitants. L'argent des Médicis était présent dans chaque détail. Qu'un jeune page apportât de l'eau, c'était dans un broc d'argent massif savamment travaillé. Qu'une servante apportât du linge de rechange, c'étaient de merveilleuses dentelles arachnéennes venues de France.

Dans l'embrasure de la fenêtre ouverte, Lorenzo bavardait avec son frère Cosimo. Ils s'entretenaient à voix basse de leurs affaires du jour. C'était la fin d'un délicieux après-midi. Déjà les ombres s'allongeaient, et de temps à autre un souffle d'air plus frais venait caresser le visage et agitait les boucles sombres de Lorenzo.

Un bruit, venu de la rue, celui d'un carrosse qui s'arrête, attira l'attention des deux frères. Cosimo se pencha sur la balustrade.

— Tiens…, dit-il en souriant, les Cavalcanti nous envoient un émissaire. C'est bon signe. Ils accepteront les conditions que père a fixées pour l'exploitation de leurs mines. Tu te souviens ? Trois mois de discussions sans fin. Messer Cavalcanti est un vieux renard… Mais je pense être plus rusé que lui… J'aurais peut-être dû exiger plus ? Enfin, il a accepté… D'ailleurs, il ne pouvait faire autrement… Nous sommes les seuls à pouvoir financer un tel ouvrage.

Lorenzo s'efforçait de démêler, dans les explications obscures que Cosimo développait devant lui, en quoi la fortune des Médicis allait s'accroître de l'exploitation des terrains que détenaient les Cavalcanti, quand la porte s'ouvrit sur une radieuse apparition portant la traditionnelle *impallatia**. Radieuse. C'est ce que pensa immédiatement Lorenzo, ce qu'il pensa jusqu'à sa mort en se souvenant de cette pre-

---

* Cadeau traditionnel apporté par une future jeune mariée à une accouchée. Il s'agit d'une tasse de vin que doit boire la jeune mère, et d'un plat, en or ou argent, incrusté de pierres précieuses. Celle qui apporte l'*impallatia* doit, en principe, se marier dans le mois qui suit et avoir un enfant moins d'un an après.

mière apparition de Ginevra, qui fut immédiatement entourée et félicitée. Des questions fusèrent de toutes parts.

— Qui est l'élu?

— Vite un nom!

— Ah, je crois que je devine! C'est Rinaldo des Albizzi!... je parie que c'est lui!

À chaque question, Ginevra secouait la tête en signe de dénégation... On la laissa enfin s'approcher du lit où Contessina reposait, et à ce moment son regard croisa celui de Lorenzo.

Lorenzo, contrairement à Cosimo, était un être entier, sans concession. Il y avait en lui ce qui avait envoyé Jan Huss au bûcher. Cette intégrité, cette foi, ce besoin de croire en un absolu où ce genre d'hommes peuvent brûler leur âme. Les uns rencontrent une religion, les autres l'amour. Mais tous deviennent des fanatiques, peuvent mourir ou tuer. La mort est toujours au bout de leur chemin.

«Une radieuse apparition...» Lorenzo restait stupide, bouleversé. Il tremblait. Immobile, la jeune fille ne savait où poser son regard qui, comme malgré elle, revenait sans cesse sur Lorenzo. Il y eut ce léger silence qui salue toujours, dans une assistance, toute nouvelle arrivée, silence que Contessina rompit :

— Viens, ma chère petite! Comme c'est aimable à toi d'être venue m'apporter l'*impallatia*! Nous diras-tu qui est l'élu?

Cosimo s'approcha de Ginevra :

— Ma chère demoiselle, grand merci de votre visite.

Il lui tendit son poignet et la conduisit jusqu'à Contessina. Il s'ensuivit la même répétition de mots de félicitations, de petits cris d'admiration devant les bébés, qu'il fallut absolument tenir un moment dans les bras. Consciente du rôle que l'on attendait d'elle et qu'elle jouait parfaitement, Ginevra se soumit à toutes les règles de son monde. L'inévitable duègne qui accompagnait la jeune fille gloussait de plaisir :

— Ah ! mademoiselle Ginevra ! Bientôt il en sera de même pour vous ! Vous aussi vous serez mère...

Phrase qui fut saluée par un éclat de rire général et une recrudescence de quolibets à la limite de la décence.

Pétrifié, Lorenzo ne bougeait pas et ne participait pas à l'allégresse générale. Il regardait la vieille duègne avec haine, lorsqu'elle reprit :

— Bientôt ma petite ! Le mariage puis la naissance !...

Alors il y eut de nouveau des petits rires et des gloussements. Les jeunes filles présentes baissèrent les yeux, effarouchées, et soudain, il se passa une chose inouïe : Lorenzo (jusqu'alors jeune homme parfaitement équilibré, possédant un tact inné, une courtoisie exquise) perdit tout simplement l'esprit. Tout s'effaça. Des années d'une éducation sans reproche furent balayées comme fétu de paille. Brusquement, il s'approcha de Ginevra et cria d'une voix que la colère faisait trembler :

— Comment ? C'est vous qui apportez l'*impallatia* ?

— Mais... mais..., balbutia la jeune fille.

— C'est impossible!... Vous n'allez pas vous marier! C'est absolument impossible!... Vous m'avez été promise!... Promise!

Il hurlait, s'emportait. Pour un peu, il l'eût secouée.

Tous les bavardages s'interrompirent, et tous les regards se posèrent sur le malheureux garçon qui, de seconde en seconde, rougissait. Épouvanté par ce qu'il venait de faire, Lorenzo suait à grosses gouttes et implorait silencieusement le ciel de le transformer sur-le-champ en n'importe quoi d'invisible, de le faire disparaître à jamais de cette terre, « n'importe quoi, mon Dieu! Qu'ai-je fait? Oh, mon Dieu, qu'ai-je fait? Oh! Dieu! Dieu, venez à mon aide... »

Ginevra, la première stupeur passée, l'observait à la dérobée. Flattée. Trouvant plutôt à son goût ce beau garçon si malheureux et si fracassant. Certes, ce n'était pas lui qui avait fait battre vraiment son cœur... Rinaldo des Albizzi, son cousin, l'avait troublée, et elle rêvait souvent de ce beau jeune noble au regard fier, que l'on disait coléreux, violent parfois, ce qui ne déplaisait pas à la jeune fille. Aussi, la violence soudaine de Lorenzo la surprit-elle. Agréablement.

C'était vraiment une jeune fille délicieuse. Moins belle que Contessina, elle plaisait pour ses imperfections mêmes. Son excessive minceur la faisait paraître plus grande qu'elle ne l'était en réalité. Ses yeux dévoraient toujours trop d'espace dans un visage trop étroit, au dessin un peu imprécis, irrégulier, mais la peau et le teint étaient littéralement éblouissants. Le cou, long et souple, se ployait avec une grâce de cygne, ses attaches avaient la finesse, la fragilité d'une gazelle. Lorsqu'elle souriait, elle découvrait une rangée de dents qui pouvaient rivaliser avec les perles les plus fines. Ce fut d'ailleurs la seule chose que Lorenzo remarqua. Elle souriait. Donc elle ne lui en voulait pas. « Dieu ! vous pouvez me laisser sur cette terre… Elle m'a souri ! »

Cosimo sauva la situation par un éclat de rire, et présenta Lorenzo. Cette première rencontre fut pour Lorenzo le début d'un tourment. Mais il ne le sut pas tout de suite. Il sut rire de sa bévue, il sut plaisanter et se présenta comme le charmant jeune homme facétieux, courtois, que tous connaissaient depuis toujours. Et tel qu'il n'était pourtant pas, qu'il n'avait jamais été.

Sous les acclamations et les promesses d'une autre naissance dans l'année, Contessina but le contenu de l'*impallatia* d'un trait. Les bavardages reprirent de plus belle, puis la gouvernante fit signe à Ginevra qu'il était temps de partir. Alors Lorenzo crut de bonne foi qu'il allait mourir, et lorsque la porte se referma sur les deux femmes, il eut froid, il eut mal, et il sut qu'il aimait Ginevra et qu'il l'aimerait jusqu'à la mort. En quelques minutes, sa vie prit un sens, une forme, une direction qui avaient nom Ginevra. Les jours suivants, dont jamais il ne put se souvenir avec exactitude, furent pour lui des jours parfaitement nébuleux. Il se promenait et se retrouvait face au palais Cavalcanti. Il se demandait comment il était arrivé là, car très sincèrement il ne l'avait ni voulu ni même désiré. Du moins en était-il convaincu. Mais il ne bougeait pas, dans l'attente de

voir la porte s'ouvrir, de voir l'ombre de Ginevra…
le reflet de ses cheveux au soleil…

Dès lors, il eut très exactement le comportement
d'un jouvenceau de treize ans, éperdument épris
pour la première fois de sa vie. Il fit toutes les folies,
toutes les bêtises que l'on peut faire. Il engagea des
musiciens qui devaient jouer et chanter le plus beau
chant d'amour devant le palais Cavalcanti sans jamais
révéler, sous peine de mort, qui les envoyait. Il mai-
grit, pâlit sans dire à quiconque la raison du mal qui
le rongeait. Les narines pincées, les yeux cerclés de
mauve, il fit sursauter Cosimo lorsque, revenant
d'un long séjour à Naples cinq mois après la « rencontre », il vint voir sa famille un soir de septembre.
Pour Cosimo, il ressemblait à un cerf au moment de
l'hallali, lorsque la bête, harcelée par la meute de
chiens, regarde autour d'elle, affolée, appelant au
secours, sachant qu'elle va mourir… Stupéfait,
Cosimo demanda :

— Voyons, Lorenzo, que se passe-t-il ? Es-tu
malade ?

Lorenzo avait perdu tout ce qui faisait son charme.
Une vilaine expression déformait son beau visage

— Regarde… Ceci est ma demeure…

Cosimo jeta un regard surpris au décor austère de
son enfance : le grand vestibule carré, dallé de marbre
blanc et noir, aux murs lambrissés de noyer foncé,
sur lesquels se détachaient une crédence en ébène
noire et un coffre de taille respectable, peint de couleurs vives. Un grand escalier du même noyer sombre
s'élevait vers les étages supérieurs. Les vitraux représentaient quelques scènes champêtres et laissaient

pénétrer une lumière diffuse, colorée, qui adoucissait quelque peu la sévérité de l'ensemble, sur lequel
flottait une vague odeur de cire.

— Viens dans ma chambre, dit Lorenzo. Papa est
dans son cabinet, maman est aux cuisines avec les
servantes et les deux petites... Elle leur enseigne
l'art de la cuisine.

Cette dernière phrase lui arracha un sourire. Il
adorait ses sœurs qu'il appelait les fillettes, qu'il
taquinait sans cesse et pour qui il se fût tué.

Dans sa chambre, pièce immense, haute de pla-
fond, sombre même par la journée la plus ensoleillée, Lorenzo se laissa aller dans un fauteuil, le
visage dans ses mains. Alors il proféra d'une voix
sourde :

— Si j'allais demander Ginevra Cavalcanti à ses
parents, quelle serait la réponse ?

Stupéfait, Cosimo ne sut que répondre. Il découvrait un frère inconnu, écorché, passionné. Il haussa
les épaules. Sans doute aucun, le marquis et la marquise Cavalcanti l'eussent fait jeter dehors. Comment Lorenzo avait-il pu concevoir pareil projet ?
En avait-il parlé à ses parents ? Qu'en pensait donc
Giovanni ?

— Rien... papa ignore tout... Quant à maman...
Je ne veux pas les rendre malheureux...

Cosimo était partagé entre la colère et la compassion. Comment Lorenzo avait-il pu se laisser aller à
de si fallacieux espoirs ? Un traité d'entente com-
merciale ne pouvait aller jusqu'à impliquer une
union entre les deux maisons, et Lorenzo savait tout
cela. Il le hurlait le matin devant son miroir, lorsque

le barbier achevait de le raser, il le gémissait le soir au moment de se coucher. Jamais. Ce mot-là le torturait. Ému, Cosimo promit cependant d'aider son frère et le quitta rapidement. Il voulait voir ses parents. En parler avec eux et comprendre ce qui avait bien pu se passer. Il monta un étage et fut reçu par Giovanni et Piccarda qui l'accueillirent avec transport.

— Cinq mois d'absence, mon fils ! dit Giovanni, retenant un instant Cosimo contre lui. J'ai trouvé le temps long.

Piccarda lui tendit les bras. Elle souriait, heureuse infiniment de la présence de Cosimo.

— As-tu vu Lorenzo ? il te guettait depuis des heures. Contessina nous a avertis de ton arrivée.

Piccarda atteignait la soixantaine. Si l'âge ne l'embellissait pas, du moins adoucissait-il les traits autrefois sévères et froids, qui déguisaient trop bien l'âme pleine de bonté et de générosité de la vieille Signora de Médicis. Les maternités, l'abondance de nourriture, l'absence d'exercice et de soins physiques, cette paresse engourdie des personnes d'âge immobilisées dans leur demeure, servies par une nombreuse domesticité, tout cela avait fait de Piccarda une femme lente et massive, enrobée de graisse, dont les chairs détendues débordaient de tout ce qui tentait de les contenir. Pourtant, Piccarda était ce qu'on pouvait appeler une très agréable vieille dame, qui ne dissimulait pas sa préférence pour Lorenzo, mais qui se fût allégrement tuée pour chacun de ses enfants.

— Lorenzo est malheureux…, dit-elle en soupirant. Très malheureux… Il en est malade ! Et que peut-on faire ? Rien n'est-ce pas ?

Longtemps Cosimo resta chez ses parents pour tenter de trouver une solution à ce douloureux dilemme. Mais lorsqu'il se retira, il était convaincu qu'il n'y avait rien à faire. «Pourquoi pas le roi de France ? Il serait aussi impossible à un Médicis d'épouser la fille d'un roi de France… Et encore !… Les Cavalcanti sont de plus vieille noblesse que les Valois…» En effet, les Cavalcanti s'enorgueillissaient d'appartenir à l'une des plus vieilles familles aristocratiques de Florence. On retrouvait la trace de leurs ancêtres parmi les fondateurs mêmes de la ville, et ils mentionnaient que ceux-ci remontaient aux Grecs et aux Syriens. Alors que Florence n'était encore qu'une petite ville à peine sortie du limon de l'Arno. Ils comptaient parmi eux un poète illustre dans toute l'Europe, Guido Cavalcanti, ami de Dante.

Cosimo marchait dans les rues de la ville et parlait à voix haute, au grand dam des personnes qu'il croisait. «Rien à faire ! disait-il. Il faut que Lorenzo oublie !»

Lorenzo savait tout cela. Il savait qu'il n'avait aucune chance de prétendre à la main de Ginevra. Pourtant, au retour de Cosimo, il avait espéré un miracle. Rien de moins. Déçu, il vit son état s'aggraver. Il connut les nuits sans sommeil, il connut l'angoisse informulée, le cœur qui se brise à la moindre alerte. Il connut aussi les larmes plus amères encore parce que cachées. Il connut l'inappétence et la tristesse des jours sans fin. Il sombra dans une mélancolie morbide qu'il ne parvenait à atténuer qu'en marchant des heures durant, qu'il pleuve ou qu'il vente. Il rentrait alors trempé, brisé de fatigue, et s'endormait comme une brute.

Lorsqu'il apprit l'état de son frère, Cosimo entreprit de le détacher de Ginevra. Il vint souvent lui rendre visite. Il fit valoir que la jeune fille avait la réputation d'être sèche, sans cœur. De ne se soucier que de plaisir et de rire.

— Il n'est qu'à la regarder marcher et danser... Les femmes sans âme manquent de cette grâce, de cette souplesse moelleuse qui charme l'esprit autant que le regard. As-tu remarqué combien son sourire est dur, artificiel ?

Mais, au paroxysme de sa passion, Lorenzo ne tenait aucun compte des dires de son frère, et un jour Cosimo atterré apprit que Lorenzo était alité avec une forte fièvre.

Or il n'était pas question pour Lorenzo de se laisser aller au désespoir au moment précis où la maison des Médicis était en plein essor. Cosimo avait créé une compagnie spécialisée dans le travail de la soie et ouvert trois filiales de cette compagnie à Venise, à Rome et à Naples. Cette progression considérable de la richesse des Médicis leur valait un nombre de plus en plus important d'ennemis, silencieux, impuissants, mais qui n'attendaient que l'instant favorable pour abattre cette famille de parvenus, aimée du peuple florentin. Groupée autour de Rinaldo des Albizzi, c'est toute une conjuration qui, en sourdine, se tramait contre les Médicis. Impatient, Rinaldo

persistait dans son raisonnement que le gouvernement de Florence devait lui revenir par droit hérédi-
taire. N'avait-il pas la naissance ? l'argent ? le clan
familial si nécessaire à toute ambition politique ? De
plus, il caressait l'idée d'épouser Ginevra Cavalcanti. L'union de leurs deux familles allait servir
encore son ambition. Il était prêt à un coup de force.
Fort heureusement, son oncle, le vieux Niccolo
d'Uzzano, le retenait contre des actions intempes-
tives. Les Médicis étaient trop puissants et trop
populaires pour être attaqués de front. Il fallait simplement attendre le moment, précis, heureux, qui
permettrait le premier coup. Au cours des semaines
suivantes, l'installation du pape Martin V dans l'une
des propriétés des Médicis renforça encore la puissance financière de la famille. Reconnaissant, le
Saint-Père, lui confia la gestion des finances de la
Curie, et c'est dans les banques Médicis éparpillées
maintenant dans toute l'Italie, la France et l'Empire
germanique, que venaient s'amonceler les fonds
considérables de toute la Chrétienté. L'Église, répu-
gnant officiellement à l'usure, acceptait cependant
de faire fructifier l'argent confié à Giovanni et à
Cosimo, qui, très judicieusement, investirent dans
de nombreux achats immobiliers et des terrains.

Vers la fin du mois d'octobre, au palais Médicis,
une séance de travail réunissait Giovanni et Cosimo.
Ce dernier expliquait comment il entendait gérer à
présent les affaires. Sans trop d'efforts, son discours

avait convaincu son père de diversifier les placements et de multiplier leurs entreprises.

— La meilleure assurance contre un retour brutal
de la roue de la Fortune, disait-il avec son mince
sourire, c'est d'éviter de placer nos biens dans une
seule compagnie et ses succursales. Il faut que nous
organisions plusieurs compagnies parfaitement auto-
nomes et décentralisées...

Il s'interrompit, vérifia que son père l'écoutait
bien, et attendit quelques instants une réplique ou
une question dont il avait déjà la réponse.

Mais Giovanni, admiratif, se taisait. L'audace de
son fils le surprenait, l'effrayait aussi, mais il était
très fier de son aîné.

— Eh bien ? Continue ! l'encouragea-t-il.

Alors Cosimo reprit :

— Et toutes seront nôtres.

Cette idée d'une multiplicité de différentes compagnies, concurrentes ou alliées entre elles et qui
toutes appartiendraient aux Médicis lui souriait.

— Une compagnie fabrique des étoffes, qu'elle
vend à une compagnie qui les teint, puis une troisième les transforme... Une quatrième va les revendre
en France, une autre en Germanie, et encore une en
Angleterre.

Il éclata de rire.

— Et pourquoi nous arrêter à l'art de la laine et
de la soie ? Qui peut nous empêcher de traiter de
l'orfèvrerie, des bijoux... et des armes ? La France
et l'Angleterre sont en guerre. Il leur faut de la
poudre, des mousquetons, des épées, des poignards
et tant de choses encore...

Il rêvait de manufactures d'armes qui s'étendraient sur le monde. Seul maître de ces entreprises, il serait à même de dicter ses lois, sa volonté... Pourquoi pas ? Qu'il refusât de vendre à Henri d'Angleterre et celui-ci s'inclinerait devant la France. Cette perspective de puissance souveraine faisait jubiler Cosimo. Soudain il reprit :

— Toutes nos compagnies commenceront par pratiquer des prix très bas, de manière à mettre en difficulté les concurrents... Nous travaillerons même à perte. Nous pouvons nous le permettre quelques années durant, comme nous l'avons déjà fait pour la banque Bardi. Forcément, nos concurrents devront s'aligner sur nos prix, et comme la plupart n'ont pas nos possibilités financières, leur fin est inscrite dans les mois qui viennent. C'est alors que nous intervenons. Avant que la faillite ne soit prononcée, nous prêtons de l'argent sans intérêt. Les baux commerciaux et les palais seraient garants des dettes... Ensuite ?... Ensuite, il suffit d'attendre.

De nouveau, il y eut un silence encore bruissant des mots qui venaient d'être prononcés.

— En quelques années, nous serons absolument maîtres du marché de l'argent, des étoffes, des armes et des métaux précieux, acheva Cosimo d'une voix sourde.

Maître de Florence, maître de l'Europe. Ses rêves de puissance le grisaient.

— L'important..., dit Giovanni, pensif. L'important, répéta-t-il pour attirer l'attention de son fils qui soudain lui paraissait distrait, c'est d'avoir beaucoup de débiteurs… et de ne pas être pressé pour réclamer nos créances.

Cosimo haussa les sourcils :

— Comment entends-tu cela ?…

Giovanni eut un petit rire :

— Nous pouvons réclamer notre dû. Cela est certain. Mais si nous le réclamons et que l'on nous paie, que se passe-t-il ?…

— Nous rentrons notre argent, dit lentement Cosimo, les yeux fixés sur son père et se demandant où diable il voulait en venir.

— Certes. Et nous perdons le pouvoir que nous pouvions avoir sur Henri VI d'Angleterre ou sur le Saint-Père. Pouvoir que nous possédons tant qu'ils nous sont redevables. Le roi d'Angleterre est prêt à nous céder beaucoup d'avantages pour l'implantation de maisons de banque en France et en Bourgogne. Tant que nous ignorerons sa dette, nous aurons les coudées franches… Ceci peut-il être vrai pour tous ceux qui nous doivent de l'argent ?… C'est possible. À mon avis, c'est même certain. N'est-ce pas grâce à cela, mon fils, que notre maison de banque a pu obtenir de recouvrer dans toute l'Europe les deniers pontificaux ? En « oubliant » quelque argent que nous doit le pape, j'ai pu obtenir cet avantage.

Giovanni observa son fils un moment, puis d'une voix sourde :

— Si nous « oublions » que Messer Cavalcanti nous doit quelque quinze mille florins…, penses-tu pouvoir le faire fléchir pour l'exploitation sans condition de ses terrains ?... Ils sont parmi les plus riches en alun.

Les terrains Cavalcanti ! Cosimo eut un frémissement de convoitise.

— Il y a un accord préalable, dit-il enfin. Mais rien n'est encore fait... Nous doit-il tant d'argent ?

Impatienté, Giovanni protesta :

— Enfin, mon fils !... C'est toi qui tiens le compte noir.

— C'est vrai. Où avais-je la tête ?... J'avoue que j'avais oublié que cette somme nous était encore due. Il y a si longtemps de cela ! Quelques années si je ne m'abuse !... Franchement, je l'avais oublié. Il nous doit encore tant d'argent...

Giovanni haussa les épaules et dévisagea son fils. Cosimo avait un sourire ironique qui ne lui disait rien qui vaille.

Leurs regards s'entrecroisèrent et Giovanni murmura :

— Si tu imagines que Messer Cavalcanti va donner Ginevra à Lorenzo pour éponger sa dette, il faut oublier cela, mon fils... Ce n'est pas que je ne le souhaite pas plus que tout au monde...

— Je ne pensais pas à cela..., dit Cosimo lentement, enfin, pas vraiment. Je pensais... bah ! au diable ce que je pensais... Dans dix ans nous serons les maîtres de Florence. Qui pourrait alors opposer un refus à l'un de nos désirs ?...

Giovanni demanda :

— Pourquoi ?... Pourquoi cela, mon fils ? Pourquoi cette volonté de puissance, pourquoi tant d'ambition ? Ce que nous avons déjà, ce que nous aurons demain ne te suffit-il pas ?

— Père... un très petit nombre d'hommes peuvent servir le destin d'un pays. Je pense que nous pourrons le faire, si nous avons la fortune nécessaire, donc le pouvoir. Nous n'avons pas de nom ? Cela se forge, un nom, cela se construit. Et cela peut aussi s'acheter. Nous en achèterons pour les deux fillettes, et pourquoi pas pour Lorenzo... De si grands noms que les rois s'inclineront devant nous. C'est pour cela que je souhaite marier les deux petites aux Sforza et aux Giugni. S'ils acceptent ce projet, c'est Milan qui s'ouvre à nous.

Giovanni baissa la tête :

— Et elles ?... les petites ?

Surpris, Cosimo répliqua :

— Les fillettes ?... mais elles seront ravies d'épouser des ducs. Tu ne crois pas ?

Dans l'esprit de Cosimo, ses deux petites sœurs ne pouvaient avoir d'autre désir que celui de satisfaire l'ambition de leur frère aîné. Elles avaient été élevées dans cette pensée et, pures et candides comme il n'était pas concevable de l'être encore à leur âge, il était hors de doute qu'elles épouseraient l'homme que leur choisirait Cosimo.

— Les deux fillettes ne nous donneront aucun souci, dit-il en riant.

Giovanni haussa les épaules. Ses filles ? À peine s'il connaissait ses dernières-nées. Il les aimait, certes, et il était toujours heureux que leurs chants et leurs rires résonnent dans sa maison. Mais que savait-il de Catherina et de Bianca ? Elles avaient maintenant

quatorze et quinze ans, et elles apporteraient chacune trente mille florins en dot. Certes, elles pouvaient prétendre à des ducs. Pourquoi pas ? Mais
seraient-elles heureuses ? Pour la première fois de sa
vie, Giovanni se demanda si l'ambition forcenée qui
animait Cosimo conduirait au bonheur sa famille et
lui-même.

Cosimo disait quelque chose, mais Giovanni
n'entendit que la fin de sa phrase :

— ... Si Lorenzo ne fait pas trop de bêtises, il
pourrait diriger la compagnie de banque de Venise...
De même qu'une manufacture de verrerie. La terre,
dans ce pays, se prête à cela.

De nouveau Giovanni hocha la tête. Mais cette
fois-ci avec tristesse.

— Ah, Lorenzo...

Lorenzo malade, mourant peut-être ? Stupéfait,
Giovanni pensait que son fils avait hérité d'une sensibilité que lui, Giovanni, avait jugulée dans son
temps avec une âpreté féroce. Mais Lorenzo était-il
capable de cette dureté envers lui-même ?

Lorenzo était le grand souci de son père et de son
frère. Déjà, avant sa maladie d'amour, il n'était pas
vraiment des leurs. Il ne participait que d'une manière
nonchalante à l'édification parfaitement maîtrisée de
la forteresse familiale. Et, même, certains procédés
le faisaient souffrir. Catholique sincère, il s'offusquait de voir l'Église, qui interdisait l'usure, faire
fructifier si largement ses revenus avec l'aide de
Cosimo. Il s'offusquait du cynisme à peine déguisé
de son frère qui, lui, ne parvenait pas à respecter la

Curie. Souvent, les deux frères se querellaient à ce sujet, et chaque fois Cosimo avait le dessus.

— Allons ! disait-il en ricanant, ne sois pas si naïf !... Et cesse de faire la jeune fille innocente ! Les pauvres... l'Église... tu n'as que ces mots à la bouche. Moi, j'ai vu l'Église à l'œuvre à Constance. Ce n'était pas beau. Quant aux pauvres... j'œuvre pour eux plus que n'importe qui au monde. Je veux pour eux l'instruction, le savoir... des lois qui puissent les protéger contre les puissants, mais aussi contre eux-mêmes...

Et il développait des théories tendant à prouver que le manant, l'esclave, inculte, grossier, affamé, ne pouvait être que méchant et cruel. Lui donner le pouvoir, c'était mettre la démocratie en danger. Qu'avant même de construire, il commencerait par tuer, par détruire tout ce qui avait été édifié au cours des siècles. Qu'avant de lui donner la liberté, il fallait d'abord le libérer des pires chaînes : l'ignorance et la cruauté.

— En attendant, ils travaillent pour toi contre un salaire de misère, disait Lorenzo.

— Sans doute. Pourquoi pas ? S'ils ne travaillaient pas pour moi, ils le feraient pour les nobles qui les paieraient beaucoup moins. Ils m'enrichissent ? Oui, sans doute, mais c'est pour eux aussi qu'ils œuvrent. Plus tard, lorsque j'aurai réalisé mes ambitions, je m'occuperai d'eux...

De tout cela, Lorenzo souffrait dans son amour pour son frère, et dans sa foi pour l'Église... Cependant, il se pliait toujours aux volontés de son aîné.

Celui-ci avait sur lui un pouvoir extraordinaire et il en abusait parfois sans vergogne.

Cosimo laissa son père et monta voir Lorenzo.

Étendu sur son lit, pâle, amaigri, Lorenzo dormait. Deux vilaines taches rouges sur ses pommettes dénonçaient la fièvre. Cosimo eut un haussement d'épaules désabusé. « Les Cavalcanti ?... Impossible ! pensa-t-il. Ils sont riches. Leur famille est encore plus puissante et plus ancienne que celle des Bardi... Jamais ils n'accepteront Lorenzo. Jamais... Inutile même de tenter la moindre démarche... » Il était sincèrement désolé de voir son frère malade. Il souffrait pour lui, il comprenait toutes ses affres... Lui-même avait pleuré pour Contessina. Mais comme tous les bâtisseurs d'empires, Cosimo ne concevait pas que l'amour pût à ce point détruire un être. Pour lui, l'amour devait au contraire donner l'envie de conquérir le monde pour mettre celui-ci aux pieds de la bien-aimée. La faiblesse découragée de Lorenzo l'attristait. S'il s'en irritait contre Lorenzo, lui reprochant parfois très durement son manque d'attention au travail, lorsqu'il en parlait à Contessina, il changeait de langage et aurait donné tout au monde pour aider son frère. Mais comment ?

Lorenzo ouvrit les yeux. Il regarda son frère avec une sorte de reproche.

— Comment te portes-tu ? demanda Cosimo, cherchant à dissimuler son émotion. Père m'a dit que tu étais alité depuis quelques jours. Aurais-tu pris froid ? Il est vrai que cet automne est bien précoce... As-tu fait quelque imprudence... marché sous la pluie, par exemple?

Lorenzo eut l'air blessé de quelqu'un qui n'est pas compris et détourna son regard. Marché sous la pluie? Oui. Sans doute. Des nuits entières il marchait sous la pluie, trompant son insomnie, n'écoutant que son désespoir. Des nuits entières... Ses pas l'emmenaient toujours vers le palais Cavalcanti. Alors il attendait là, il ne savait quoi exactement. Il attendait... Parfois il pleuvait, parfois il faisait beau, parfois le brouillard l'empêchait de distinguer les fenêtres illuminées de la maison de sa bien-aimée... Souvent il y avait de la musique, des chants, des rires... Et quelquefois, ô bonheur... la voix de Ginevra, la silhouette de Ginevra... ses cheveux blonds brillaient sous la lune, elle tendait sa main à un jouvenceau... et Lorenzo s'enfuyait, ivre de rage, ivre de douleur. «Jamais!» Ce mot le poursuivait, l'empêchait de dormir, l'empêchait de vivre. «Jamais!»

— Voyons! dit Cosimo avec quelque rudesse. Tu ne vas tout de même pas détruire ta vie pour un rêve impossible. Tu le sais, n'est-ce pas, qu'il n'y a pas de solution?

De nouveau Lorenzo eut un regard étrange, plein de reproche et d'espoir.

— Oui... je sais. Pourtant...

— Pourtant?

— Tu me l'as promis!

— Quoi?...

Cosimo se demanda si son frère ne devenait pas fou. «Ces gens sentimentaux sont impossibles!» pensa-t-il, plein d'aigreur. Puis à voix haute:

— Voyons, c'est impossible…

— Si fait ! insista. Lorenzo. Tu m'avais dit que j'épouserais Ginevra… Souviens-toi ! tu me l'avais promis !

Mots en l'air, dits en riant, paroles imprudentes dont Lorenzo se servait aujourd'hui.

— Voyons ! protesta faiblement Cosimo.

Immobile, il écoutait les rumeurs de la rue qui montaient jusqu'à cette chambre où un homme jeune encore et beau, intelligent, s'arrêtait de vivre parce qu'une donzelle dédaignait son cœur. Les aboiements des chiens avertirent Cosimo que le précepteur des petites filles partait. Il entendit le hennissement des chevaux, le grincement des roues du carrosse. « Vivre…, pensa Cosimo. Et cet animal… »

— Voyons ! répéta-t-il à voix haute.

— Je t'en supplie…, dit soudain Lorenzo. Je t'en supplie, va la demander en mariage… Je t'en supplie ! Tu me l'as promise… Si je ne l'épouse pas… je pourrai en mourir…

Il pleurait. Sans honte. Sans retenue. Et il disait vrai. Cosimo savait qu'on peut mourir d'amour.

— C'est bon…, grommela-t-il, bouleversé. C'est bon ! J'irai voir le vieux Cavalcanti… Je demanderai Ginevra… Puisque après tout je te l'ai promis…

Il fut récompensé par un regard ébloui, et, refusant de s'attarder davantage, sortit précipitamment. Moins d'une heure plus tard, chez lui, au palais Bardi, il se repentait déjà de cette promesse inconsidérée. Il s'en expliqua avec Contessina.

— Mais enfin ! dit-il. Jamais les Cavalcanti n'accepteront une alliance avec nous !

Il lui était douloureux de dire cela. Son orgueil était à vif

— Ginevra s'amuse de lui. Elle le sait amoureux fou et le fait danser sur la tête ! Que mon frère soit le jouet de cette petite sotte, de cette coquette… Ah ! la rage m'étouffe ! Et je dois la demander…

— Peut-être n'est-elle pas ainsi ? Que sais-tu d'elle exactement ?…

— Pas grand-chose, il est vrai… À peine si je l'ai vue trois fois… Mais elle accepte les présents et les billets que mon imbécile de frère lui fait parvenir. (Il faisait surveiller depuis quelques semaines toutes les allées et venues de Lorenzo.) L'animal pourrait attenter à ses jours, acheva-t-il, inquiet.

— Eh bien, dit Contessina, conciliante, peut-être l'aime-t-elle vraiment ? Accepter présents et billets peut être pour Ginevra source de beaucoup de chagrin. Si ses parents l'apprenaient…

— Eh bien ? Que feraient-ils ?

Cosimo se moquait-il ? Ignorait-il vraiment la façon dont les jeunes filles de l'aristocratie florentine étaient élevées ? Qu'on les surprît avec un galant non agréé par leur famille et c'était aussitôt le couvent, quand ce n'était pas la bastonnade ou la prison.

— Le couvent. Tu le sais bien, répliqua-t-elle.

— Hum ! Je ne crois pas. Les Cavalcanti se moquent de la religion.

— Mais pas de leur honneur ! Si Ginevra était soupçonnée d'avoir un amant…

Cosimo eut un sourire ironique :

— Ce ne serait pas Lorenzo… Si encore il enlevait la donzelle…

Contessina bondit de la chaise où elle s'était installée face à sa tapisserie :

— Comment ! Mais ce serait folie !… Lorenzo risquerait la mort… Et cette pauvre Ginevra…

Cosimo était-il devenu fou ? Encouragerait-il son frère… Elle répéta :

— Vraiment je ne te comprends pas ! Sais-tu au moins…

Mais Cosimo ne l'entendait pas. Les yeux rétrécis, il réfléchissait.

— Une union avec les Cavalcanti ne serait pas pour me déplaire…, avoua-t-il enfin. Leurs fils pourraient parfaitement diriger l'une de nos filiales de Milan. Je n'ai guère confiance dans les Sforza et encore moins dans les Visconti…

Contessina s'écria :

— Vraiment ! Tu ne penses qu'à cela ! Tes affaires, tes compagnies, tes banques… Les ducats, les florins ! Mais il s'agit de Lorenzo ! du bonheur de ton frère ! N'y aurait-il que l'argent qui soit important pour toi, Cosimo ? Rien d'autre ?

Un peu surpris par cet éclat, Cosimo regarda sa femme avec un intérêt amusé :

— Mais je me préoccupe du bonheur de Lorenzo ! Après tout, ce qu'il veut c'est Ginevra, n'est-ce pas ?… Alors qu'importent les moyens qui la mettront dans le lit de Lorenzo ?

Outrée, Contessina proféra un « Oh ! » qui s'éteignit vite dans les bras de Cosimo. Elle essaya de se débattre, de protester, puis elle céda. Cosimo lui disait à l'oreille des mots ardents, inconvenants. De ses bras il l'écrasait contre lui. Comme toujours elle avait la sensation qu'elle se noyait, et que sa seule planche de salut était Cosimo... Et puis plus rien n'eut d'importance. Il y eut ces moments parfaits où, agrippée à Cosimo, possédée par lui, elle connaissait enfin cette minute d'éternité absolue qui lui était plus nécessaire que l'air qu'elle respirait.

Cosimo dormait maintenant profondément et sa tête reposait sur l'épaule de sa femme. Elle n'osait bouger son bras qui s'ankylosait doucement. «Est-il heureux? songeait Contessina. Est-ce que je le rends heureux?» Ce mot qu'il employait presque quotidiennement depuis qu'il avait pris connaissance des livres de Pléthon. «Heureux? Qu'est-ce que cela veut dire? Et moi, suis-je heureuse? Je suis gaie parfois. Oui, gaie. Je ris et je chante et puis brusquement je pense à la mort, ou bien à l'une des maîtresses de cet homme qui pèse sur mon bras et à qui j'appartiens... et alors ma bouche devient amère, et la cendre recouvre le monde d'un voile épais. Tout cela est-il nécessaire? Cette souffrance et cette joie? Est-ce cela le bonheur?» L'acte d'amour la maintenait en état d'éveil et d'effervescente lucidité... Les pensées s'entrechoquaient dans son esprit, contradictoires, fugitives. Le bonheur. Le bonheur, ce mensonge humain. L'amour, cette fallacieuse promesse d'absolu. «Vivre... est-ce cela, vivre?»

Cosimo dormait. Cosimo, son bonheur et son malheur réunis dans cette masse humaine, chaude, qui pesait sur son épaule, qui pesait dans sa vie d'un poids si lourd, si insupportable, si absolument nécessaire. Cosimo disait toujours : « L'homme est un miracle… Il peut penser, créer, détruire et construire… L'homme est la plus parfaite créature de Dieu. » L'homme, cet être debout, destructeur et puissant. Bienfaisant parfois, malfaisant toujours, s'arrogeant le pouvoir absolu sur les êtres, les choses. Ils possèdent leurs épouses, les fécondent et puis, après quelques décades, meurent sans laisser d'autres traces que ces enfants et les enfants de ces enfants. Parfois, dans un regard, dans un sourire, un vague mouvement des sourcils, une couleur plus ou moins chaude du teint ou des cheveux, quelqu'un retrouvera ces traces : « N'est-ce pas le portrait de son grand-père Cosimo ? dira-t-il ou peut-être de sa grand-mère Contessina… Grand-mère ! Un jour je serai grand-mère, puis arrière-grand-mère si Dieu me prête vie… Comment serai-je quand je serai vieille ? Aurai-je ces mêmes désirs, ces mêmes élans ? Que se passe-t-il à l'intérieur d'un corps en apparence desséché et flétri ? Souffrirai-je encore ?… ou alors cela aussi me sera-t-il enlevé ? Cette souffrance que je chéris parfois puisqu'elle me vient de Cosimo. La vieillesse est-elle vraiment l'antichambre de la mort ? Y laisserai-je alors ce fardeau, parfois insupportable, de douleurs et de haines ? Et après ? Que se passera-t-il après, lorsque j'aurai franchi le seuil de l'au-delà ? »

Elle imagina son cortège funéraire. Sa sensibilité exacerbée l'amena à pleurer sur son propre et imaginaire trépas. Des larmes coulèrent sur son visage. Sa vie n'était rien. Qu'un point infinitésimal dans l'immensité de l'univers… Cette vie combien précieuse qui pesait sur son bras s'achèverait aussi. Elle était

née par hasard, mourrait de même. Qui, dans cinquante, deux cents ans, se souviendrait de Contessina de Bardi, épouse de Médicis, née un 26 avril
1400 à Florence ? Morte en...

Elle soupira. Doucement, elle souleva son bras qui
fourmillait de mille piqûres insupportables. Cosimo
ne se réveilla pas. L'amour était pour lui la meilleure
des drogues. Doucement, Contessina se leva et se
dirigea vers la fenêtre. Ses yeux se levèrent vers le
ciel. La lune était à son plein. Le matin même, son
astrologue, Messer Paolo, lui avait dit :

— Cette nuit c'est la pleine lune. Elle se trouve
dans le signe de la Balance, à l'opposé du soleil qui
se trouve en Bélier. Cela n'est pas bon pour vous,
Signora. C'est présage de grande colère et de dispute avec votre époux. Mettez un bâillon sur votre
bouche...

Contessina eut un léger sourire. Elle aspirait de
toutes ses forces à cette querelle qui lui permettrait
enfin de tout dire, de tout crier. Et qui lui permettrait
sans doute enfin de desserrer cet étau qui l'étouffait
depuis la nuit de ses noces.

X
Face à face

Par une splendide journée du printemps 1425, Contessina se tenait dans sa chambre, dans ses plus beaux atours. Une réception attendait le clan des Médicis au palais Vecchio. S'amusant comme une jouvencelle, ravie, la jeune femme tournait sur elle-même. La danse lui mettait les joues en feu et lui faisait l'œil pétillant. Enfin elle se calma et permit à Evangelista d'achever de la vêtir. Un long manteau blanc, bordé à l'encolure et dans le bas d'une somptueuse broderie d'or, vint s'ajuster à ses épaules découvertes.

Cosimo entra au moment où la servante achevait de poser un léger voile de soie blanche sur sa tête. Rayonnante, Contessina se tourna vers lui. Sur son front, resté lisse comme celui d'une enfant, une perle d'une rare beauté tremblait telle une larme neigeuse, nacrée, brillante, posée là comme pour exalter encore l'éclat lumineux de son teint.

Interdit, Cosimo l'observait sans rien dire. Il y avait du respect dans ses yeux. Une sorte de soumission humble que jamais Contessina n'y avait vue.

Elle frémit de joie. Ce qu'elle lisait dans ce regard, que Cosimo, habituellement, réservait aux œuvres d'art les plus achevées, les plus parfaitement belles, la comblait d'un bonheur démesuré qu'elle dissimulait comme elle avait toujours dissimulé ses tristesses et ses rancœurs. L'émotion la fit défaillir et un instant elle eut le désir fou d'ouvrir les bras, de dire enfin... Était-il temps de se laisser aller à exprimer cette ardeur dévorante qui l'envahissait dès lors qu'elle était auprès de Cosimo? La crainte de se rendre ridicule, d'être repoussée retint son élan...

— Mon Dieu, dit Cosimo, que tu es belle...

Il y avait dans sa voix une ferveur absolue. Il s'approcha de Contessina, lui prit les mains dont il baisa les paumes, puis il la fit pivoter devant lui.

— Belle..., murmura-t-il d'un ton rêveur, si parfaitement belle... Seul le pinceau de Giotto pourrait rendre cette perfection... cette lumière de la peau, cet éclat du teint...

Comme tous les Italiens, Cosimo était à genoux devant la beauté. Rien ne pouvait l'émouvoir davantage que la perfection des traits, qu'un ensemble harmonieux de volumes et de couleurs.

D'un geste, Contessina renvoya Evangelista. Elle voulait être seule pour savourer ce moment. Elle avait envie de pleurer et de rire, et de remercier Dieu de l'avoir faite si belle que son époux en était confondu de respect et d'émotion. Un flot intense de sentiments contradictoires, d'émotions diverses la bouleversait. Incapable de prononcer une parole elle attendait, frémissante.

Parfois, devant un tableau, ou une superbe archi-

tecture comme cet hôpital des Innocents que venait
d'achever Brunelleschi et que Giovanni de Médicis
avait commandité, Cosimo avait cette expression
admirative, pleine de respect et presque d'humilité.
Seule la beauté parfaite avait le pouvoir de faire
s'incliner l'orgueil de cet homme laid et si intelligent.

Contessina ne bougeait pas. Elle se laissait admirer, les yeux mi-clos, évitant presque de respirer.
Elle avait attendu presque dix années pour enfin
comprendre que, d'une certaine manière, Cosimo lui
était attaché. « Jusqu'à quel point ? » pensa-t-elle,
reprise par le doute, l'incertitude... Si seulement il
pouvait lui dire : « Je t'aime. Je n'aimerai jamais que
toi. Il n'y aura jamais d'autre femme que toi dans
ma vie... » Oh ! si seulement il prononçait ces mots !
Mots menteurs, mots stupides même, qu'elle attendait pourtant, attentive, tendue sous le regard de
Cosimo comme la corde d'un arc.

— Dis-moi..., implora-t-elle soudain.

— Oui ? Que veux-tu savoir ?

La gorge nouée, elle ne put prononcer une parole.
Tout ce qui l'agitait explosait en elle. Il y avait cette
esclave circassienne, cette Leïla, qui venait d'accoucher d'un fils de Cosimo. Un fils ! Elle aurait voulu
les tuer tous les deux. Ce n'était pas la première fois
que Cosimo engrossait une esclave. Mais c'était la
première fois qu'il avait reconnu l'enfant, particulièrement beau, il est vrai. Sagement, Cosimo avait
éloigné l'esclave et l'enfant.

— Dis-moi..., répéta Contessina.

Mais l'instant magique avait vécu. Quelque chose
s'était évanoui. Cela avait-il seulement existé ?

— Quoi donc, ma mie ?...

La voix de Cosimo avait perdu cette ferveur amoureuse qui lui avait fait espérer... Déçue, elle détourna la tête. Les mots qu'elle ne dirait pas s'élançaient silencieux vers cet homme attentif et distant. Des mots qu'il n'entendrait jamais. « Je voudrais que tu ne sois qu'à moi, que tu ne regardes que moi, que ton regard ne se pose que sur moi, que jamais ta parole ne s'adresse à une autre qu'à moi, que tu ne vives... qu'à travers moi... » Mais peut-on dire ces choses-là ? À peine ose-t-on les penser...

Cosimo prit la tête de sa femme entre ses mains et tenta de déchiffrer ce beau visage impassible...

— Eh bien, ma mie ? Que se passe-t-il ?

Cette voix rude et gaie la fouailla.

— Rien..., dit-elle, lasse soudain. Je suis prête. Nous pouvons descendre.

— Cela ne presse pas. Ta mère n'est pas prête. Ton père s'impatiente. Quant à mon père, il n'est pas encore là... Et tu sais bien que nous avons décidé de nous rendre tous ensemble au palais Vecchio. Tu imagines notre entrée ? Tout notre clan, uni, soudé, et toi si... belle, à mon bras...

Contessina baissa la tête. Ce n'était donc que cela. Cosimo était fier d'elle, de sa beauté. Cela lui « appartenait ». Qu'avait-elle donc imaginé ?

Cosimo continuait d'une voix gaie, rapide :

— Je voulais t'entretenir d'un projet. Tiens, viens prendre place sur cette chaise près de la fenêtre.

Intriguée, Contessina le dévisagea. Cosimo ne l'avait guère accoutumée à lui faire part de ses projets. Le plus souvent, il la mettait devant le fait accompli et alors seulement s'étendait sur le devenir dudit projet. C'étaient toujours des combinaisons stupéfiantes d'audace pour s'enrichir encore.

Mais là il ne s'agissait pas d'affaires. Catherina et Bianca avaient été demandées en mariage et les partis qui se présentaient pouvaient, à l'avenir, être très avantageux…

— Les deux petites ?… en mariage ? Mais à peine sont-elles pubères ! Catherina n'a pas quinze ans, quant à Bianca c'est tout juste si elle vient d'avoir ses premières menstrues ! Je te rappelle que nous avons fêté sa treizième année la semaine dernière ! (Contessina eut un petit rire.) Donne-leur le temps de grandir ! Elles sont si mignonnes… Elles viennent me voir fort souvent…

— Justement. Tu vois beaucoup mes sœurs depuis quelque temps. Elles viennent quotidiennement. D'ailleurs, j'ai pris plaisir à votre amitié… Il vaut mieux que des belles-sœurs s'entendent… T'ont-elles fait quelque confidence ? Et dans ce cas, que t'ont-elles confié ? Ont-elles quelques amours en tête ?

Le ton de Cosimo ne laissait aucun doute. Ses questions étaient des ordres et il attendait des réponses précises. Contessina s'immobilisa. Cosimo était-il sérieux ? S'attendait-il vraiment à ce qu'elle trahisse des confidences ? Avait-il si peu de respect pour ses sœurs, pour elle-même ? C'était vrai, Catherina et Bianca venaient souvent la voir. Mais ce qui attirait la jeune Catherina était surtout la présence de Leone Alberti. Cela aussi était vrai. Un si jeune amour, si parfaitement innocent et si maladroitement dissimulé. Au cours des années, Leone était devenu un superbe jeune homme d'une intelligence absolument exceptionnelle, qui commençait déjà à faire parler de lui. Le jeune protégé de Cosimo vivait au palais Bardi comme s'il faisait partie de la famille. Cosimo l'avait en particulière affection et, malgré sa jeunesse, lui avait confié l'éducation de son fils aîné, Pierre, ce dont Leone s'acquittait avec une rare compétence. Que Catherina et Leone, ces deux jeunes gens, fins, lettrés, aimant la musique et la peinture, s'éprissent l'un de l'autre était on ne peut plus naturel. Tout les poussait l'un vers l'autre, et ils ne songeaient pas un instant que Leone, sans fortune, fils d'un proscrit, ne pouvait en aucun cas prétendre à la main de Catherina. D'ailleurs, dans leur innocence, ils ne songeaient même pas à un avenir possible. Ils se contentaient de se dévisager en silence sous l'œil tutélaire de Contessina, et le simple fait de s'effleurer la main les mettait dans des transes paradisiaques.

Bianca, plus raisonnable, s'alarmait parfois de l'imprudence de sa sœur aînée.

Contessina esquissa un sourire :

— Tu sais, Cosimo, tes sœurs sont encore de très jeunes filles. Très enfants.

— Mes sœurs ? (Cosimo haussa les épaules.) Bien sûr, mes sœurs sont encore très jeunes. Mais il est grand temps de songer à les établir. Ces demandes en mariage sont intéressantes. Que penses-tu du duc de Strozzi et du comte Giugni ?

Stupéfaite, Contessina s'écria :

— Seigneur ! Cosimo !... es-tu devenu fou ? Le duc de Strozzi a près de quarante ans. Quant au comte de Giugni, on le dit débauché, à vingt-cinq ans...

fini, malade… ruiné… Pourquoi vouloir marier tes
sœurs à ces gens-là ? N'y a-t-il pas d'autres prétendants plus proches des petites ?

Cependant, Contessina cachait l'essentiel de sa
pensée. Strozzi et Giugni étaient de lointains cousins
de sa famille, alliés au clan de Rinaldo des Albizzi.
Livrer ses petites belles-sœurs aux pires ennemis
des Médicis… Elle savait, elle, le temps qu'il avait
fallu à sa propre mère Adriana pour étouffer sa rancœur. Et même parfois… Lorsque Adriana revenait
d'une visite chez l'un de ses parents, une lueur mauvaise, vindicative, dans les yeux, Contessina se
demandait si la haine virulente de sa mère était bien
morte… « Un volcan peut s'éteindre durant quelques
années, pensait la jeune femme, et puis se réveiller
brutalement… Et alors il emporte tout sur son
passage… »

Que de fois elle avait surpris Adriana dans ces
conciliabules secrets qu'elle entretenait avec certains parents ennemis de la maison Médicis !… Alors
Contessina tremblait de peur et, pour tromper son
angoisse, elle montait au dernier étage du palais
Bardi où son père Alessandro travaillait à ses chères
études d'astrologie, et cherchait avec lui à deviner
ce que pouvait bien tramer Adriana… Son père la
calmait.

— Voyons, petite, disait-il, ta mère n'a plus vingt
ans… C'est fini toutes ces histoires. La preuve ? Son
Brunelleschi est l'architecte favori de ton beau-père
et de ton mari… Ne crains rien… Ou plutôt porte ta
crainte sur ton cousin Rinaldo des Albizzi… C'est
lui le plus à redouter.

— Pourquoi?

— Il a l'âme d'un tyran. Et c'est un homme redoutable, parce qu'il a l'intelligence, l'argent et la volonté. Ces trois éléments peuvent lui apporter le pouvoir.

— Cosimo l'en empêchera.

— Peut-être... ou peut-être pas... C'est selon... Cosimo n'est pas Dieu.

Ces entretiens avec son père, s'ils ne rassuraient pas vraiment Contessina quant à sa mère, l'apaisaient cependant. Elle adorait son père et aurait souhaité que ses parents s'entendissent enfin... «Ce serait bien si tout le monde s'aimait», pensait-elle parfois...

— Eh bien, ma mie?... À quoi penses-tu?

La voix de Cosimo fit sursauter la jeune femme.

— Oh!... excuse-moi. Je songeais... Ces unions! Oh, Cosimo! Cela ne peut-il attendre?

— Il ne faut pas te faire de souci pour ce que je viens de te dire, ma mie. Rien n'est encore assuré pour les petites. À peine avons-nous engagé des pourparlers. Peut-être, en effet, Strozzi est-il un peu vieux?... Pourtant c'est une maison ancienne, riche, d'excellente réputation. Quant à Giugni... son alliance serait garante de la paix de notre maison... Il nous hait.

Suffoquée, Contessina bégaya:

— Et parce qu'il nous hait, tu veux lui donner Bianca?

— S'il devient notre parent, il sera neutralisé.

Son dernier complot contre mon père a failli lui coûter la vie… J'aurais pu le faire tuer. Peut-être l'aurais-je dû d'ailleurs?… Mais je n'aime pas la violence, et je hais les guerres civiles. Et puis, il a cinq frères, des cousins… Dois-je les faire massacrer tous?

Contessina ne répondit pas. Elle savait que le raisonnement de Cosimo était des plus justes. Il n'y avait qu'un seul moyen de neutraliser la puissante famille Giugni : une alliance. Et c'était la petite Bianca, si frêle, si enfantine encore, qui serait désignée pour ce sacrifice? Toute la joie que se promettait Contessina pour cette belle journée de fête s'effondrait. Elle s'était attachée à ses petites belles-sœurs, et elle n'admettait pas, pas encore, que Cosimo fît passer les intérêts de la famille avant le bonheur de Catherina et de Bianca.

— Viens, dit Cosimo. Il est temps de partir. Je vais essayer de convaincre le vieux marquis Cavalcanti de donner sa fille à Lorenzo. Lorsque Ginevra viendra te voir, sonde-la quelque peu. Vois si elle a quelque amour caché et si elle y a cédé. Si cela était, il n'y aurait rien de fait. Il serait malséant que Lorenzo se contentât des restes d'un quelconque godelureau. Mais si cela n'est pas, peut-être pourrai-je faire quelque chose pour Lorenzo… Vraiment, plus j'y pense et plus je crois que cette union pourrait nous servir… Une union avec les Cavalcanti!… Au fond! ce serait une belle opération.

Contessina protesta :

— Ginevra est encore une enfant!… Comment supposer… un amant? Quelle idée te fais-tu donc d'une jeune fille aristocrate?

Cosimo l'enveloppa d'un regard pénétrant :

— Si tu avais connaissance de quelque histoire de ce genre... m'en parlerais-tu ?

Contessina détourna la tête.

— Non, dit-elle d'une voix nette.

Son cœur battait à se rompre. C'était la première fois en onze années de mariage qu'elle tenait tête à Cosimo.

— Non ! répéta-t-elle avec force, les yeux fixés sur Cosimo. Si je faisais cela, je me conduirais comme la dernière des femmes. Comment oses-tu me demander de trahir la confiance que cette jeune fille pourrait me porter ? De trahir ses confidences ? Ni les siennes ni celles de tes sœurs... Cela, tu ne peux pas me le demander...

— Mais... je suis ton mari ! s'exclama Cosimo.

Il était stupéfait. Cette petite Contessina qu'il croyait si bien dominer lui tenait tête, à lui... « Même la Seigneurie ne me parlerait pas sur ce ton ! » pensait-il, désarmé.

— Mais, répétait-il au comble de l'étonnement, ... je suis ton mari...

— Et alors ?

— Alors ? Tu me dois respect et obéissance.

Il s'efforçait de sourire comme pour atténuer l'impact de ses paroles. Il s'étonnait de cette inflexibilité, de cette droiture qu'il ne soupçonnait pas chez sa femme. Loin de lui plaire, cette évidence l'alarma. « Elle ne m'aime pas, se dit-il avec amertume. Si elle m'aimait, rien de ce qui se passe chez elle ne me serait dissimulé... Elle céderait à ma demande... Si elle résiste... » Abasourdi, il dévisagea son épouse et un soupçon terrible l'envahit : « Un amant ?... Aurait-elle un amant qui la dresserait contre moi ? » Ce fut comme un coup de poignard qui faillit lui faire pousser un gémissement. Il se domina et observa longuement le visage impénétrable de Contessina. Il trembla. « Un amant..., répéta-t-il mentalement. Après tout, sa mère ne lui donne-t-elle pas l'exemple ?... Sa mère qui reçoit son amant ici, à dix brasses* de son époux... Si Contessina... » Il serrait les poings à se briser les doigts. Jamais Cosimo n'eût pu supposer que la jalousie fût aussi douloureuse. Une teinte livide couvrait ses traits. Il avait oublié les causes initiales, minimes en somme, de sa querelle avec Contessina. Il ne pensait plus qu'à ce mot : un amant. Un amant ! Plus ce mot s'imposait à son imagination, plus il le prenait pour vérité.

— Contessina... (Sa voix était étranglée par la peur et la jalousie qui le rongeaient.) Tu oublies, madame, que tu es ma femme... que tu me dois respect... obéissance...

Comme tous ceux à qui la douleur fait perdre la tête, Cosimo fut maladroit, menaçant. Il ne pensait plus qu'à réduire, qu'à soumettre cette femme qui lui tenait tête.

Contessina ne comprenait pas ce qui se passait dans l'esprit de Cosimo. Elle n'entendait que les mots et se dressa contre eux :

— Ah ?... c'est vrai. (Sa voix était glaciale.) Je te dois respect et obéissance. Je ne crois pas avoir dérogé à ce jour à mes devoirs. Non vraiment ! Mais

---

* Une brasse : 0,85 m environ.

je ne sache pas que dans les obligations qui m'in-
combent, il était aussi question de vile trahison ?

Pour la première fois de sa vie Cosimo se sentit
impuissant. Il savait qu'il ne vaincrait pas Contessina, du moins pas de cette manière-là. Il avait face
à lui une détermination aussi irréductible que la
sienne. Il pouvait l'abattre, il pouvait la tuer (ce qui
n'avait jamais effleuré son esprit), il pouvait tout sur
cette femme qu'il adorait et pourtant il ne la vaincrait pas. Il soumettait les forts, les puissants, à sa
merci. Les Albizzi, les Giugni, les Cavalcanti bais-
seraient l'échine devant lui s'il le voulait vraiment.
Contessina le regardait fixement, si belle en ses
atours d'apparat. Il ne la soumettrait jamais. Son
impuissance le fit trembler.

— Ta mère, je le suppose, te dresse contre moi.
Elle est parente des Cavalcanti.

Il tuerait Adriana, il les tuerait tous. Ils avaient
gagné. Tous étaient coupables, qui avaient dressé
Contessina contre son mari. Et qui sait ? L'amant
avait peut-être été choisi par Adriana elle-même. Il
devenait fou. Il savait qu'il devenait fou…

— Contessina…

Contessina secoua la tête. Elle luttait contre une
violente envie de pleurer :

— Personne… Cosimo… personne, ni ma mère
ni… ni personne, jamais ne pourrait me dresser
contre toi… oh non…

Elle mettait une telle véhémence dans ses propos
que Cosimo la dévisagea, surpris.

— Pourquoi ? demanda-t-il. En vérité pourquoi ?
Si tu ne cèdes pas à ma demande… pourquoi cette

attitude ? Je ne comprends pas ! Si tu es avec moi…
tu dois l'être absolument, sans rien me dissimuler
jamais… Comment croire ce que tu viens de dire ?

Contessina leva la tête. Elle avait le vertige. C'était
la première fois qu'elle se querellait avec Cosimo, la
première fois qu'elle lui refusait quelque chose. Au
fil des années passées, elle avait tissé autour de
Cosimo une trame serrée de tendresse, de soumission, d'indéfectible loyauté. Elle avait voulu se faire
aimer… Parfois elle pensait y être parvenue. Parfois
elle surprenait sur elle l'intensité d'un regard, l'in-
flexion tendre d'une parole… Et voilà… Tout était
gâché, peut-être irrémédiablement. Elle se sentait
désespérée, mais dans le même instant incroyable-
ment forte et sûre d'elle. « Il me mépriserait si je
cédais à sa demande… Il me traiterait exactement
comme ces commères qui ne songent qu'à médire et
calomnier… Je ne dois pas céder… » Elle marcha
vers la porte, espérant un mot qui la retiendrait, un
geste. Mais Cosimo restait immobile, muet. La porte
se referma sur Contessina qui sortit sans jeter un
regard en arrière. Elle descendit l'escalier, la main
posée sur la large rampe de bois sombre. Petite, elle
s'y laissait glisser au risque de se rompre les os. Ce
souvenir lui arracha un sourire. « Cet escalier est un
escalier de douleur…, pensait-elle les yeux pleins de
larmes. Que de fois l'ai-je gravi ou descendu avec le
sentiment que j'éprouve en ce moment. Une tristesse atroce, ma vie inutile, brisée… Pourquoi soumettre sa vie, cette vie unique et précieuse, au seul
regard de l'homme aimé ? J'ai des enfants. Je don-
nerais ma vie pour eux… Et pourtant jamais aucun

d'eux n'a eu le pouvoir de me jeter dans ce désespoir si absolu... Seul Cosimo... Comme en cet instant... Et pourtant je sais que j'ai raison ! L'amour
ne peut se satisfaire d'actes méprisables. »

Elle arriva dans la grande salle où se pressait
maintenant une nombreuse assistance. Tout le clan
des Médicis était là, puis les Bardi, quelques Strozzi
alliés, et même la Seigneurie dans ses atours d'apparat. L'inauguration de l'hôpital des Innocents qui
venait d'être achevé allait donner lieu à des semaines
de réjouissances. Tournois, batailles sur l'Arno,
courses de chevaux dont les Florentins raffolaient...
Huit jours de fêtes ininterrompues...

Alessandro tendit le poignet à sa fille. Contessina
était blanche.

— Tudieu ! ma fille, que tu es belle !... J'ai envoyé
Cosimo te chercher. Ne l'as-tu point rencontré ?

Puis à voix basse :

— Que se passe-t-il ? Comme tu es pâle !

— Cosimo descend tout de suite. Tout va bien...

Sourire. Sourire à Giovanni son beau-père, sourire à Piccarda, énorme, essoufflée, mais qui avait
tenu à venir assister à la messe et aux cérémonies
qui suivraient. Sourire encore aux petites belles-
sœurs, si fines, si enfantines et promises à leur insu
à des hommes perdus, finis. Sourire enfin à Ginevra,
si belle en ses quinze ans. À Ginevra qui avec une
délicieuse coquetterie acceptait le bras de Lorenzo
de Médicis, éperdu.

Contessina s'approcha d'elle :

— Ma petite Ginevra ! Comme tu es jolie aujour-
d'hui...

Elle ne vit pas le regard rusé que la jeune personne lui décocha avec une telle rapidité que l'on eût dit le jet d'un venin. Ginevra Cavalcanti était bien décidée à devenir l'épouse de Lorenzo de Médicis, et à faire de Lorenzo le chef incontesté du clan familial.

XI
Le mariage de Lorenzo

Lorsqu'il arriva devant le palais Cavalcanti, qu'il connaissait depuis son enfance mais auquel il n'avait jamais accordé le moindre regard, Cosimo se sentit désarçonné. Il mit pied à terre, prit les rênes de son alezan et lentement s'engagea dans l'allée sablonneuse bordée de massifs de roses offrant aux regards une extraordinaire multiplicité de teintes, plus chaudes, plus belles les unes que les autres. Il s'arrêta à une vingtaine de brasses de la maison. Jamais la vieille demeure n'avait offert un aspect à la fois aussi sévère et pourtant aussi noble et harmonieux. Elle s'élevait au milieu d'une ceinture d'arbres touchés par l'or de l'automne, bien assise, pleine d'une dignité gracieuse et inaccessible. En contrebas de ses jardins, l'Arno coulait et, telle une coquette parée à ravir, elle se réfléchissait dans l'eau miroitante.

À mesure que ses pas le conduisaient vers le palais, Cosimo sentit gonfler en lui le désir d'une demeure bien à lui, qu'il ferait construire selon ses vues, et où peut-être Contessina, loin de sa famille, lui appartiendrait enfin totalement. Il soupira. Il ne

fallait pas construire. Pas encore. Les lois sacro-
saintes de Florence le lui interdisaient : « Il n'est pas
permis de s'élever par quelque signe que ce soit au-
dessus des autres… » Trahir ces lois pouvait conduire
au bannissement. Pourtant il ferait construire, un
jour, la maison de ses rêves, une maison semblable à
ce vieux palais baigné par la chaude lumière d'or
d'octobre. Il rêva un instant devant le heurtoir, puis
se décida à frapper. Dès que le valet eut ouvert la
porte et l'eut fait pénétrer dans le grand vestibule aux
murs surchargés de grandes tapisseries des Flandres
d'une valeur inestimable, Cosimo sentit son courage
renaître. Tout cela, il pouvait, demain s'il le voulait,
l'acheter. Ces crédences richement sculptées, ces
coffres peints que l'on devinait remplis à ras bord de
linge fin incrusté de dentelle, de vaisselle d'or, de
bijoux, de porcelaines et de cristaux guillochés de
fils d'or, ces orfèvreries, merveilles d'art créées
pour le plaisir de l'œil et la commodité de la
table, et tous ces tapis venus de Constantinople…
Tout cela pouvait être à lui. Il avait dans ses coffres
assez de florins pour acheter tout ce qui s'offrait à
ses regards. « Le palais Bardi possède autant de
richesses… », pensa-t-il. Sans doute. Mais il ne les
avait pas choisies et cela faisait une rude différence.

Le vieux marquis Cavalcanti, qui faisait partie de
ceux qui avaient renoncé à leurs privilèges d'aristocrates pour avoir le droit de faire de la politique, se
tenait avec sa fille Ginevra dans le jardin, à l'arrière
de la maison, lorsqu'il fut informé de la visite de
Cosimo de Médicis. Tous connaissaient la raison de
cette visite. La marquise Cavalcanti s'était enfermée

dans sa chambre en menaçant de se tuer si jamais elle apprenait que sa fille… «Ô Dieu, plutôt la mort…» Mais le marquis avait un plan. Un plan précis proposé par son parti. Il évita le regard éperdu de Ginevra qu'il adorait, et murmura :

— Voilà un jeune marchand qui ira loin. Il m'a demandé cette rencontre, d'ordre privé, m'a-t-il fait savoir. Je prends tous ces Médicis pour des coquins, des ambitieux. Cosimo, surtout. Le père est plutôt honnête homme et ne souhaite que s'enrichir. Lorenzo…

Ici le marquis jeta un coup d'œil en biais à sa fille, puis reprit :

— Lorenzo est un rêveur. On le dit malade… Que le diable l'emporte !… Qu'en penses-tu ? En fait, le plus dangereux est vraiment Cosimo. Il est prodigieusement intelligent. C'est un cynique et un ambitieux… Il s'est déjà élevé par son mariage avec une Bardi… Il ne faudrait pas qu'il puisse supposer, grâce, à cela, pouvoir s'élever encore…

De nouveau il jeta un regard significatif à sa fille et soupira. Ginevra ne laissait rien paraître de ce qu'elle pouvait ressentir. Elle se contenta de poser sa main sur le bras de son père.

— Il faut recevoir Messer Cosimo, dit-elle de sa voix chantante et douce. Le faire attendre serait discourtois…

Elle marqua une pause et ajouta plus bas :

— De toute façon, père, je ferai ce que vous jugerez bon…

Le vieux marquis laissa tomber sur sa fille un regard perplexe.

— Laisse-moi seul avec lui, mon enfant, dit-il enfin. Je te promets de te faire part de notre entretien... quel qu'il soit...

Il baisa le front que Ginevra lui tendait, sans s'apercevoir du petit sourire rusé qui retroussait les lèvres de la jeune fille. Si le vieux marquis Cavalcanti avait pu deviner ce qui se cachait derrière ce front qu'il baisait tendrement, peut-être eût-il hésité quelque peu avant d'aller au-devant de son visiteur.

Cosimo admirait une tapisserie de Flandre lorsqu'il entendit des pas derrière lui. Il se retourna vivement et fit face au vieillard. Il s'inclina avec autant de grâce qu'il était possible à sa silhouette dégingandée et s'efforça de sourire. Cela se traduisit par une grimace qui pouvait à la rigueur passer pour une amabilité. Comme toujours lorsqu'il se trouvait en présence de Cosimo, le marquis Cavalcanti se sentait piégé. « Ce sont les yeux..., pensait-il. On ne voit que ses yeux... et alors on oublie qu'il est laid. » Mais nul ne pouvait, ne devait oublier sans risque que l'homme qui se dressait face à lui, dans sa laideur, son manque d'aisance, était un oiseau de proie impitoyable dès lors qu'il avait décidé de faire main basse sur un bien.

Les deux hommes s'observèrent en silence et sans aménité. L'un et l'autre savaient ce que chacun d'eux éprouvait. Ils se haïssaient. Ce point étant acquis, ils ne se sous-estimaient pas, ce qui eût été dangereux pour celui qui aurait baissé sa garde par une trop grande confiance en lui. Liés par de récents intérêts commerciaux, et surtout par l'exploitation de mines d'alun que possédait le vieux Cavalcanti, les deux familles observaient une courtoisie glaciale lorsqu'elles étaient amenées à se rencontrer au cours de cérémonies publiques où il eût été malséant de n'être point vu. Et puis Lorenzo était tombé en mal d'amour. Et si désespérément que le vieux médecin Elias avait dit à sa famille : « Parfois le mal d'amour peut conduire au tombeau… » Alors Cosimo avait décidé d'affronter le vieux Cavalcanti. N'avait-il pas promis à son frère qu'il épouserait Ginevra ? « Moi et mes promesses ! » grommela-t-il entre ses dents. Il ne quitterait la pièce qu'avec l'accord du marquis pour un mariage. Mais la bataille serait rude, bien que les atouts que possédait Cosimo fussent loin d'être négligeables. Le vieux marquis n'était pas homme à faire fi de la fortune des Médicis. De plus, les mines d'alun de la petite ville de Volterra, dont Cosimo possédait le droit d'exploitation, étaient une source appréciable de profits. Que les Médicis cessent toute activité (menace dont Cosimo ne se servirait qu'à la dernière extrémité) et Cavalcanti, qui avait investi presque toute sa fortune, serait ruiné. Un seul objectif pour Cosimo : Lorenzo, le bonheur de Lorenzo. Fût-ce au prix de sa fierté. Il se sentait prêt à supplier Cavalcanti. Il aimait son frère Lorenzo, comme il aimait ses sœurs et ses parents. Il était fils et frère, et jamais il ne permettrait à quiconque de provoquer, ne fût-ce que par inadvertance, un déplaisir à ceux qu'il aimait. Il savait qu'il était le plus fort et qu'il se devait de les protéger. Il en assumait la responsabilité sans protester. C'était ainsi.

— J'ai à vous parler, Messer Cavalcanti, dit

Cosimo après avoir brièvement sacrifié aux salutations d'usage, sans transports inutiles.

Le marquis Cavalcanti fut surpris. Il ne s'attendait pas à une attaque aussi directe. Il louvoya.

— Ah?..., dit-il en fixant Cosimo. (Il s'efforça de sourire et ne put esquisser qu'une grimace.) Vous m'en voyez fort aise, dit-il. S'agit-il de nos usines?

— Non, répliqua brutalement Cosimo. Avant d'en venir au but de ma visite, laissez-moi vous dire que j'ai acheté une centaine de Nubiens... Cet investissement nous économisera des sommes considérables...

Le marquis sursauta.

— Des esclaves? Mais les lois interdisent... Dieu! êtes-vous sûr de... l'impunité? Qu'en dit la Seigneurie? Des Nubiens!...

— Sans doute. Y voyez-vous un inconvénient?

— La Seigneurie pourrait s'y opposer... Et pour nous chrétiens, le terme est odieux...

Cosimo eut ce mince sourire ironique qui mettait souvent ses interlocuteurs mal à l'aise.

— Si le terme vous choque, disons que j'ai engagé à terme une centaine d'ouvriers qui ne seront payés qu'en nature. En échange des logements, de la nourriture et de quelques vêtements, ils nous donneront leur force de travail. Et croyez-moi, elle est importante! Ces Nubiens sont des véritables forces de la nature. Je les ai déjà vus au travail... C'est impressionnant.

Le visage du marquis se figea. Il regrettait sa remarque, sachant fort bien que, tout compte fait, il était ravi de la décision de Cosimo. Décision qu'il n'aurait jamais osé prendre, par crainte du qu'en-dira-t-on, mais qu'il approuvait du fond de son âme éprise d'argent comptant. Pourtant, il en voulut à Cosimo de son ton persifleur.

— Comme vous voilà sarcastique, mon cher Cosimo, dit-il avec aigreur. Mais il vous manque la subtilité… Et sans doute vous manquera-t-elle toujours. Moi, j'aurais dit cela avec plus de finesse… L'épée est mon arme, vous avez la massue… Saisissez-vous la nuance ?

Le sourire de Cosimo s'accentua :

— Je préfère la massue à l'épée. Elle est plus honnête et plus expéditive… Puis-je en venir à ce qui m'amène ?

Le visage de Cavalcanti s'empourpra. Ses yeux étaient meurtriers :

— Je vous écoute.

— Je suis venu vous demander la main de votre fille Ginevra pour mon frère Lorenzo…

Il y eut un silence. Les veines sombres se gonflèrent sur le cou, sur le front du vieux marquis. Non sous l'effet de la surprise. Il s'attendait à cette démarche. Mais la manière abrupte et pour tout dire arrogante de Cosimo le démonta, et une vraie colère s'empara de lui. Son visage reflétait une telle fureur que Cosimo pensa que sa haine pouvait devenir dangereuse. Il devinait tout ce qui se passait sous ce front maintenant couvert de sueur. « … Cette racaille… cette racaille… venir jusqu'ici… Ma fille ! à ces… ces jean-foutre… ma fille… »

Mais Cosimo se trompait. S'il avait regardé de plus près, il eût surpris le regard rusé du marquis qui ne le quittait pas. Ce dernier bégaya sa réponse :

— Vous… osez ? Vous ? Quel sacré toupet vous anime, mon garçon ? Savez-vous que si je ne me retenais pas, je vous ferais jeter dehors par mes valets…

— Je ne vous le conseille pas, dit calmement Cosimo. Vous pouvez certes le faire. Vous pouvez aussi refuser. Mais vous comprendrez que si vous vous laissez aller à de tels excès, je pourrais reconsidérer nos accords… et exiger tout de suite le remboursement de votre dette… Vous nous devez trente mille ducats.

Le marquis devint apoplectique.

— Jamais ma fille n'épousera votre frère. Quoi qu'il puisse m'en coûter.

— Votre position se défend…, dit pensivement Cosimo, et peut-être même qu'à votre place j'agirais de même… Mais j'hésiterais à refuser une fortune de cinquante mille florins.

Cosimo connaissait l'avarice du vieillard. L'amour de l'argent pouvait lui faire vendre père et mère… Bien entendu, il n'avait pas la moindre intention de donner une telle somme à Lorenzo, pour la bonne raison que cela représentait la totalité des avoirs des Médicis. Il venait d'inventer cet argument uniquement pour voir l'effet que cela pourrait produire. À sa grande surprise, le marquis n'eut pas la réaction attendue.

— Je ne vous crois pas, dit-il. Jamais vous ne pourriez retirer une telle somme de vos compagnies… Et quand vous le pourriez, ce n'est pas cela qui me convaincrait de vous laisser ma fille…

Soudain, Cosimo comprit que l'on attendait de lui

une autre proposition, plus réaliste. Il avait fait fausse route et maintenant il fallait de toute urgence recourir à une autre stratégie. Mais laquelle ? Qu'attendait de lui le vieil homme ? Intrigué, il le dévisageait en silence. Il était si surpris qu'il se sentait vidé de toute autre émotion.

Cosimo réfléchissait. « Que veut-il de moi ? Il veut quelque chose. Mais quoi ? Et si j'accepte cette chose qui paraît lui tenir tellement à cœur, alors cédera-t-il Ginevra à Lorenzo ? Ah ! si cet animal m'avait écouté et enlevé sa donzelle, je ne serais pas là aujourd'hui à ergoter avec son père... Nous aurions payé l'amende, étouffé l'affaire et tout serait dit... Tandis que maintenant... Enfin, voyons ce qu'il veut. »

— Eh bien ? dit-il à voix haute. Je vous écoute. Il est vrai que je ne dispose pas de cinquante mille florins en liquidités, mais vous savez que notre fortune en capital équivaut à plus de trois fois cette somme.

— Les Strozzi ont plus... Quant aux Albizzi... n'est-ce pas la première fortune de Florence ? dit le vieillard rusé.

— Sans doute... Mais c'est beaucoup plus que ce que vous possédez...

— Hum ! c'est vrai. Vous vous êtes considérablement enrichis.

— Et vous êtes en train de vous ruiner... C'est la vie. Qu'avez-vous à proposer ?

— En échange... de... ma fille ?

Enfin on en venait au fait. Le marchandage pouvait avoir lieu.

Prudemment, Cosimo ne répondit pas. Les deux

hommes se dévisageaient. Chacun d'eux connaissait ce que l'autre avait comme atouts, et le marquis Cavalcanti n'ignorait pas sa faiblesse face à Cosimo. Mais s'il devait monnayer le mariage de Ginevra, les Médicis sauraient ce que leur prétention allait leur coûter. Il fallait gagner encore un peu de temps.

Le marquis Cavalcanti dit :

— Venez avec moi. Je vais vous faire visiter ma demeure.

Après lui avoir fait traverser plusieurs pièces en enfilade, le marquis s'arrêta devant une porte :

— Ici… personne n'a le droit d'entrer sans ma permission… C'est ma bibliothèque.

Il ouvrit le battant et Cosimo émerveillé pénétra dans une pièce plongée dans une demi-pénombre. Sur tous les murs, des rayonnages de livres anciens reliés de cuir finement ouvragé. Grecs. Hébreux. Arabes. Latins… Toute la pensée du bassin méditerranéen se trouvait ici, dans ce lieu.

— Le rêve de mon frère Lorenzo, dit Cosimo. S'il voyait tous ces livres…

Un sourire ironique plissa la face du marquis :

— Parce que vous…

— Je lis toutes ces langues, je possède moi-même une partie de ces ouvrages. Je les ai ouverts, lus… Mais le temps… (Il tapota un livre du doigt.) Il y a là toute la pensée humaine. Mais nos chers philosophes se trompent. L'homme n'est pas bon. Et plus il est de basse extraction, plus il est ignorant, et plus il est méchant, cruel et stupide… Laissez ces gens nous ravir le pouvoir et nous aurons immédiatement les lois les plus odieuses qui se puissent imaginer.

Le marquis Cavalcanti ricana :

— Je croyais que vous penchiez du côté des gueux. Eux-mêmes…

— Vous ne vous trompiez pas. Mais je veux pour eux…

— Vous « voulez », s'étonna le marquis en insistant sur le mot.

— Je souhaiterais… si vous préférez, je souhaiterais que les gueux puissent apprendre à lire, écrire, compter. L'ignorance est la pire des misères… Si nous revenions à l'objet de ma visite ? Que voulez-vous ?

Le vieil homme marqua un temps :

— Vous renoncez à tous vos droits sur mes mines de Volterra, de Sienne et de Fiseola, sans contrepartie… et j'accepte le mariage…

Les yeux rétrécis, Cosimo dévisageait le marquis Cavalcanti. Le vieux rusé ! Ainsi c'était donc ça ! Et il pensait que lui, Cosimo, allait tomber dans un piège aussi grossier. Renoncer aux droits acquis, chèrement payés, serait la ruine de la maison des Médicis. L'exploitation des mines apportait à bon compte l'alun qui servait à la teinture des étoffes françaises, anglaises ou allemandes, que l'on revendait ensuite, dûment traitées, à ces mêmes nations, trois ou quatre fois leur prix de revient… Renoncer aux mines ?… Jamais ! Cosimo allait convaincre Lorenzo de tâcher d'aimer une autre femme… D'ailleurs, rien ne disait que le vieux marquis tiendrait sa promesse une fois l'affaire conclue… Cosimo allait répliquer quand quelque chose dans le regard du vieil homme le fit hésiter. Il y avait de la ruse, de la crainte aussi, et une petite lueur de triomphe qui mit aussitôt Cosimo en alerte… « Les mines ? pensa-t-il. Mais il se moque des mines !… Il n'en fera rien… Ce sont les terrains qui entourent les mines qui l'intéressent et sur lesquels j'ai un droit de passage et même d'exploitation… »

Cosimo dit, ironique :

— Admettez, mon cher marquis, que si l'on découvrait de l'or dans vos terrains, ma position, si je signais ce que vous me demandez, serait du dernier ridicule.

Le marquis blêmit et détourna la tête. « Ainsi c'était donc ça, pensa Cosimo presque amusé. Mais il n'y a pas d'or dans les terrains. Nous avons fait procéder à des fouilles des centaines de fois. Quelqu'un aura abusé le marquis… Mais pourquoi ? Pour le perdre ?… Qui a intérêt à perdre Cavalcanti ? »

Cosimo laissait le silence s'éterniser. Il fallait qu'il comprenne.

— Avez-vous vu Rinaldo des Albizzi récemment ? demanda-t-il enfin.

— Pas plus tard qu'hier, répondit le marquis.

— Peut-être vous a-t-il fait quelques confidences ?

— Non. Vous faites erreur.

— Ah bah ? Quoi qu'il en soit…

Soudain Cosimo eut une idée…

— Écoutez-moi, Messer Cavalcanti. Je peux vous faire une promesse… Si vous acceptez le mariage de mon frère avec votre fille, je peux vous signer devant notaire une renonciation pure et simple sur tous les terrains et mines exploités ou exploitables, si jamais on y trouvait de l'or ou toute autre matière précieuse...

— Hein ?

Le marquis était tellement surpris qu'il ne parvenait pas à proférer un autre mot.

— Hein ? répéta-t-il.

Il pensait aux affirmations de Rinaldo des Albizzi :

— Une veine d'or. Cela est certain, mon cher cousin. Un vrai filon... Et puis songez ! Si vous obtenez cette renonciation des Médicis, ils sont ruinés... Donnez votre fille ! Quelle importance, après tout ? Ils sont prêts à tout pour sauver Lorenzo. On dit qu'il souffre de la poitrine. Au pire, votre fille sera veuve dans deux ou trois ans... Et vous serez riche... riche, riche comme vous n'avez jamais espéré l'être...

Ce que Rinaldo des Albizzi s'était bien gardé de préciser, car le marquis n'aurait jamais accepté le mariage s'il en avait eu connaissance, c'était que tout le clan des nobles avait misé justement sur cette union providentielle. Ginevra allait être un instrument idéal pour abattre les Médicis.

— Un vrai cheval de Troie ! avait dit Rinaldo en ricanant. Laissez-moi convaincre le marquis. Il ne résiste pas à l'appât du gain ! Lui faire miroiter qu'il peut gagner une fortune en récupérant le droit d'exploitation de ses terrains peut nous être très favorable !

Le marquis regarda Cosimo avec suspicion. Cette soudaine volte-face l'inquiétait. Rinaldo des Albizzi paraissait si sûr de son fait... Et s'il n'y avait pas d'or ?

Mais Cosimo offrait l'apparence de l'innocence la plus parfaite. Il était immobile, rêveur, et regardait le marquis avec une attention soutenue. Soudain, le jeune homme baissa les yeux et dit d'une voix altérée :

— Nous ferons n'importe quoi pour sauver Lorenzo…

Lui aussi, parfois, savait à la perfection jouer la comédie.

— Alors topez là, jeune homme ! dit Cavalcanti. Vous signerez demain devant notaire et moi je signe ma promesse de mariage…

Le vieux marquis Cavalcanti était sincèrement ému. « Qui aurait dit que ce faucon pût avoir du cœur ? » pensait-il, surpris.

Cosimo essuya une larme :

— Je ferai comme il vous plaira… S'il y a de l'or, vous serez un homme riche… Jamais je ne me porterai contre vous…

Une heure plus tard, dans la voiture qui le ramenait au palais Bardi, Cosimo eut une brusque inquiétude. « Et si effectivement il y avait de l'or ? » Il ne pouvait s'empêcher de penser qu'ils avaient été, le marquis et lui, piégés. Mais par qui ? Et pourquoi ? « Mon Dieu… Voilà que je divague à mon tour ! Je sais bien qu'il n'y a rien ! Rien ! Signer ce parchemin est sans importance… » Pourtant, son inquiétude l'accompagna jusque chez son père, auquel il relata son entrevue avant d'aller annoncer la nouvelle à Lorenzo.

— Il n'y a rien, dit Giovanni riant d'aise. Absolument rien ! De l'alun et c'est tout. Et cela ne peut intéresser que nous... Non ! C'est trop stupide... Il pensait vraiment nous faire tomber dans ce piège grossier ?

Mais Cosimo réfléchissait. Il s'agissait d'autre chose. Cavalcanti avait adroitement manœuvré et c'était Cosimo qui s'était fait duper. « Dès que Lorenzo sera marié, Je prendrai toutes les mesures nécessaires pour que jamais les Cavalcanti n'aient un droit de regard sur l'exploitation de leurs mines, pensait Cosimo tandis qu'il retournait chez lui. Cavalcanti a bien manœuvré et moi j'ai été un sot... Cela aussi est vrai !... Un véritable sot !... Que je le veuille ou non, Cavalcanti a un pied dans notre entreprise ! Il va faire partie de la famille maintenant !... Sacré Lorenzo ! »

Alors, furieux contre lui-même, il lança son cheval au galop.

Quelques jours après que le marquis Cavalcanti eut signé une promesse de mariage, Giovanni fut à l'origine d'une décision qui, si elle lui valut l'amour du peuple florentin, accentua la haine que lui vouait le parti des nobles. En dépit de toutes sortes d'obstructions, Giovanni proposa à la Seigneurie et obtint que l'on appliquât le cadastre, le *catasto*. C'était là une nouvelle taxe absolument originale inventée par lui. Giovanni, après avoir longuement étudié le système des impôts, jugea celui qui était en vigueur inique et injuste. Il proposa donc une taxe fixe sur la propriété, prélevée obligatoirement, afin d'empêcher les nobles de se soustraire à leur juste participation aux charges publiques. Giovanni possédait un pouvoir certain sur la Seigneurie qui tenait compte de l'extraordinaire popularité du vieux Médicis. Furieux, les nobles accusèrent Giovanni et Cosimo de nourrir d'ambitieux projets… Cependant, le projet Médicis souleva de joie le peuple florentin qui bénéficiait largement de l'allégement soudain que lui procurait cette nouvelle loi. Il considéra aussitôt Giovanni de Médicis comme son sauveur, et le parti des nobles en fut réduit à resserrer les rangs autour de Rinaldo des Albizzi écumant de rage. Peu de temps après l'application de cette « taxe scélérate », Rinaldo des Albizzi et son oncle Niccolo d'Uzzano tinrent réunion afin de trouver un moyen d'éliminer le rôle du peuple dans les affaires publiques. Ils en furent pour une remontrance de la Seigneurie qui rejeta, avec l'appui des Médicis, toute proposition de loi tendant à réduire le peuple au silence… Et la haine qui entourait les Médicis grandit encore…

Lorenzo attendait devant le chœur de la chapelle San Lorenzo. Les bancs étaient bondés. L'atmosphère confinée, surchargée de parfums, était devenue irrespirable. Lorenzo, encadré par ses parents, Contessina et Cosimo, attendait, anxieux.

Un grand mariage. Plus somptueux encore que celui qui avait uni Contessina et Cosimo. Dès le lever du jour, Lorenzo en grand apparat, monté sur un cheval blanc harnaché de cuir blanc brodé d'or, suivi d'un cortège portant les couleurs des Médicis, avait fait le tour de la ville avant de se rendre à l'église… Maintenant, le clan des Médicis attendait que la fiancée, dans le même somptueux cortège, achevât son tour de ville…

Soudain, les chœurs entonnèrent un Ave Maria et Ginevra Cavalcanti parut au bras de son père, suivie de toute sa famille. Elle rayonnait dans une robe de soie blanche, entièrement brodée d'or. Un voile blanc était simplement posé sur ses cheveux blonds. Lorenzo ne vit qu'elle, que son cou blanc, un peu long, qu'elle ployait modestement avec une grâce penchée, légèrement teintée de mélancolie. Lorenzo se sentait prêt à vaincre le monde entier, Dieu et le Diable. Cette femme qu'il avait tant attendue, cette femme adorée, désirée, pour qui il se fût tué, cette femme serait à lui, ce soir, cette nuit, et toutes les nuits que Dieu lui donnerait à vivre. Il eut un frisson et une quinte de toux rompit la félicité de l'instant qu'il vivait. « Je guérirai, pensa-t-il. Je guérirai ! Je suis bien trop heureux pour être encore malade. » Avec Ginevra, il redeviendrait le jeune homme gai, insouciant et plein de vie et de santé qu'il avait jadis été. Avec Ginevra, il saurait de nouveau rire et chanter et danser… Tout à l'heure, après la cérémonie, quand il aurait acquis le droit de baiser sa bouche, de lui prendre la main, tout à l'heure il serait heureux… Il danserait avec Ginevra qui serait alors sa femme devant Dieu et devant les hommes. Son regard croisa celui de Cosimo. C'était un regard plein de tendresse et d'affection, mais aussi plein de pitié… Alors Lorenzo se souvint d'une conversation qu'il

avait eue la veille et qui avait failli tourner à la querelle. Aux reproches de Lorenzo d'exploiter les nouveaux ouvriers importés d'Éthiopie, Cosimo avait
répliqué avec une vivacité peu coutumière :

— Ah ! tu ne seras jamais un homme, Lorenzo !
Oublies-tu que nous sommes un clan et que nous
sommes promis à une grande destinée ? On n'édifie
pas une fortune sur la charité chrétienne et encore
moins en faisant vœu de chasteté et de pauvreté...
Allons, je ne plaisante pas ! La seule manière, vraiment, de lutter contre la pauvreté, c'est de créer des
richesses, du travail... Pourquoi papa a-t-il pu com-
mander à notre cher Brunelleschi l'hôpital des Innocents ? Parce qu'il avait l'argent nécessaire pour
payer. Ouvriers, artisans, architectes, sculpteurs,
peintres, tapissiers, menuisiers, tous ont travaillé,
travaillent encore à cet hôpital consacré aux enfants
pauvres, orphelins. Demain, après-demain, je ferai
plus encore, mieux peut-être... Parce que j'aurai
édifié une fortune solide, indestructible... Alors, mon
cher frère, je te le promets, je donnerai une forme
réelle à tous tes rêves...

Lorenzo allait répliquer quand Giovanni, qui assis-
tait à la discussion entre les deux frères, dit d'une
voix gaie :

— Allons ! Cosimo... Laisse ton frère tranquille !
Demain est un grand jour pour lui. Il se marie... Et
je suis sûr que cette charmante Ginevra Cavalcanti
remettra notre doux rêveur sur terre...

Cosimo s'était retiré en soupirant. Mais Lorenzo
était sûr d'avoir entendu : « ... Espérons... espérons !
Mais hélas je n'en crois rien. »

Lorenzo détourna les yeux et les reporta sur Ginevra. Elle lui souriait, gracieuse, si infiniment gracieuse… Non, rien de mal ne lui viendrait jamais de cette femme…

Il y eut des chants religieux, l'échange des anneaux, et enfin la procession qui allait devancer les réjouissances. Les représentants des arts précédaient le cortège, puis les hauts personnages, dignitaires vêtus de soie, de velours et de satin, la Seigneurie sur les chevaux d'apparat. Deux heures plus tard, deux cents invités se pressaient dans les jardins du palais Cavalcanti. Les acacias, les tilleuls et les glycines embaumaient. Bientôt le soleil se coucha derrière les collines et l'ombre fraîche de la nuit fut trouée par les centaines de torches et de lampes à huile que les valets posèrent çà et là. En un instant le palais fut illuminé. Trois cents hommes en uniforme aux armes des Cavalcanti et des Médicis, portant des plateaux d'argent chargés de ducats, accompagnés d'enfants portant des torches, se promenèrent dans toute la ville et distribuèrent des milliers de pièces d'or… Tout Florence était en fête. Des orchestres de danse avaient pris place en plusieurs points, et tous les Florentins dansèrent aux noces de Lorenzo et de Ginevra.

Au palais Cavalcanti, le banquet fut ouvert par un feu d'artifice, et les musiciens se mirent en place. Le bal allait durer jusqu'à l'aube. Vers minuit, Lorenzo prit la main de Ginevra et ils partirent. Cosimo les suivit des yeux. Sa mère Piccarda, fatiguée, s'appuyait sur son bras. Ils regardaient les invités danser, rire, boire et manger, tout au plaisir d'une fête somptueuse.

— Lorenzo va être malheureux…, dit doucement la vieille dame.

Cosimo sursauta :

— Voyons, maman…

Il était surpris du discernement que manifestait sa mère.

— Très malheureux. Il n'est jamais bon de se marier au-dessus de sa condition… Pour toi, c'est différent… toi, tu es fort, très fort… Tu aurais pu épouser une princesse… À peine aurait-elle été digne de toi… Il a fallu que tu épouses la fille d'Adriana…

Elle secoua la tête comme pour en chasser une pensée importune et acheva :

— Cette petite Ginevra n'est pas méchante. Loin de là…

— Eh bien alors ?

— Elle est… comment dire ? vide, creuse… C'est une petite aristocrate qui sait se tenir, qui ne crache pas à table, mange sans faire de bruit avec sa bouche, sans salir ses manches ni ses doigts… se tient très droite… Oh, comme elle se tient droite ! Ne l'as-tu pas remarqué, mon fils ?… Comme elle sait bien marcher, et comme elle danse avec art… Tout en elle est parfait. Pas une fausse note ! Mais pendant les quinze jours où elle venait rendre visite à Lorenzo, je ne l'ai jamais entendue dire la moindre parole originale. Je ne lui connais aucune lecture… Elle ne parle que de ses toilettes qu'elle fait venir de France, ses bijoux faits spécialement pour elle, et s'étonne de la mise plus modeste de ses petites belles-sœurs, nos chères Catherina et Bianca. Comme si ton père eût toléré que ses filles ne songeassent qu'à leurs atours !... Non... Cette petite Ginevra est sans intérêt... Mais surtout, elle n'aime pas Lorenzo...

— Voyons, maman !...

Cosimo ne put donner à sa protestation un accent de sincérité. Il était convaincu que ce mariage était une erreur. Plus grave encore que sa mère ne le supposait. Cosimo avait, à plusieurs reprises, deviné chez sa future belle-sœur une âpreté, une ruse, une dureté parfois qui ne laissaient pas de l'inquiéter. Et Contessina elle-même ne disait-elle pas de Ginevra que cette dernière était ambitieuse et obstinée ?

— Voyons, maman ! répéta-t-il machinalement.

— Non ! je sais ce que je dis !... Jamais elle ne le regarde... Non, jamais elle ne le regarde comme ta femme parfois te regarde... Contessina t'aime, elle...

Cosimo eut un mouvement d'humeur :

— Ma femme ? Elle n'éprouve rien pour moi !

Vivement, Piccarda répliqua :

— Je crois bien que mes fils sont les deux plus grands sots aveugles qu'il m'est donné de connaître...

Le visage buté, Cosimo dit :

— D'ailleurs, en ce moment, c'est à peine si nous nous parlons.

Piccarda haussa les épaules :

— Je sais. Cela arrive dans tous les ménages... Ah ! laisse-moi souffler ! Mon vieux cœur n'en peut plus...

Plein de sollicitude, inquiet soudain, Cosimo pro-

posa un siège. Piccarda était pâle, les narines pincées et respirait avec difficulté.

— Maman ?…

À peine si Cosimo reconnut sa propre voix.

— Ce n'est rien… Allons ! donne-moi ton bras…
C'était un beau mariage. Un grand mariage. Ce ne
sera pas un bon mariage…

Cosimo soupira. Il savait que sa mère avait raison.
Mais Lorenzo avait voulu cette femme. Il l'avait
voulue jusqu'à en mourir…

Les jeunes mariés avaient gagné la chambre de
jeune fille de Ginevra. Pour la circonstance, la pièce
avait été, suivant la coutume, remplie de fleurs
fraîches, et les cadeaux précieux s'amoncelaient
dans les coffres de mariage. Des flambeaux de
cierges étaient posés çà et là, et leur lumière mouvante, dorée, caressait le lit ouvert, aux draps de lin
blanc.

Lorenzo se sentait stupide, étreint par une angoisse
irraisonnée. « La fatigue…, pensa-t-il. Je ne suis pas
encore remis. » Stupéfait, il observait que sa toute
nouvelle épouse, sa Ginevra adorée, avait un bien
étrange comportement.

Très gaie, très animée, la jeune femme allait d'un
coffre à l'autre, s'extasiant sur les cadeaux, les bijoux,
les fourrures précieuses, tableaux, pièces d'orfèvrerie, cristaux guillochés d'or. De temps à autre elle
poussait des petits cris de plaisir :

— Vois donc, Lorenzo ! vois, quelle merveille…

Elle brandissait une amphore de porcelaine peinte, incrustée de pierres précieuses...

Lorenzo transpirait, fiévreux, si las soudain! si terriblement las, toute excitation retombée... Que faisait-il dans cette pièce? Qui était cette jeune donzelle si gaie, si animée? Une petite toux sèche secouait sa poitrine. Il étouffait...

S'approchant de sa femme, il lui prit la main et la porta à ses lèvres brûlantes. Ginevra poussa un petit cri de surprise, puis charmée, troublée, laissa Lorenzo se repaître de cette petite main fraîche dont il avait si souvent rêvé. La fièvre brûlait son corps et le désir de posséder là, sur-le-champ, la femme qui se dressait devant lui lui poignait les reins. Il redressa la tête brusquement.

— Il faut m'aimer, Ginevra..., dit-il d'une voix sourde. Il faut m'aimer... J'ai tant besoin d'être aimé...

Il était si beau ainsi, nimbé de lumière, mince et grave, fléchissant d'amour, que Ginevra, sincère, murmura :

— Mais je t'aime, Lorenzo...

Bouleversé, le jeune homme l'attira contre lui. Il sentit ployer la taille souple, il respira de près l'odeur de cette peau blanche... Il tenait son rêve entre ses bras et craignait de le voir s'évanouir. Alors il l'embrassa. D'abord le cou fragile, la joue, les yeux qui se fermèrent sous ses lèvres, puis enfin il lui prit la bouche... Il l'embrassait comme un homme ivre, comme un homme qui renaît à la vie... Il l'étreignait avec une telle force qu'elle gémit :

— Tu me fais mal! Lâche-moi !

Troublé, il relâcha son étreinte.

— Je vais appeler ta femme de chambre pour qu'elle t'aide à te dévêtir, chuchota-t-il.

Lorsqu'il revint, quelques instants plus tard, en chemise de nuit, Ginevra l'attendait, déjà couchée, les cheveux défaits. Les cierges avaient été éteints, et par les fenêtres grandes ouvertes la lumière de la lune baignait le lit. Souriante, Ginevra tendit les bras.

— N'aie aucune crainte de me faire mal…, dit-elle doucement. Ma mère m'a tout expliqué. Je ferai de mon mieux pour ne point te déplaire…

Elle fit en effet de son mieux. Elle ne cria pas lorsque Lorenzo la perça. Elle ne tenta en aucune manière de se débattre, ni de se défaire de cette chose qui la fustigeait, qui la déchirait et lui faisait si horriblement mal. Les dents serrées, elle pensait : « C'est ainsi que cela doit se passer. Toutes les femmes doivent supporter cela. Je le supporterai aussi… Papa m'a dit que mon mariage ne durerait que deux ans, trois tout au plus… Il faut que je sois courageuse. Je ferai de mon mieux pour que Lorenzo ne se doute de rien… Je ne me plaindrai pas… Mais lorsqu'il sera mort, j'espère que papa me permettra d'épouser Rinaldo des Albizzi… C'est lui que j'aime… Rinaldo… »

Lorenzo laissa échapper un cri. La jouissance le faisait presque souffrir. Haletant, il s'abattit aux côtés de Ginevra et la garda un instant contre lui. Il la regarda avec adoration. Elle souriait et il pensa qu'elle avait l'air d'un ange.

XII
Adriana et Giovanni

1428-1429

Vers la fin du mois de septembre, peu avant
l'heure où le crépuscule allait succéder au jour et
apporter cette douce fraîcheur à laquelle tous les
Florentins aspirent durant les longs mois d'été, le
vieux Giovanni de Médicis était assis à l'ombre d'un
immense pin parasol dans le jardin de sa maison.
Inertes, posées sur ses genoux, ses mains tachées de
pointes rousses reposaient enfin. Il regardait avec
bienveillance une ribambelle d'enfants qui jouaient
non loin de lui, dont le plus âgé, Pierre, le fils de
Cosimo, paraissait aussi le plus sage et le plus volontaire. Il y avait là six enfants... quatre qui appartenaient à Cosimo et deux à Lorenzo. Tout cela criait,
jouait, sans se soucier du vieillard somnolent, qui de
temps à autre relevait une paupière alourdie de
fatigue.

Leone Alberti, le jeune précepteur de Pierre, débou-
cha au détour de l'allée, appela les enfants. Et brusquement, aux cris et aux rires succéda le silence.
Giovanni sursauta et regarda autour de lui, effaré. Le

quart d'heure de récréation accordé aux jeunes élèves de Leone était terminé et les enfants, rappelés à leurs devoirs, étaient rentrés dans la maison. La maison de leur grand-père Médicis avait été élue par toute la famille comme lieu d'études privilégié. Leur départ, laissant la place à une paix parfaite, remplit de satisfaction le vieux Giovanni. Non qu'il ne les aimât passionnément. Mais il avait envie de goûter quelques moments de calme. Et en vérité, il les aimait plus encore lorsqu'ils ne jouaient pas dans ses jambes.

L'âge venant, il avait de plus en plus besoin de solitude pour rêver enfin en toute quiétude et se souvenir... L'avenir ne l'enthousiasmait pas outre mesure — qui peut se sentir joyeux aux approches de la mort ? —, le présent ne l'intéressait qu'à demi, et surtout aux heures des repas. Il n'y avait que le passé qui lui donnait encore d'amères, de douces, de merveilleuses satisfactions.

La douceur du vent qui lui caressait le visage apportait avec lui tous les parfums d'autrefois. Le regard de Giovanni se posait ici et là. Les roses de septembre, odorantes et pourpres, alourdies par la chaleur, fléchissaient sous leur poids... De nouveau le vent tiède et bruissant vint soulever sa couverture, ses cheveux. Il pensait aux doux printemps d'autrefois, aux étés brûlants, aux automnes parfumés de mille senteurs. Du temps où il était jeune, du temps où la vie s'étendait devant lui.

Il prêta l'oreille, espérant y découvrir un message... Puis il secoua la tête et se gourmanda : «Quel message ?...» Il hocha la tête. La mort pouvait venir. Il avait rempli son rôle. Ses enfants

étaient riches et puissants. Ses petits-enfants seraient
considérés… Piccarda, Dieu ait son âme en sa Sainte
Garde, était morte il y avait maintenant plus d'un
an… Oui. Tout était bien. En ordre. Depuis sa dernière attaque, il était devenu à demi impotent et
refusait toute sollicitude de ses enfants, qui le voulaient au palais Bardi, ou au palais Cavalcanti.

— Laissez-moi…, disait-il. Je veux rester ici,
chez moi, dans cette maison où je suis né, dans mon
jardin que j'ai vu grandir, embellir, et regarder…

Alors il regardait les roses s'ouvrir, s'épanouir
dans une souveraine et fragile beauté, et puis, pétale
après pétale, perdre jusqu'à leur souvenir. « Ainsi va
la vie… », songeait le vieil homme en voyant tour-
billonner le pétale d'une rose éclose cinq jours auparavant. « Que reste-t-il de cette fleur ?… Rien… Qui
donc a même su qu'elle existait ? Personne. Moi
seul je l'ai vue. D'abord bouton, et puis ouverte,
merveilleuse, offerte à toutes les convoitises, exha-
lant son parfum unique et précieux, et maintenant
rien… En sera-t-il de même pour moi ?… Que restera-t-il de moi dans dix ans… dans vingt ans ?
Adriana… »

Il s'étonna de ce nom qui surgissait dans son
esprit sans qu'il s'y attendît. « Pourquoi ? » pensa-
t-il, troublé. Adriana. Elle n'était pas venue à l'en-
terrement de Piccarda, elle avait perdu son époux, le
brave Alessandro de Bardi, et tous pouvaient supposer que, l'âge venu, la belle tigresse d'autrefois
s'était enfin calmée.

Que n'avait-elle tenté pour ruiner Giovanni ! Le
vieillard eut un sourire amusé. « Elle m'a même volé

des contrats, des papiers ! pensa-t-il. Et elle voulait me faire chanter en dénonçant mon livre noir à la Seigneurie !... Cinquante mille ducats-or, rien que cela !... Pas un ducat, ma jolie garce... Pas un ! »

La porte de la grille grinça sur ses gonds et Giovanni distingua dans l'ombre croissante une silhouette féminine qui venait vers lui à pas lents, aidée par une canne. Adriana. « Cela ne meurt donc jamais ?... », pensa-t-il en portant les mains à son cœur qui s'était arrêté plusieurs secondes et qui, d'abord lentement puis de plus en plus vite, reprenait ses battements. Adriana était maintenant assez près de lui pour qu'il pût distinguer les cheveux blancs, le visage ridé, le regard fier, indomptable, et la taille mince, droite, intouchée. Et avant même qu'Adriana pût émettre un son :

— Comme tu es jolie ! dit Giovanni avec affection. L'âge ne t'abîme pas. Ce n'est pas comme moi...

Il montra ses mains déformées par les rhumatismes. Adriana haussa les épaules. Elle était vêtue de soie rouge sombre, et un fichu blanc brodé de fleurs entourait ses épaules. Elle approcha une chaise de Giovanni et s'installa. Visiblement, elle était si émue qu'elle ne pouvait proférer un mot. Un jeune chiot sautait autour d'elle, aboyant joyeusement, l'invitant à courir, à lui disputer l'os qu'il déposait à ses pieds. Elle se baissa, saisit l'os et le jeta au loin. Aussitôt le petit animal fou de joie courut le chercher...

D'une voix rogue, elle rompit le silence :

— On m'a dit que tu avais été malade. Alors je

suis venue te voir… Comment te sens-tu ?… Il paraît que tu as eu une attaque ? Tu manges trop…

Elle ajouta qu'il ne prenait pas assez soin de lui, qu'il en faisait trop. Il était temps de laisser la direction des affaires à ses fils… De toute manière, n'est-ce pas, ses fils étaient aussi fourbes que lui… Alors, que craignait-il ?

Dans un geste d'apaisement, le vieux Médicis lui tendit les mains :

— Allons, ma toute belle… si nous déposions les armes ? Je suis fatigué et si vieux maintenant…

Elle protesta, angoissée :

— Si vieux ? Quelle sottise ! À peine soixante-huit ans. Ton père a vécu jusqu'à quatre-vingt-dix ans passés. Allons, tu me feras encore enrager avec quelques donzelles !…

Il soupira :

— Ce n'est pas l'âge qui me fait mal… Mais…

Il n'osa continuer. Comment dire que la vieillesse est chose pénible à supporter ?

— Eh bien ? Achève…

— Je n'ai plus guère envie de vivre…

De nouveau l'angoisse s'empara d'Adriana. Elle connaissait, elle, le souverain dégoût de vivre qui fait souhaiter le trépas, si vivement parfois que l'on peut être tenté d'en avancer l'heure.

— Allons donc ! Que me chantes-tu là ? s'écria-t-elle d'une voix aiguë.

— La vérité…

— Tiendrais-tu ce langage à tes fils ?… Et ta femme ? pauvre chère âme… Lui aurais-tu parlé ainsi si elle était encore de ce monde ?

— Ma bonne Piccarda ? Oh non !… Elle ne m'aurait pas compris. Bien sûr que non ! Non, je t'en parle à toi… Je sais que tu penses comme moi. Ne me dis pas le contraire !

Sans répondre, Adriana lui prit la main et la porta à ses lèvres. Des larmes s'échappaient de ses yeux. Son geste fut si naturel, si spontané que Giovanni n'eut pas le temps de réagir. Le souffle coupé par l'émotion, il murmura :

— Mon Dieu ! Ma belle Adriana…

Elle rit, cherchant à calmer son émotion :

— Belle ?… Il ne me reste plus guère de beauté…

Doucement, de l'index, Giovanni dessina les rides qui griffaient le visage d'Adriana. Il s'attardait sur le front, les yeux, les joues flétries sous le poids des années.

— Belle…, murmura-t-il, si belle. Le temps s'est arrêté ici… Là, tu as pleuré… et là, tu as ri… Et de nouveau le temps a passé… (Il caressa la chevelure grisonnante.) Autrefois toute cette belle chevelure était noire et brillante. Parfois, selon le reflet de la lumière, elle prenait une teinte bleutée…

Adriana, les yeux fermés, se laissait faire. Elle frémissait sous la caresse légère des doigts déformés qui s'attardaient sur son visage. Le cœur gonflé d'amertume, de joie, d'amour aussi. « Oh, Giovanni… Giovanni…, pensait-elle, pourquoi n'avons-nous pas su ?… Que nous est-il arrivé ? »

Comme s'il avait lu dans ses pensées, Giovanni murmura :

— Nous avons les mêmes petits-enfants… Songe à cela, ma belle !… Quatre petits-enfants qui portent, dans leur sang, un peu de toi, un peu de moi… désormais réunis pour l'éternité. Comprends-tu pourquoi je voulais tant ce mariage entre mon fils et ta fille ?

Adriana se rebiffa :

— C'est moi qui ai voulu ce mariage… Toi, tu n'y songeais guère !… À moins que… (Soupçonneuse, elle le dévisagea.) Ah ! C'était encore un de tes tours ? Espèce de fourbe !

Giovanni souriait :

— Ne nous disputons pas !… Allons ! il se fait tard. Prête-moi ton bras et aide-moi à rentrer… Pourras-tu rester, ce soir ?

Il y avait de l'anxiété dans sa voix. Il aurait voulu qu'elle ne le quittât plus jamais.

— Sans doute, répondit Adriana. Il faut faire envoyer un messager chez moi.

— Ce sera fait sur l'heure.

Il était réconforté. Pour rien au monde il n'aurait voulu qu'elle sache combien il appréhendait sa mélancolique solitude…

— Je vais faire dire à la cuisine de préparer quelque chose d'un peu exceptionnel… Aujourd'hui… c'est jour de fête ! décida-t-il.

Appuyé sur le bras d'Adriana, Giovanni sentit sourdre au fond de son être une jouissance amère, douloureuse. Nul ne trouverait à redire, maintenant, qu'il restât seul avec elle, qu'il s'appuyât sur son bras, et même qu'après le dîner que l'on servirait tôt elle montât dans sa chambre bavarder avec lui… Ils étaient si vieux ! La folie n'était plus pour eux. Ils n'y avaient plus droit. Même Piccarda, si elle avait vécu, aurait pu les voir ainsi, l'un s'appuyant chastement sur l'autre, sans pour cela s'offusquer. Plus rien n'avait d'importance... Giovanni soupira. Un regret le poignait d'une étreinte douloureuse, insupportable. Désormais, il y aurait donc un monde à jamais interdit pour lui. Un monde où l'amour peut se vivre... se faire dans la folie de deux corps qui s'étreignent. Comme ses fils Cosimo et Lorenzo...

— Ils ne sont heureux ni l'un ni l'autre..., soupira-t-il à voix basse.

— Je sais, répondit Adriana.

Étonné, il la dévisagea, puis se souvint qu'il venait de parler à voix haute. Alors il eut un petit rire.

— Mais souviens-toi de ce que disait ton cher Boccace, reprit Adriana : « L'amour est un enfer dont les fols font leur paradis... »

Haletant, le souffle court, le front trempé de sueur, Giovanni s'arrêta devant les marches du perron. Il souriait :

— Ainsi, tu te souviens... et... ces vers...

C'est une douleur qui plaît
Un venin qui a bon goût
Une douce amertume
Une maladie qui délecte
Un supplice qui attire
Et une mort qui a l'apparence de la vie

Doucement Adriana continua *mezza voce* :

Amour est une passion qui aveugle les esprits
Desnoye les sens de l'homme

Qui hébète, accable et ruine la mémoire
Gastant et dissipant ce que l'on a de bien temporel
Avilissant les forces corporelles
Ennemie de la jeunesse, mort des vieillards
Mère de tous les vices
Hôtesse des cœurs vides de toute affaire
Ruine de toute pensée...

La voix monocorde d'Adriana égrenait les vers mélancoliques écrits par un homme qui avait aimé et souffert plus qu'un autre.

— Ton ami Boccace avait raison..., dit-elle doucement. J'ai perdu ma vie à te haïr et...

Désireux d'effacer toute émotion trop nostalgique et pour faire renaître un sourire sur ce visage empreint de tristesse, Giovanni dit en riant :

— Ne parle pas ainsi... Surtout pas toi ! Une fieffée coquette ! Une charmeuse... Tu te faisais les griffes sur tous ceux qui portaient culottes ! Moi entre autres ! Entre combien d'autres ? Et Brunelleschi ?...

— Oui. C'est vrai. Filippo... Je l'ai aimé, je pense. Sans doute. Il le fallait bien puisque tu m'étais interdit.

— C'est fini ?

Il l'interrogeait, jaloux encore. Inquiet.

— Oh... Comment veux-tu ? Je suis une si vieille dame maintenant.

Elle riait enfin, si coquine encore sous ses cheveux blancs, si indestructible. « Elle ferait du charme à une chaise !... Elle séduirait encore à quatre-vingts ans ! » pensa Giovanni, attendri.

— Quel âge as-tu donc ? demanda-t-il.

— Soixante-quatre ans.

Il l'observa. Ses yeux glissèrent sur le visage fané, le cou relâché, la silhouette intacte cependant et le regard de fauve qui, lui, n'avait pas pris une ride. Le regard ne vieillit jamais. Une curieuse allégresse s'empara de lui. Cette vieille dame aux mains constellées de taches séniles et cordées de veines apparentes lui appartenait.

— Crois-tu en Dieu, Adriana ?

Elle haussa les épaules devant l'incongruité de la question.

— Quelle plaisanterie...

— Ah non ?... C'est bien dommage.

— Et pourquoi cela ?

— Parce que si Dieu n'existe pas... comment ferons-nous, ma belle, pour nous retrouver après la mort ?... Il est grand temps d'y songer, Adriana, ne crois-tu pas ?

Plaisantait-il ? Adriana frémit :

— Tais-toi donc ! Je n'aime pas t'entendre parler comme cela. Allons, viens ! Il fait sombre maintenant ! et j'ai froid !

Les ombres légères du passé dansaient autour d'eux. Plus jamais ils ne seraient jeunes, gais et insouciants. Plus jamais la chance de former un couple, d'être mari et femme, unis dans un même lit à la face du monde, ne leur serait offerte. Peu importait en somme qui était responsable et pourquoi cela s'était fait. C'était. Voilà tout. Giovanni allait mourir, Adriana l'avait su dès lors que l'on était allé avertir Cosimo que son père était malade. Une attaque avait terrassé le vieux Médicis. Le médecin Elias avait tenu à parler à Adriana, et ne lui avait pas caché sa pensée :

— Cette fois, hélas, c'est fini… J'ai dit à Cosimo qu'il faudrait le préparer à la mort…

Adriana gardait présente à la mémoire cette phrase terrible… Giovanni s'était en apparence rétabli, mais la mort restait inscrite dans ses traits pâles, son dos courbé, son souffle court…

Dans le vestibule, on allumait déjà les lampes à huile. Dans le miroir qui surplombait un coffre, Adriana vit leur couple.

«Je suis vieille…, découvrit-elle avec une sorte de soulagement amer. Je ne lui survivrai pas trop longtemps. Au moins cela me sera-t-il épargné…»

Giovanni attendait les visites, devenues quotidiennes, d'Adriana avec une impatience qu'il ne cherchait plus à dissimuler. Gentiment, il acceptait les soins qu'on lui prodiguait, il voyait ses fils tour à tour, causait le jour avec ses petits-enfants, puis demandait qu'on le conduisît dans le jardin, et surtout qu'on le laissât seul. On obtempérait au désir du vieil homme. Chacun connaissait son secret, son attente, et chacun respectait cette dernière lueur qui illuminait le cœur du vieillard.

Vers la fin de l'après-midi, la grille du jardin grinçait sur ses gonds, et parfois le vent complice lui apportait le parfum d'Adriana quelques secondes avant qu'il n'entendît : «Alors? comment te sens-tu aujourd'hui?» Il lui tendait les mains et elle s'installait à ses côtés. Parfois, ils échangeaient quelques paroles insignifiantes, sur les enfants, les petits-enfants. Parfois, ils se taisaient. Un silence si pesant, si rempli de souvenirs que, lorsqu'ils se séparaient, chacun d'eux était persuadé qu'ils n'avaient cessé d'échanger leurs pensées...

Le mois de septembre céda la place à octobre, et vers le milieu du mois il fut difficile d'attendre le crépuscule. Les feuilles mortes tournoyaient dans le ciel pur, et puis s'affaissaient sur le sol. Souvent, les jardiniers ramassaient branches mortes, fleurs fanées, feuilles pourrissantes en gros tas compacts qu'ils brûlaient ensuite.

— C'est un crève-cœur, disait Giovanni, le cœur serré, en serrant la main d'Adriana. Au printemps, ces feuilles étaient vertes et douces et tendres à merveille, et les fleurs jaillissaient journellement de ces massifs... Et maintenant... Tout flétrit, et puis meurt... Pourquoi?... Ah, que la vieillesse est donc chose affreuse !

Après deux jours de pluies diluviennes, l'automne s'installa enfin. Deux jours sans Adriana ! Giovanni, inquiet, de mauvaise humeur, tournait et retournait dans sa chambre, se portait vers la fenêtre, guettait si, parmi les nuées grises et maussades, un rayon de soleil n'allait pas chasser tout ce mauvais temps. Puis le temps se remit au beau, et Adriana fit de nouveau grincer la grille. Elle avait pris froid et elle toussait, fiévreuse. L'hiver s'installa, singulièrement doux et ensoleillé. Maintenant, les deux amoureux se tenaient le plus souvent auprès de la cheminée où flambait un demi-tronc d'arbre. Une ample couverture de zibeline sur les genoux, les deux vieillards n'en finissaient pas de parler du passé et parfois de se quereller. Pour avoir le plaisir de se réconcilier. À peine si, de temps à autre, une faible chute de pluie, ou une rafale de vent venait détruire la belle ordonnance des jours.

Au cœur de l'hiver, n'ayant plus de réputation à perdre (« J'ai tout perdu ! » disait-elle, triomphante), Adriana installa son logement chez les Médicis. Personne ne trouva à redire à la volonté de la vieille dame. Piccarda était morte depuis si longtemps ! et que pouvaient faire de mal ces deux vieillards qui ne parlaient jamais que d'un passé lointain dont plus personne, à part eux, ne se souvenait ?

L'hiver s'éternisait dans un torrent de pluie et de boue. Parfois une journée plus ensoleillée, un vent plus doux. Giovanni, devenu impotent, demandait alors à Adriana de le faire transporter dans le jardin. Alors il s'enivrait des mille odeurs nouvelles et puissantes. Odeurs de terre mouillée, de bourgeons vernissés, d'herbe neuve, toutes ces senteurs venues de la terre, annonciatrices d'un lointain printemps.

— Ah ! c'est la vie qui revient ! disait alors Giovanni.

Et puis, soudain, l'hiver s'affirmait, plus brutal que jamais, et il se mettait à neiger d'abondance. Vers le milieu du mois de mars, l'état de Giovanni s'aggrava.

Un matin, plus oppressé que de coutume, Giovanni sut que son temps était désormais compté en jours, peut-être même en heures. Il fit appeler

Adriana et demanda que l'on fît chercher ses fils et ses filles.

— J'ai bien vécu…, dit-il en étreignant les mains d'Adriana.

— Je sais, répondit-elle à voix basse.

— Il est vraiment regrettable que nous soyons passés l'un à côté de l'autre sans pouvoir un jour vivre ensemble comme mari et femme. C'est mon éternel regret…

Des larmes coulaient sur les joues de la vieille dame :

— Le mien aussi.

— Oui. Oui… Je croyais qu'à mon âge… on en avait fini avec cette souffrance-là… Mais c'est faux…

Sa voix se brisait entre les mots. Et il avait tant de choses à dire encore.

— On n'en finit jamais…

— Ne m'oublie pas, Adriana… Quand… je ne serai plus là, il n'y aura plus que toi pour se souvenir du garnement que j'étais à vingt ans… Piccarda est morte. C'était une… bien brave femme… Pourtant, ma belle Adriana… Je n'ai jamais… Aucune autre… femme… depuis toi. Aucune…

Adriana ne répondit pas. Elle porta les mains de Giovanni à ses lèvres avec une ferveur amoureuse qui les ramenait l'un et l'autre cinquante ans en arrière… Effarés, ils se demandèrent où était passée leur jeunesse, dans quel abîme mystérieux pouvait sombrer d'une si irrémédiable manière plus d'un demi-siècle d'existence.

L'agonie de Giovanni dura toute la journée. Main-

tenant, toute la famille était là, dans la chambre, rassemblée pour cette veillée funèbre.

Les cloches de Florence sonnèrent cinq coups, et
il n'y eut plus de soleil… Giovanni respirait de plus
en plus vite, de plus en plus fort. Ses mains agrip-
paient celles d'Adriana. « C'est la fin…, songea
Adriana. Enfin il va cesser de souffrir ! » Elle ne
quittait pas des yeux le visage soudain plombé de
Giovanni.

— Regarde-moi ! cria-t-elle.

Péniblement, il souleva ses paupières et la fixa. Il
esquissa un léger sourire.

— Je… ne… t'échapperai plus… ma belle
Adriana…, murmura-t-il dans un souffle…

Les mains du vieil homme desserrèrent leur étreinte
et reposèrent inertes dans celles d'Adriana. Elle
avait froid, mais elle ne bougeait pas. « Bientôt ce
sera mon tour. Enfin ! pensa-t-elle. Cette vie, finalement, quel intérêt ? »

Giovanni fut enterré auprès de Piccarda. Ses funé-
railles furent grandioses. Toute la ville de Florence
avait pris le deuil. Six pages portèrent le cercueil
découvert jusque vers l'église San Lorenzo qu'af-
fectionnait particulièrement Giovanni. À la grande
stupéfaction des amis de la famille, on vit dans le
cortège qui suivait à pas lents, outre officiers publics,
ambassadeurs étrangers, des représentants du parti
des nobles, Rinaldo des Albizzi en tête, portant une
bannière sur laquelle était inscrit : « À un ennemi
respecté de tous. Nous luttions contre lui, mais nous

l'admirions. » Groupés de part et d'autre du trajet, les Florentins ôtaient leur chapeau au passage du cortège et les femmes pleuraient. « Jamais il ne rechercha les honneurs, dit le prêtre sur sa tombe ouverte. Et pourtant il les reçut tous… Occupant de hautes charges, il se montrait courtois envers chacun. C'était un homme bon, sincère… Et mieux que tout cela, c'était un honnête homme. »

Cosimo pleurait sans fausse honte en écoutant l'éloge funèbre de son père. La tâche serait lourde pour succéder à un homme ayant pu gagner la confiance du peuple florentin. Comment ferait-il sans la sagesse tutélaire de Giovanni pour tenir tête au parti des nobles ? Saurait-il donner à la république de Florence tout ce que Giovanni avait donné ?

« L'art ! disait autrefois Giovanni avec exaltation. L'art ! Voilà ce qu'il faut aux Florentins pour leur faire oublier la guerre et les querelles de voisinage… Lorsqu'ils brûlent de passion pour une architecture nouvelle, une statue ou des fresques sublimes, la politique devient le cadet de leurs soucis ! Souviens-toi de cela, mon fils… Donne aux Florentins ce dont ils ont le plus besoin… de l'art… Sous toutes ses formes, dans toutes ses expressions, et ils seront heureux… »

La pierre tombale couvrit le cercueil. Pierre provisoire et banale, sur laquelle était inscrit : « Ci-gisent Giovanni et Piccarda de Médicis. »

« Ainsi meurt le fondateur d'une famille, songeait Contessina. Que reste-t-il de lui ? Des fils, des filles, des petits-enfants… Et après ? Quelle importance tout cela, puisque de toute manière nous allons tous finir ainsi ?... Quelle importance...»

Soudain une petite toux sèche la fit sursauter.

Adriana était là, les yeux fixes, si vieille soudain...

— Tu vois, chuchota-t-elle, le regard haineux. Elle me l'a encore repris ! Et maintenant c'est pour l'éternité !...

DEUXIÈME PARTIE

I

Quarante ans

Après la mort de Giovanni de Médicis, Cosimo, avec l'accord absolu de Lorenzo, de Catherina et de Bianca, fut déclaré chef de famille. Son frère et ses sœurs savaient que rien n'interviendrait jamais entre lui et eux qui pût ternir leur mutuelle affection et leur confiance réciproque.

Quelques jours après la lecture du testament, Cosimo constata avec satisfaction que son père avait admirablement géré ses biens. Il lui sut gré d'avoir suivi ses conseils souvent audacieux. Maintenant, le clan des Médicis se trouvait à la tête d'une fortune encore plus considérable que Cosimo n'eût osé l'espérer. Une entreprise de construction de bateaux (et par conséquent une entreprise indépendante de transport maritime), une part des mines d'alun parmi les plus importantes de Ferrare, et des exploitations agricoles, vinicoles, de bois, des fonderies, des flottilles de pêche… Mais encore et surtout, les banques. Les banques de Florence, de Rome, de Venise, de Milan, de Pise, qui gardaient dans leurs coffres toute la fortune de l'Italie du Nord, du sud de la France et d'une grande partie de l'Allemagne.

La puissance des banques permettait aux Médicis le contrôle absolu des destinées financières de Florence. Cosimo avait souvent vu en imagination le moment où il serait l'homme le plus riche de Florence, donc le plus puissant... Et ce moment était là. Son frère et ses sœurs lui laissaient les mains libres pour gérer tous les biens de la famille. Cosimo eut ainsi le pouvoir sur toutes les négociations. Il connut quelques semaines d'exaltation grisante. Il n'avait pas quarante ans et se trouvait être l'homme le plus riche de Florence et sans doute le plus puissant. Maintenant, rien ne s'opposait à ce qu'il pût jouer un rôle politique plus important encore.

Interrompues par les morts successives de Giovanni et d'Adriana, les affaires reprirent de plus belle et les menées contre Cosimo firent de même. C'est peu dire qu'il était menacé par les nobles. Cosimo vivait en état de sursis permanent.

Depuis peu il avait à faire face à très forte partie au sein même du gouvernement de Florence. Le clan des Albizzi, dirigé par Rinaldo, se posait ouvertement en rival du clan de Cosimo. Rinaldo, au cours de l'été 1429, alors que la famille de Médicis était encore en grand deuil, créa la magistrature des huit « Conservateurs des lois » chargés de veiller à ce que les lois florentines fussent strictement observées par l'ensemble des citoyens. La loi dite des « Scandaleux », frappant d'exil et de confiscation de tous les biens, fut mise en exergue. Rinaldo des Albizzi fut particulièrement vigilant à ce sujet. Cette loi frappait tous ceux qui, d'une manière ou d'une autre, « tentaient d'outrepasser leurs droits en faisant construire un palais hors norme ou en affichant de trop grandes dépenses ».

Mais Cosimo ne prenait pas trop au sérieux les invectives de Rinaldo qu'il traitait volontiers de bellâtre, et si parfois quelques amis le mettaient en garde, il répondait par une boutade et reprenait aussitôt ses affaires. Cependant le mécontentement des citoyens florentins était général. La reprise de la guerre contre Milan, quelques années plus tôt, avait porté un coup terrible à l'essor économique de la République, et pour Cosimo cette crise était plus importante que les menaces de son ennemi personnel, Rinaldo des Albizzi.

Le jour de son quarantième anniversaire, Cosimo fut officiellement couronné chef de famille ; on célébrait aussi la fin du deuil, et une grande fête fut organisée. C'était la première réunion familiale depuis plus de deux ans : Cosimo, Contessina, Lorenzo et Ginevra, Catherina et Gianfresco, Bianca et Rinaldo. Les quatre frères et sœurs, conjoints et progéniture au grand complet. Un peu à l'écart, les enfants. Pierre, le fils aîné de Cosimo, maigre et déformé par de précoces rhumatismes, venait tout juste d'avoir quinze ans. C'était un adolescent au caractère charmant, soumis à son frère puîné Filippo, qui, lui, était vif et turbulent. Giovanni, âgé de dix ans à peine, troisième fils de Contessina et de Cosimo, observait avec acuité le manège des invités qui se succédaient à une cadence effrénée. Il tenait la main de chacune des jumelles, Nannina et Giuletta, âgées de cinq ans.

Contessina, en ce jour glorieux de mai 1430, offrait l'aspect d'une jeune femme enceinte et comblée. Lorsque ses yeux se posaient sur ses cinq enfants, ils s'embuaient de douceur. Mais les observateurs avisés pouvaient surprendre le regard venimeux qu'elle dirigeait vers une jeune femme de condition modeste qui arborait une grossesse de huit mois. Ce qui n'empêchait pas Contessina de s'affairer auprès de ses invités, ordonnant une danse, offrant une collation.

Lorenzo, toujours fébrile, toujours souffrant, n'avait que deux enfants : Francesco, né en 1426, enfant fragile de quatre ans, et Pierofrancesco, un bébé de huit mois qui, lui, paraissait bâti pour vivre cent ans. Ils étaient présents à cette fête de famille. Cosimo l'avait exigé. Au sommet de sa popularité, il voulait montrer à toute la ville de Florence combien sa famille était puissante, prolifique, invulnérable... Son regard s'attardait parfois sur son frère et sa belle-sœur, comme un reproche.

Lorenzo et Ginevra ne s'entendaient pas et cela se voyait. Le jeune couple ne cessait de se quereller, même en public. L'amour avait détruit Lorenzo. Toutes les possibilités, tous les dons du jeune homme s'étaient dilués dans cet amour délétère qui le soumettait aux caprices de Ginevra. Pour Cosimo, c'était pitié que de le voir suivre Ginevra comme son ombre.

Ils vivaient dans le vieux et élégant palais Cavalcanti. Contre le gré de Lorenzo. Mais, lorsqu'il émettait quelque remarque acide, Ginevra répliquait :

— Mais enfin, mon ami, me vois-tu vivant dans

cette maison Médicis ? À peine digne d'un artisan…
Moi, une Cavalcanti !

Jamais elle ne disait : « Moi, une Médicis. »

— Certes, c'est la maison de ton père…, disait-
elle encore. Je n'y puis rien… Mais, moi aussi, je
veux vivre dans la maison de mon père… et tu
admettras que c'est une tout autre demeure !

Alors Lorenzo cédait. Il cédait toujours pour avoir
le droit de prendre Ginevra dans ses bras. Il cédait
pour avoir celui de l'embrasser. Il cédait parce qu'il
l'aimait comme un fou et qu'il était prêt à y laisser
son âme.

Ginevra n'était pas méchante. Elle était, comme
l'avait fort bien jugée Cosimo, sotte et coquette. Or
il n'y a pas femme plus pernicieuse pour un homme
faible qu'une sotte coquette, toujours préoccupée
d'atours et de bijoux, insoucieuse des autres et de ce
qu'ils peuvent éprouver.

Ginevra méprisait toute sa belle-famille parce que
les Médicis n'étaient pas « nés ». Elle entendait par
là qu'ils n'étaient pas des aristocrates. Cependant
elle recherchait la compagnie de Contessina parce
qu'elle était « née » et jugeait la hauteur de cette
naissance plus proche de la sienne. Parfois elle
s'adoucissait. Elle était heureuse pour une raison
secrète : une rencontre avec son cousin Rinaldo, une
robe neuve parfaitement brodée, ou bien des cadeaux
superbes apportés de Rome ou de Venise et offerts à
sa convoitise. Alors elle souriait, ouvrait ses bras, et
Lorenzo connaissait quelques nuits de bonheur parfait… Malheureusement, cela ne durait pas. Un bal,
un carnaval, quelques jouvenceaux trop empressés,

et de nouveau Lorenzo sombrait dans une mélancolie dont on pensait alors qu'il ne se relèverait jamais… Sa jalousie l'enfiévrait comme une mauvaise maladie. Il toussait beaucoup, maigrissait, et sa belle-famille attendait cette mort prochaine qui laisserait un bel héritage à Ginevra, donc à elle-même… Lorenzo savait cela, le sentait et, furieux, faisait des scènes, injustes parfois, méritées souvent.

La fête maintenant battait son plein. Les plats se succédaient, tous plus alléchants les uns que les autres. Rôtis, volailles, poissons, huîtres, une folie de victuailles, de douceurs, de vins fins… Tout était offert à profusion. Mais deux jeunes femmes assises côte à côte offraient un visage mélancolique. Les deux sœurs de Cosimo, Catherina et Bianca, s'étaient laissé marier sans oser protester. Puisque leurs parents et leur frère Cosimo souhaitaient ces mariages, c'est qu'ils étaient bons pour elles. Mais ni Catherina ni Bianca n'étaient heureuses. Elles n'aimaient pas leur époux et se confiaient souvent leurs blessures secrètes et quotidiennes. Elles allaient prochainement accoucher et, en ce jour de fête, qui rassemblait dans la grande salle des Cinq Cents du palais de la Seigneurie une foule aussi élégante que nombreuse, elles se demandaient ce qu'elles faisaient là, dans cette ville, dans cette vie.

De nombreux invités venaient rendre visite à Cosimo, apportant des présents, des souhaits… participaient au banquet, à la danse. Nul ne paraissait se soucier des deux jeunes femmes tristes et silencieuses, assises à l'écart.

Contessina se laissait embrasser par quelques jeunes femmes plus aimablement cruelles que d'autres, qui demandaient en désignant du menton :

— L'inconnue enceinte, est-ce là cette cousine pauvre que votre Cosimo a ramenée de Rome ? Pauvre enfant... Mais quel âge a-t-elle donc ?

— Seize ans, aboyait Contessina sans se donner la peine d'être polie.

— Et l'enfant qu'elle attend... sais-tu au moins... qui est le père ?

Comme si cela ne sautait pas aux yeux ! Comme si c'était la première fois que Cosimo faisait un bâtard à une fille de passage ! Mais de là à la faire vivre sous le toit conjugal, dans « sa » maison...

— On ne sait pas, répondait-elle d'une voix sifflante.

— Oh ! Comme c'est triste... Si jeune et déjà pécheresse... Comme il est aimable à vous et combien charitable de recueillir cette...

— Il s'agit d'une parente, Signora, interrompait Contessina avec hauteur. Il serait malséant d'en médire devant moi...

Le cercle autour d'elle se rétrécissait. Une assemblée de masques, tantôt jeunes, tantôt vieux, haineux et moqueurs... Était-ce là des amies ? Cette scène s'étant répétée à plusieurs reprises, Contessina s'approcha de Cosimo qui discutait avec quelques personnes, et lui saisit le bras :

— Pardonnez-moi, gentes dames et beaux damoiseaux, si je requiers la présence de mon époux, quelques instants…

Et sans laisser à Cosimo le temps de s'excuser, elle l'entraîna à l'écart :

— Renvoie ta maîtresse de cette salle, sinon c'est moi qui partirai. Il est déjà insensé que nous l'hébergions ici, mais me livrer aux moqueries de nos amis, c'est plus que je n'en puis supporter.

Décontenancé, Cosimo murmura :

— Voyons, ma chère… Mais personne ne peut un instant supposer…

— Allons donc !… C'est trop se moquer du monde. Il n'est pas un Florentin qui ne sache que tu as engrossé la fille de l'un de tes employés ; que ses parents l'ont chassée de leur demeure et que tu l'as recueillie ici pour qu'elle ne soit pas jetée en prison.

Cosimo regarda attentivement Contessina, rouge de colère :

— Est-ce cela que tu aurais souhaité que j'accepte ?

Contessina, si elle avait écouté son premier mouvement, eût hurlé « Oui ! », mais elle se domina et baissa la tête.

Cosimo, au retour d'un de ces voyages périodiques et prolongés à Rome, où il surveillait les comptes d'une des succursales de la banque Médicis, avait eu, comme il en avait pris désormais l'habitude, une aventure avec une de ces jeunes femmes qui, sous prétexte de liberté, envoient « leur bonnet par-dessus les moulins ». Cette fois-là, malgré sa prudence coutumière et ce soin qu'il prenait de ne jamais s'adresser à une vierge, il se laissa duper par la faconde de la jolie Maria Romola. À sa grande surprise, Cosimo, après l'avoir prise, s'aperçut que la jeune fille était vierge. Mais il était trop tard pour revenir en arrière et deux mois plus tard, alors qu'il s'apprêtait à quitter Rome sans penser davantage à cette aventure pour lui épisodique, il apprit que Maria était enceinte et que ses parents l'avaient chassée de leur demeure. Convaincu que Contessina comprendrait, se sachant coupable malgré tout et en tout cas incapable de laisser dans les rues cette enfant de quinze ans dont le seul crime avait été celui d'être jeune, jolie et folle de son corps, Cosimo décida de l'emmener à Florence. Après tout, l'enfant était de lui.

Contessina avait pardonné, la rage au cœur, et peu soucieuse de scandale. Lorsqu'elle vit grossir le ventre de la jeune femme, une jalousie folle s'empara d'elle et elle s'éveillait parfois la nuit avec des envies de meurtre. Elle en voulait terriblement à Cosimo de l'avoir forcée à vivre une situation inacceptable. Cependant, victime de son premier mouvement généreux, elle était obligée d'aller maintenant jusqu'au bout de l'épreuve. Les semaines qui suivirent le retour de son époux, elle se refusa à Cosimo qui, devant ce corps fermé, menaça d'aller rejoindre une esclave. Alors elle céda. Son ressentiment grandissait, et parfois elle se demandait si elle aimait encore Cosimo. Était-ce cela, désormais, sa vie ?

En ce jour de fête, qui glorifiait cet infâme fornicateur, ce coureur de jupons, Contessina ne pouvait plus feindre… La jalousie la rongeait, la déchirait, lui plantait mille pointes acérées dans le cœur. Elle eut des nausées et blêmit, portant soudain la main à sa bouche, ne songeant plus qu'à contrôler cette inopportune nausée. Son malaise se dissipa, et sans doute Cosimo comprit-il qu'il devait céder à la requête de son épouse, car sans se dérober davantage il se dirigea vers Maria et lui dit aussi doucement que possible :

— Ma petite fille. Il vaudrait mieux que tu rejoignes ta chambre… ton état ne permet pas que tu t'exposes. Trop de fatigue pourrait te nuire et nuire à l'enfant. Tu es pâle et sans doute fatiguée…

Maria Romola leva les yeux vers Cosimo et soupira, soulagée :

— Oh! Messer… puis-je vraiment me retirer sans vous offenser?

Touché, Cosimo lui caressa doucement les cheveux :

— Va, mon enfant… va… Tout ira bien pour toi.

Cette caresse innocente, commandée par la pitié et le remords, fut remarquée par un petit nombre de personnes qui s'empressèrent de jaser, et de bouche en bouche, enflée, grossie, transformée en l'espace de quelques minutes en un acte d'amour qui fut rapporté à Contessina : Cosimo avait baisé sur la bouche sa maîtresse avant que celle-ci ne se retirât! Avait-il perdu toute vergogne?

Rouge de honte, Contessina défendit son époux et assista aux cérémonies qui s'achevaient dans l'état d'esprit d'une panthère à qui l'on aurait volé ses petits. Deux heures plus tard alors qu'ils étaient enfin seuls dans leur chambre, Contessina se laissa aller à sa rancœur :

— Que vous osiez embrasser votre maîtresse sous mon toit… dans « ma » demeure, voilà qui passe les bornes, monsieur…

Cosimo tressaillit. Il se savait innocent, il en voulut à son épouse de le croire coupable. Et il ne lui échappa point que, pour la première fois en quinze ans de mariage, Contessina avait fait comprendre que le palais Bardi était « sa » maison… Cela lui fut douloureux. Il n'admettait pas cette scène qu'il trouvait parfaitement injuste, et souffrait cruellement de ne pouvoir dire : « C'est ma maison, madame ! Ne l'oubliez pas ! » Quoi qu'il pût faire en cet instant, le palais Bardi était la demeure de Contessina…

— Puisqu'il semble que vous préfériez prêter l'oreille à tout ce qui traîne de malpropre dans Florence, je ne vois pas en effet ce que je fais sous « votre » toit…, dit-il sèchement. Ma chère, je vous baise les mains. Lorsque vous aurez repris vos esprits, il vous sera loisible de venir me chercher chez moi… au palais Médicis. Là, au moins, je n'aurai point à subir vos reproches !

Contessina, que la colère ne lâchait pas, ricana, amère :

— Vous chercher ? Chez vous ?… Jamais ! Et pourquoi, Grand Dieu ? Pour que vous me cornufiiez encore ? Il ne vous suffit pas d'engrosser toutes nos esclaves, maintenant vous vous attaquez aux filles de vos gens ? Et qui plus est, vous me les imposez…

Stupéfait, sincèrement surpris par cette attaque qu'il estimait saugrenue, Cosimo se défendit :

— Je pensais que vous aviez pardonné... C'était un accident, et cet enfant ne sera pas mon premier bâtard ! Vraiment, je croyais que vous compreniez...

— Comprendre quoi ?... Et pourquoi comprendrais-je ? Si j'avais agi de la sorte... que je vous impose mon amant... un enfant qui ne soit pas de vous ?... Parce que je pourrais, moi aussi ! Et qui vous dit que je n'ai personne d'autre que vous dans mon lit, hein ? Que pensez-vous de cela ?

Avant qu'elle ait pu achever, Cosimo fut sur elle et lui tordit les poignets :

— Tu as un amant ?

Malgré lui, il retrouvait le tutoiement familier. Il était blême, en sueur.

— Qui est-ce ? aboya-t-il.

Contessina tenta de se dégager :

— Cela, mon cher, ne vous regarde plus !

Elle inventait, ivre de rage. « Quand bien même !... hein ? Quand bien même j'aurais un amant !... Quelle importance pour vous ?... Vous soucierez-vous davantage de moi ?... Je peux aimer ailleurs, moi aussi ! Et pourquoi pas, hein ?

— Catin !

Elle frémit sous l'insulte et se cabra :

— Vous êtes ignoble... De quel mot dois-je vous flageller, vous qui me cornufiez sans arrêt ? Allons ? Dites ? Quel mot ?

Mais il ne l'entendait plus. Contessina et un autre homme ! L'intolérable vision dansait dans sa tête. « Qui est-ce ? » Il la secouait avec une telle violence

qu'elle ne pouvait répondre. Ses dents s'entrechoquaient et soudain elle eut peur. Cosimo était comme
un fou, inaccessible au raisonnement. Elle s'en voulut d'avoir jeté le doute dans son esprit, mais il lui
était impossible désormais de revenir en arrière.

Enfin, elle parvint à se dégager, lui jeta un regard
fauve et prompt, et d'une voix hachée par la colère
et l'émotion, elle jeta :

— Sortez, monsieur... sortez ! De ma vie je ne
vous pardonnerai !

Mais lui n'entendait rien. La jalousie la plus folle,
la plus meurtrière s'était emparée de lui et ne le laissait plus en paix. Lui, l'homme raisonnable, n'entendait plus raison, lui, l'homme maître de soi, laissait
le débordement de la fureur l'entraîner vers des
abîmes dont il ne pouvait plus se relever. Contessina
le trompait ! Cela était désormais certain, puisqu'elle
lui tenait tête, puisqu'elle ne se jetait pas à ses pieds
en larmes, suppliante, demandant son pardon ! Cette
harpie qui lui faisait face ne lui appartenait plus, elle
appartenait à un autre !

Fou de douleur, comme pour exorciser son mal,
il leva la main et gifla cette femme qui le narguait,
cette femme qui avait pu se souiller, cette femme
pour qui il eût vendu son âme... Il gifla encore et
encore... Chaque coup le soulageait comme une
mauvaise ivresse. Elle se défendait, rendait coup pour
coup, frénétique, haineuse, et puis soudain, s'échappant de la poigne de Cosimo, elle saisit un vase de
terre et le leva, menaçante.

Cosimo recula :

— Tu me tuerais ?

— Sans l'ombre d'une hésitation…, fulmina-t-elle.

Pourtant, bizarrement, elle se sentait soulagée. Cette scène avait été nécessaire… Pour un peu, elle eût tendu la main pour une réconciliation prompte et franche. Une ombre de sourire se dessinait sur ses lèvres… Déjà elle reposait le vase de terre.

Toute violence s'était retirée entre les deux époux. Il y eut un silence. Contessina espéra que Cosimo ferait amende honorable. Elle était toute prête à pardonner. Mais au moment même où elle allait prononcer des paroles de paix, horrifiée, elle entendit Cosimo proférer d'une voix sourde :

— Eh bien, adieu, madame. Puisqu'il paraît que je vous fais horreur, je retourne dans « ma » maison. Celle de mon père… que sans doute je n'aurais jamais dû quitter.

Ce n'est que lorsque la porte se referma sur Cosimo que Contessina comprit qu'il allait désormais vivre dans la maison des Médicis, qu'il allait la quitter et qu'elle ne le reverrait plus jamais. Alors, sanglotante, elle se jeta sur son lit. Tout était fini pour elle puisque Cosimo ne l'aimait plus.

II
La révolte des nobles

1430-1431

Rinaldo des Albizzi trouvait le temps long, qui ne lui permettait pas de prendre encore le pouvoir. Mais il trouvait le temps encore plus long, qui lui interdisait de voir Ginevra de Médicis. Il ne se leurrait pas quant à la puissance de Cosimo. Il savait qu'il avait en face de lui un homme beaucoup plus coriace, cynique et puissant que ne l'avait été Giovanni de Médicis.

— Il aurait fallu chasser les Médicis quand Giovanni était encore chef de famille…, disait-il au cours des conseils qui réunissaient le parti des nobles. Maintenant, il nous sera plus difficile de nous débarrasser d'eux…

Son oncle, le vieux Niccolo d'Uzzano, tentait de calmer le bouillant jeune homme :

— Florence est en paix… C'en est fini de la guerre civile. Nos ennemis extérieurs nous craignent… La France et l'Angleterre, qui continuent à s'entre-déchirer depuis des décennies, nous respectent et sont nos meilleurs clients… Ne vaut-il pas mieux pour nos affaires maintenir la paix que, il faut bien le reconnaître, nous devons au clan des Médicis ? Voyons, mon neveu, laissons là ces vieilles querelles ! Par ses alliances, la famille Médicis s'est rapprochée de nous... Et puis surtout, n'oublions pas l'essentiel.

— Qui est ?

— Cosimo est extrêmement populaire. Plus que son père si cela est possible... De plus, n'oublie pas que Ginevra est notre cousine et qu'elle est l'épouse d'un Médicis. Nous porter contre la famille de son époux pourrait nous nuire...

— Je ne l'oublie pas, disait Rinaldo. J'ai laissé faire ce mariage qui ne devait durer tout au plus que deux ou trois ans... Tous me disaient que Lorenzo devait mourir d'un mal de poitrine. Cela fait six ans maintenant qu'il couche avec Ginevra tous les soirs que Dieu fait. Il l'a engrossée pour la troisième fois !... Et il est toujours vivant...

Dans le regard de Rinaldo on voyait nettement que si cela n'avait tenu qu'à lui, le sort de Lorenzo eût été réglé beaucoup plus rapidement. Cela lui était un crève-cœur que d'apercevoir Ginevra grosse de l'ennemi détesté.

Alors Niccolo d'Uzzano tentait de le calmer, de lui faire admettre que la sagesse, la prudence recommandaient que l'on s'en tînt au statu quo.

— Dans une épreuve de force, les gagnants seraient les Médicis, disait-il d'une voix basse. N'oublie jamais cela, monsieur mon neveu. Si tu te portais contre Cosimo ou Lorenzo, ou que l'un d'eux fût assassiné par l'un de tes sbires, toute la ville de Florence se lèverait contre toi et contre nous ! Pèse bien tes dires, mon garçon, et ménage tes forces. La ville aurait tôt fait de choisir son camp. Et ce ne serait pas le nôtre ! Elle voit en nous des tyrans, des despotes, et Florence n'aime pas cela.

Rinaldo des Albizzi ne répliquait pas. De se savoir deviné par son oncle le soulageait presque de sa rage. Il quitta la salle du Conseil en proférant la même phrase menaçante :

— Que Dieu garde notre cité d'un usurpateur.

Car pour Rinaldo, qui ne démordait pas de cette idée, Cosimo de Médicis, élu par les *popolani**, était un usurpateur.

Cependant, Rinaldo des Albizzi apprit, dans les premières semaines de l'année 1431, une nouvelle qui lui redonna quelque espoir : Cosimo allait enfin aider le clan des nobles dans ses projets, et peut-être même favoriser sa conquête du pouvoir. Il souffrait du comportement de Contessina, qui gardait fermée la porte de sa chambre bien qu'il eût réintégré le palais Bardi moins d'une semaine après l'avoir quitté avec fracas. Toute la famille était intervenue, le blâmant, lui. Mais, malgré ses offres de paix, Contessina ne désarmait pas. La naissance du bâtard de son époux, que celui-ci reconnut, lui fut intolérable et elle passa de longs mois dans la villa de Carreggi que Lorenzo avait mise à sa disposition.

Puis elle revint à Florence et accepta de reprendre la vie commune avec Cosimo, pour « sauver les apparences ». Les rapports entre les époux furent dès

* Bourgeois.

lors courtois mais assez froids. Chacun d'eux restait sur le qui-vive et attendait que l'autre fît les premiers pas et demandât son pardon. Une année s'écoula ainsi, lorsque Cosimo prit une décision qui allait à coup sûr lui être fatale. Avec ce peu de logique qu'ont parfois les hommes les plus fins et les plus intelligents, il pensa qu'une nouvelle maison — la construction toujours différée d'un palais digne des Médicis — allait ramener Contessina à de meilleurs sentiments et la livrer corps et âme à son mari. Convaincu que tous leurs dissentiments n'avaient pas d'autre cause, Cosimo se mit en tête de faire vite. Vite et bien. Mieux même. Vite et somptueux.

Il voulut faire de ce palais un modèle, une merveille d'architecture, destinée à surpasser tout ce que Florence avait connu jusqu'alors. Et choisir l'architecte parmi les meilleurs. Cosimo songea d'abord à Brunelleschi, mais la Coupole n'étant pas encore terminée, Cosimo craignit de le surcharger de travail. Il fit alors appeler un jeune élève de Brunelleschi, Michelozzo, qui, ravi de la chance qui lui était ainsi offerte, lui soumit un projet qui le remplit de joie. Aussitôt, Cosimo fit mander le sculpteur Donatello pour décorer de statues la cour de ce futur palais... qui maintenant prenait forme. Au cours des deux années qui suivirent, Cosimo fut si préoccupé par l'édification de la demeure de ses rêves qu'il ne prêta que peu d'attention à ce qui se passait autour de lui. Il partait dès l'aube sur le chantier, dont l'emplacement avait été choisi après mûres réflexions. Finalement, on avait opté pour la partie la plus spacieuse de la Via Larga.

Comme chaque fois que l'on construisait, restaurait ou embellissait, Cosimo était passionné. Ses journées se passaient à l'étude des plans, au choix des sculptures, des tableaux, aux longues discussions avec les hommes de l'art. Donatello ne le quittait plus, Michelozzo dormait au palais Bardi et il n'était plus question, à Florence, que de cette merveille d'entre les merveilles que Cosimo faisait construire.

Un matin de mai 1432, Cosimo apprit la mort subite du chef du clan des nobles, Niccolo d'Uzzano. Alors seulement il eut quelques inquiétudes. Dès que le messager lui porta la nouvelle, Cosimo se précipita chez son frère Lorenzo. Il ne l'avait pas vu depuis plusieurs semaines. Le palais Cavalcanti était déjà au fait de la nouvelle et il y régnait un grand remue-ménage. Introduit chez Lorenzo que l'on disait souffrant, Cosimo le trouva au lit.

— Eh bien ? dit-il, surpris. Es-tu de nouveau malade ? Pourtant, je pensais que ton séjour aux eaux d'Abamo t'avait rétabli.

Il considéra les pommettes rouges, le visage amaigri, les yeux cernés de Lorenzo, et il sentit l'anxiété lui broyer le cœur.

— Pourquoi rester ici ? dit-il doucement. Pourquoi ne pas aller à Venise ? L'air de la mer te ferait du bien...

Lorenzo eut un faible sourire :

— Ah, Cosimo ! tu ne changeras jamais... Heureusement d'ailleurs. Tu entres chez moi, et sans même me souhaiter le bonjour voilà que tu me conseilles d'aller voir ailleurs... Merci tout de même de l'intérêt que tu me portes. Mais je présume que si tu viens de si grand matin, c'est que tu connais la nouvelle ?

— Oui. Quand est-ce arrivé ?

— Cette nuit. On est venu avertir mon beau-père à minuit passé.

— Sais-tu de quoi il est mort ?

— Une attaque. Le cœur a lâché, paraît-il. On ne m'a guère tenu au courant…

— Je m'en doute… A-t-on parlé de… nous ?

— Je n'ai entendu rien de désobligeant, mais je pense que cela ne saurait tarder. Rinaldo des Albizzi va vouloir prendre sa revanche sur les *ciompi**.

— Crois-tu ?… Il y a si longtemps.

— Cosimo ! tu m'étonnes !… Rinaldo, que ma belle-famille me met sous le nez chaque fois que cela est possible, ne rêve que de venger ses ancêtres… et me prendre Ginevra…

Ces derniers mots furent dits avec un accent déchirant. Cosimo le dévisagea longuement. De nouveau il eut une sensation de malaise, comme la certitude d'un malheur imminent :

— Il ne faut pas rester ici, Lorenzo ! Il y va de ta vie.

— Voyons ! Cosimo… Un simple refroidissement ! Demain je me porterai comme un charme.

— Je ne pensais pas à ta fluxion…, dit Cosimo gravement. Dans cette demeure tu vis chez nos plus

---

* L'émeute des *ciompi* (ouvriers de la laine) brisa la puissance des nobles et détruisit l'oligarchie des Guelfes. Les Médicis étaient du côté des *ciompi*.

féroces ennemis. Niccolo d'Uzzano mort, personne ne pourra retenir le bras de Rinaldo… Il pourrait te tuer… pour plusieurs raisons ! Ne lui as-tu pas pris Ginevra ? Et puis les nobles ne rêvent que d'une chose : se débarrasser de nous. De n'importe quelle manière. Ils savent qu'ils nous trouveront toujours entre eux et le peuple pour protéger celui-ci… S'ils nous éliminent du pouvoir, ils seront terribles pour les plus pauvres des Florentins…

Lorenzo sourit. Son regard fiévreux s'anima :

— Comme j'aime t'entendre parler ainsi ! Si souvent tu ne parles que d'argent, de profits, de puissance. J'avais parfois l'impression que tu oubliais l'essentiel de nos rêves d'enfants.

— Je n'ai rien oublié. Je me donne les moyens de réaliser nos rêves, voilà tout. Ce n'est pas avec de l'air du temps que l'on peut payer un hôpital, tout au plus peut-on enterrer quelques miséreux de plus…

Le regard de Lorenzo se voila. Puis, doucement :

— Moi, ce sont mes rêves que j'ai enterrés avec l'air du temps. Je n'ai plus d'espoir, Cosimo. Plus d'espoir ! N'est-ce pas terrible à mon âge ?

Irrité, Cosimo s'écria :

— Mais de quoi parles-tu ?… N'es-tu pas heureux ? Tu peux consacrer une fortune à tes œuvres de charité… N'était-ce pas là le but de ta vie ? Sauver les hommes de la misère et les rendre meilleurs… Ton idée fixe !… Je sais que tu as donné une somme énorme à Brunelleschi pour la restauration de San Lorenzo, ton église favorite… Pouvoir réaliser tes rêves d'enfant… Cela ne te rend-il pas heureux ?

Lorenzo soupira :

— Heureux ?… Cela veut dire quoi exactement ? Suis-je heureux de vivre ?… Peut-être l'étais-je autrefois… Mais il y a si longtemps que je dois avoir oublié.

Ginevra. Son tourment, son éternelle et inguérissable blessure.

Parviendrait-il un jour à oublier ? Oh ! si seulement il pouvait cesser d'aimer ! L'amer poison de l'amour coulait goutte à goutte dans son sang. Son goût de fiel lui emplissait la bouche, comme parfois des relents de bile peuvent donner la nausée. Qui le délivrerait jamais de Ginevra ? de son corps souple, de sa voix rieuse… de Ginevra qui disait si spontanément des choses aussi énormes que celles qu'il avait entendues une heure auparavant, avant qu'il ne la jetât dehors :

— Tu comprends, Lorenzo. Nous ne sommes pas de même naissance ! Ainsi, il est des choses qui t'échapperont toujours. Tu es très riche… et cela se voit, cela se sait. Papa m'a donnée à toi (vendue, pensait Lorenzo) parce que politiquement c'était pour lui nécessaire. Un peu comme dans les grandes familles royales de France ou d'Allemagne…

Elle se rengorgeait, se prenant pour une héroïne. Une authentique princesse sacrifiée aux ambitions politiques de son père n'aurait pas agi autrement que Ginevra Cavalcanti.

— Iphigénie, en somme ? ironisa Lorenzo, blessé à mort.

— Presque, avait répondu avec candeur la sotte créature qu'il avait épousée.

— Parce que m'épouser équivalait à sacrifier ta vie aux dieux, pour que les vents soient favorables… Charmante définition de notre mariage…

— Je n'ai pas voulu dire cela…

— Mais tu l'as dis ! Et tu le penses ! Tu le penses quand je te prends dans mes bras… tu le cries, en silence peut-être, mais ce cri-là, je l'entends. Alors je vois ton regard… ce regard de femme qui se sacrifie, et c'est horrible…

Alors une dispute, une de plus, avait éclaté et Ginevra était partie en claquant la porte.

La voix irritée de Cosimo fit sursauter Lorenzo :

— Eh bien ? me répondras-tu à la fin ?

— Excuse-moi… Je ne t'ai pas écouté… Que me demandais-tu ?

— D'après toi, Rinaldo des Albizzi peut-il s'attaquer ouvertement à nous avec l'accord de la Seigneurie ? Et sous quels prétextes ? Certes, il peut profiter du mécontentement général pour monter le peuple contre moi !… Et puis la guerre ! cette guerre imbécile et coûteuse où nous a entraînés la Seigneurie… Les impôts sont trop lourds… Et la peste noire est à nos portes ! Heureusement, le pape a interdit le massacre des juifs pour conjurer le mauvais sort. Les affaires vont mal en ce moment. Alors ? Comment le clan des Albizzi va-t-il porter son attaque ? Par quel biais ?

Lorenzo hésita, puis dans un souffle :

— À plusieurs reprises j'ai entendu mon beau-père médire du palais que tu fais construire… On le dit très beau, très riche, très au-dessus de tout ce qui existe.

— Le plus beau de Florence assurément, répliqua Cosimo d'un ton vif. Ce sera un modèle d'architecture. Cela surpassera tout ce qui a été fait jusqu'à ce jour !

— Ne crains-tu pas d'aller contre nos lois qui exigent que rien ne doit permettre à quiconque de s'élever au-dessus des autres ?

— Et quand cela serait ? Ne faut-il pas aider les génies tels que Michelozzo, Donatello, Brunelleschi, à créer ce qui demeurera des siècles après nous ? Toute la vérité de l'homme est dans l'art, et seulement dans l'art, quelle que soit sa forme. Nous, nous disparaîtrons un jour. Ce que nous laisserons sera immortel. J'expliquerai cela à la Seigneurie. Je suis sûr qu'ils comprendront. Florence se couvrira de palais tous plus beaux les uns que les autres… Cela donnera de l'ouvrage à des milliers d'artisans. N'est-ce pas le plus important ?

— Alors espérons que la Seigneurie comprendra. Car je suis persuadé que Rinaldo s'attaquera à toi dès que cela lui sera possible, et ce sera là le point de son attaque… Il te hait, il nous hait ! Il faut le craindre, Cosimo, et nous protéger de sa vindicte.

— Eh bien, je ne me soucie pas de lui, jeta Cosimo avec hargne. Lorenzo, j'ai peine à te voir alité et malade. Souffre que je te fasse envoyer le vieil Elias et promets-moi de partir au plus tôt pour ta villa de

Carreggi. Tu aimes cette demeure et tu y trouves ce que tu ne trouveras jamais ici… la paix de l'esprit.

Lorenzo ferma les yeux et un pâle sourire adoucit son visage torturé. Carreggi. L'odeur des tilleuls en été. Le parfum de l'herbe chaude fraîchement coupée, et le vent courbant la cime des peupliers de sa caresse.

— Je partirai… je te le promets…, dit-il à voix basse.

Au cours de l'année qui suivit, alors que le palais s'élevait déjà au-dessus de ses fondations, Cosimo et Lorenzo durent faire face à des difficultés grandissantes. La guerre qui mettait la France aux prises avec l'Angleterre s'achevait dans d'effrayants épisodes. La peste décimait les armées et les civils plus sûrement et plus rapidement que ne le firent les armes. L'évêque Pierre Cauchon, cet ecclésiastique dont Cosimo avait gardé un si mauvais souvenir et qu'il exécrait de tout son être, fit de nouveau parler de lui.

Florence avait entendu parler d'une jeune femme, une paysanne appelée Jeanne d'Arc. Mais cette jeune guerrière n'occupait dans les conversations qu'une place succincte. Les hommes, émoustillés par cette femme de guerre, échangeaient des propos grivois, tandis que leurs épouses rêvaient… Une femme en armure. Une femme sortie du lot commun et qui commandait une armée… À cheval toute la journée, menant une vie d'homme, une vie d'aventure, loin des servitudes du mariage et des enfants. Aussi, lorsque la ville de Florence connut les circonstances affreuses de son arrestation, de son procès, et le jugement inique qui l'année précédente, en mai 1431, l'avait condamnée au bûcher, cela souleva une grande émotion.

— Comme Jan Huss! s'écria Cosimo lorsqu'il apprit cette nouvelle. Comme Jan Huss! répétait-il, stupéfait, ne contenant plus son indignation.

Les souvenirs de Constance revinrent plus forts à sa mémoire.

— Je n'ai jamais pris au sérieux cette donzelle qui entendait des voix… Comme si Dieu n'avait pas d'autres chats à fouetter que de s'occuper du différend entre la France et l'Angleterre… Mais de là à brûler cette enfant! Comme Jan Huss! et accusée comme lui d'hérésie!

Contessina, touchée par l'émotion que manifestait Cosimo, posa la main sur le bras de son époux dans un geste de compassion et d'apaisement.

Ils se regardèrent. Ce geste était-il celui de la réconciliation? Une si longue querelle! Près de deux ans à vivre côte à côte sans échanger d'autres paroles que celles nécessaires à la vie quotidienne. Ce regard échangé était-il le premier d'une ère nouvelle dans leur union? La première, Contessina détourna les yeux.

— Cosimo…, dit-elle enfin. Il faut se méfier de Rinaldo des Albizzi. Son défunt oncle était un homme respectable, de parole. Lui, c'est un bandit. On peut tout craindre de lui.

— Tu crains donc pour moi ? demanda Cosimo. Elle le dévisagea :

— Sans doute. N'es-tu pas le père de nos enfants ?

Ils étaient assis dans le jardin et buvaient une délicieuse eau d'orgeat bien fraîche. L'air bourdonnait d'abeilles. Le vent était tombé et l'atmosphère lourde annonçait l'orage prochain... Le ciel se couvrait de nuages gris sombre, bordés de soufre. Des roulements de tonnerre se faisaient entendre, encore lointains.

— L'orage menace, dit Contessina.

— Oui. C'est vrai. L'orage menace, répondit Cosimo. Mais il pensait à tout autre chose.

III

Cosimo condamné

1433

Lorenzo achevait de se remettre dans sa maison de campagne, la villa de Carreggi. Il aimait beaucoup cette ravissante demeure sise dans un espace boisé que traversait une rivière, et à chacun de ses séjours il se sentait réconforté, rassuré sur lui-même et sur son avenir. Son tourment s'apaisait devant les collines verdoyantes, parsemées de pâquerettes dès le mois de mars.

Ce matin-là, il était très tôt, à peine six heures, lorsque Lorenzo était descendu dans son cabinet de travail. Tout en écrivant et en réfléchissant, il jouissait cependant du cadre qui l'entourait. Assis devant l'agréable feu qu'il avait fait allumer, de temps à autre il regardait par les hautes fenêtres le soleil se lever. Ses mains reposaient sur sa table devant le livre de comptes ouvert. L'esprit vide, le corps reposé, Lorenzo se sentait bien. Mieux qu'il ne l'avait jamais été. Allons, peut-être un jour guérirait-il de sa maladie qui, parfois, semblait lâcher prise, et de son maladif amour qui lui rongeait les entrailles et l'enverrait sans doute à la mort plus sûrement encore que ne le faisait sa phtisie.

Loin du palais Cavalcanti, il respirait un air plus salubre, du moins en était-il persuadé. Parfois, il lui semblait que Ginevra, son mariage, cet amour dévorant qui ne le laissait pas en repos, n'étaient qu'un mauvais cauchemar dont il se réveillerait. Alors il aurait de nouveau vingt ans, il serait libre et beau, éclatant de force et de santé... Alors il pourrait se consacrer au travail qui l'attendait, et l'oisiveté paresseuse dans laquelle il se morfondait cesserait. De nouveau sa vie lui appartiendrait. Il aurait des projets, il mettrait enfin à exécution tous ses rêves de réformes sociales, de protection pour les plus défavorisés des ouvriers qui travaillaient pour le compte des Médicis. Il aurait la force de s'opposer à Cosimo, à sa dureté, à son cynisme. Il le convaincrait de reprendre un à un tous leurs rêves d'enfants... Ils avaient l'argent, suffisamment en tout cas pour parachever l'hôpital des Innocents créé peu de temps avant sa mort par Giovanni. Et que ne pourraient-ils faire ensemble, Cosimo et lui, pour améliorer le sort des plus défavorisés ! Délivré de cet amour destructeur, il aurait la force de renaître, la force de lutter... de vivre...

Pour la première fois depuis des mois, voire des années, Lorenzo évoqua toutes ces révoltes qui les avaient agités, lui et Cosimo, autrefois, il y avait si longtemps. Le souvenir de ces longues soirées à palabrer et à refaire le monde lui arracha un sourire triste. Que la justice et la miséricorde fussent toujours condamnées et détruites par quelque chose qui s'appelait la raison les mettait, Cosimo et lui, en état de révolte. Ils voulaient combattre cette « raison » si déraisonnable. Toutes leurs lectures, Dante, Pétrarque, Boccace, Virgile, Lucrèce, leur donnaient la certitude qu'il fallait transformer la société pour que l'homme changeât et pût devenir un être humain. Jusqu'au jour où Lorenzo entendit Cosimo dire avec cynisme :

— L'homme est né mauvais et le restera. Il a la société qu'il mérite et c'est l'homme qui doit changer s'il veut changer la société. Il faut qu'il renonce à la violence, à la haine, au vol, à la méchanceté, pour que la société devienne paisible, aimable, honnête et miséricordieuse. Créer des hôpitaux, des distributions de livres et de vêtements ne sert à rien si, par ailleurs, nous n'aidons pas les manants à se libérer de leur ignorance et de leur paresse pour qu'ils puissent se transformer. Pour le moment, nos lois sont assez bonnes pour eux…

— Nos lois ? avait crié Lorenzo hors de lui. Mais nos lois protègent les possédants contre les déshérités, les voleurs contre leurs victimes, les puissants contre les faibles ! Il n'y a pas plus injuste que nos lois !

Cosimo avait haussé les épaules, et Lorenzo ne se souvenait plus très bien de ce qui s'était dit ensuite. Cosimo s'était marié, lui, Lorenzo, avait rencontré Ginevra, et tous ses rêves de transformer la société s'étaient évanouis en fumée…

Les exclamations de ses fils, Francesco et Pierofrancesco, le ramenèrent à la réalité. Derrière ses fils, inévitablement se profilaient les ombres de Ginevra et de la gouvernante des enfants, Gabrielle. Il aimait ses enfants et allait les accueillir avec joie, bien qu'une visite fût particulièrement intempestive.

Ses fils avaient le don de faire sourire Lorenzo. Son beau visage, resté séduisant malgré les ravages de la maladie et de la passion, s'illuminait de plaisir quand il s'amusait avec ses enfants.

Francesco allait sur ses cinq ans et Pierofrancesco avait déjà trois ans. Un enfant sur chaque genou, il s'informait de leur nuit, riait avec eux, s'émouvait de leur babillage. Pierofrancesco était grand et vigoureux, et, bien que plus jeune, dépassait d'une tête son frère Francesco. Ginevra s'occupait de son aîné avec une farouche détermination, inquiète toujours pour sa santé. « C'est une justice à lui rendre, pensait souvent Lorenzo. Ginevra est une bonne mère pour ses enfants. »

Très remuant, Pierofrancesco sautait des genoux de son père puis y revenait, sans cesse agité, s'efforçant déjà de s'exprimer. Francesco était beaucoup plus sage. Si sage même que c'en était inquiétant. « Trop sage, trop fragile, trop doux pour un petit garçon de cinq ans », songeait Lorenzo, le cœur serré. Il fit signe à la nourrice de venir reprendre les enfants et ordonna gaiement qu'on le laissât travailler. Un instant, son regard croisa celui de Ginevra qui observait la scène. Une compréhension totale, absolue, sans aucune arrière-pensée, les liait momentanément. Unis dans la même inquiétude et le même amour

pour Francesco, les deux époux oublièrent en cet instant leur différend, leur haine et leur dégoût mutuels.
Dès que la porte se fut refermée sur les enfants et
leur nourrice, l'éternelle bataille reprit, violente :

— Que me vaut l'honneur d'une visite aussi matinale qu'inattendue ? ironisa Lorenzo. Si je me souviens bien, cette nuit tu as juré de ne plus me
revoir... ou bien ai-je mal entendu ?

Ginevra rougit de colère.

— Je ne serais pas venue si je n'y étais obligée,
dit-elle d'un ton sec. La loi te donne peut-être le
droit d'abuser de moi contre ma volonté, mais je ne
sache pas qu'elle t'autorise à me séquestrer ici.

Lorenzo baissa la tête. Puis, avec lassitude, il
murmura :

— Je ne te retiens pas. Tu peux retourner à Florence quand et comme tu le veux... sans les enfants.

— Avec les enfants ! Ce sont mes fils.

— Les miens. La loi me donne tous les droits sur
eux. Toi... je ne te retiens pas. Pars ! Mais pars
donc ! Va-t'en !

Lorenzo perdait son sang-froid, et Ginevra ricana :

— Tu me chasses ? Si je partais, tu me suivrais
comme un chien ! Non ? Que je parte ce soir et
demain tu es au palais, n'est-ce pas ?

— Tu te crois donc si forte ? Crois-tu que je ne
puisse me passer de ta présence ?

— Eh bien, dis-le, que je me trompe !

Lorenzo soupira et détourna la tête. À quoi bon
cette querelle ? Elle avait raison. Si elle partait, il
tiendrait bon quelques heures à peine, et puis, sous
le plus futile prétexte, il enfourcherait son cheval et

galoperait sans plus attendre vers Florence, vers le palais Cavalcanti, vers son malheur. Il se prit la tête entre les mains et répéta d'une voix sourde :

— Va-t'en. Pars. Quitte cette pièce. Ta présence me rend fou. Va !

Ginevra ne bougeait pas. Alors Lorenzo se redressa et, affermissant sa voix, il demanda :

— Francesco est malade, n'est-ce pas ? C'est cela que tu voulais me dire ?

Le visage, la voix de Ginevra changèrent. La mégère acariâtre fit place à une mère aux abois. Elle joignit les mains :

— Oh ! Lorenzo ! Il a toussé toute la nuit ! Et ce matin, Gabrielle m'a affirmé qu'il y avait du sang sur les draps de notre petit garçon ! Lorenzo ! Il faut faire venir le docteur Elias ! Fais envoyer un messager, je t'en supplie...

Lorenzo regarda Ginevra avec un air de doute. Un instant, il souhaita désespérément que la méchanceté habituelle de Ginevra fût à l'origine de la phrase terrible qu'elle venait de prononcer. Mais la pâleur de sa femme, ses traits défaits furent plus convaincants que n'importe quelle parole. Son fils avait hérité de lui une constitution fragile.

— J'envoie quelqu'un sur l'heure... Peut-être une légère indisposition ? murmura-t-il.

Il s'approcha de Ginevra et l'attira contre lui. Elle se laissa faire. Passive, préoccupée par son enfant, étonnée que Lorenzo dans une heure aussi dramatique pût penser à la prendre avec une telle violence et une telle passion. « Pourtant, songeait-elle tandis que Lorenzo haletait sur elle, pourtant il aime son fils ! »

Lorsque le docteur Elias, après avoir examiné l'enfant, les quitta, Lorenzo et Ginevra savaient que leur fils était perdu. Un mois passa pendant lequel les cris et les scènes firent place à une accalmie douloureuse. Les enfants s'amusaient comme si de rien n'était sous le regard tendu et angoissé de leurs parents enfin réconciliés. La tempête allait resurgir, imprévisible et violente, peu de temps après une visite inopinée et prolongée de Rinaldo des Albizzi. De nouveau, Ginevra arbora cet air de ruse et de dissimulation qui mettait Lorenzo hors de lui. Tout à coup, il se sentit malade de nostalgie et de désespoir. Il aurait voulu revenir plusieurs années en arrière, dans la maison paternelle, sans le fardeau de jeunes enfants, de Ginevra, sans les mille tracas quotidiens que peut infliger une famille. Il souhaitait désespérément être de nouveau un adolescent avec l'avenir devant lui et des rêves à réaliser, des chimères à vaincre, et tout un potentiel d'aventures plus excitantes les unes que les autres. Il se traita de sot, se leva et se dirigea vers l'une des fenêtres d'où l'on avait la plus belle vue sur la vallée. Juin était à son premier jour, rayonnant de beauté.

Ce matin-là, bien qu'il fût encore très tôt, régnait une chaleur suffocante. Comme à l'accoutumée, Lorenzo était descendu dans son cabinet dans l'espoir de travailler en paix avant que la maison ne s'éveillât. Il ouvrit les fenêtres et aspira l'air tiède à

pleins poumons. L'orage menaçait. Il allait pleuvoir,
tonner, pleuvoir encore, et tout irait mieux. L'air
serait plus doux, plus léger, les odeurs plus fraîches,
plus vives, il ferait bon vivre. Lorenzo avait passé
une bonne nuit. Sans sueur, sans toux, sans fièvre.
Depuis quelques jours, son petit Francesco paraissait lui aussi se rétablir, et tous pensaient que le
médecin Elias pouvait s'être trompé. Après tout, la
médecine n'était jamais qu'un art divinatoire, sujet à
bien des erreurs.

Ginevra elle-même paraissait calme. Lorenzo
aimait évoquer sa femme lorsqu'elle était loin de lui.
C'était comme cela d'ailleurs qu'il l'aimait. Il sourit
et se moqua de lui-même. « Je l'aime lorsqu'elle est
loin de moi, et quand elle est présente, je ne peux
pas la supporter, je la hais, je l'écraserais volontiers.
Est-ce que je l'aime encore ? Pourquoi cette faim
d'elle alors que je la méprise si profondément ? Pourquoi ce besoin d'elle ? »

Arrivé à ce point de sa songerie, il évoqua ce souvenir désagréable qui le poursuivait depuis la veille :
Ginevra avait reçu son cousin Rinaldo des Albizzi
et s'était entretenue longtemps avec lui. Malgré sa
jalousie maladive, Lorenzo savait que sa femme lui
était fidèle. Par orgueil, elle ne coucherait pas avec
Rinaldo dans la maison de son époux, et sa fierté
n'accepterait pas une situation qui l'aurait mise au
ban de la société. Non, ce n'était pas ce long tête-à-
tête qui avait troublé Lorenzo. C'étaient cet air de
satisfaction rusée, ce regard hypocrite qu'elle lui
avait jeté lorsque, bien après le départ de Rinaldo, il
s'était enquis du motif de cette visite.

— Oh ! avait répondu Ginevra d'une voix espiègle, rien de mauvais pour toi ! je t'assure !

Cette phrase prit ce matin-là, sans qu'il sût exactement pourquoi, une dimension particulière. « Pour moi. Rien de mauvais pour moi ? Donc mauvais pour quelqu'un d'autre. Pour Cosimo ? ou bien qui d'autre ? Ah ! je me trompe, sans doute. Cosimo doit venir me voir. Il paraissait inquiet. Son billet me priait de me tenir sur mes gardes. Mais de qui dois-je me méfier ? Pas de ma femme tout de même... Rinaldo des Albizzi... Cette visite ne me dit rien qui vaille. Qu'avait-il donc de si important à dire à Ginevra, que je ne devais pas savoir ? Quoi donc, Grand Dieu ? Qu'est-ce qui nous menace ? » Il relut le billet que Cosimo lui avait fait parvenir la veille, et soupira : « Enfin, vivement que Cosimo soit là, il m'expliquera... »

Pour la première fois depuis des années, il eut une pensée pour ses sœurs Catherina et Bianca, et il se demanda avec tristesse ce qu'elles devenaient, si elles étaient heureuses, ou si elles faisaient semblant. Il savait qu'elles avaient l'une et l'autre enfanté plusieurs fois et s'étonna de ne pas se souvenir du nom de ses neveux et nièces. « C'est sa faute à elle ! » songea-t-il avec rancune.

Lorenzo s'approcha de la fenêtre et vit un carrosse découvert entrer dans le parc de la propriété. Aussitôt, il eut un mouvement de joie en reconnaissant les armes de sa famille. Cosimo ! Encore plus vite qu'il ne l'avait imaginé ! Il avait dû se lever à l'aube pour parcourir les deux lieues qui le séparaient de Florence.

Les chevaux s'arrêtèrent, et une silhouette de femme descendit précipitamment.

— Contessina, murmura Lorenzo, le cœur soudain pris de glace.

Alors il se précipita. Il savait maintenant que le secret qu'avait soigneusement dissimulé Ginevra était « mauvais » pour Cosimo. Sinon jamais Contessina ne serait venue seule, sans chaperon, à cette heure matinale. Contessina ne quittait jamais Cosimo. Jamais.

Ils se rencontrèrent dans le vestibule désert et lorsqu'il vit le visage décomposé, d'une pâleur de cendre, de sa belle-sœur, Lorenzo n'eut plus le moindre doute.

— Cosimo ! Il est arrivé quelque chose à Cosimo !

Contessina ne parvenait pas à prononcer un mot.

— Parle ! supplia Lorenzo. Je t'en supplie, parle. Cosimo ?

— Il... Rinaldo des Albizzi... Ils l'ont arrêté ce matin.

Ainsi c'était donc ça. L'air rusé de Ginevra, l'arrogance de Rinaldo, et lui qui ne s'était rendu compte de rien ! Aveugle, sourd à ce qui se passait autour de lui. Prisonnier d'un amour imbécile qui l'avait complètement annihilé. Son frère était jeté en prison... Il frissonna d'horreur et de dégoût.

— Voilà... c'est écrit là-dessus. Lis !

Contessina lui tendit un parchemin.

Lorenzo lut à mi-voix : « Messer Cosimo de Médicis, par la construction d'un palais d'un luxe ostentatoire, a tenté d'affirmer par ce fait sa prétention à dominer les citoyens de la République... »

— Ils sont venus ce matin. Le soleil n'était pas encore levé…

Contessina se tut, essoufflée. Puis elle reprit, lentement :

— « Sa prétention à dominer les citoyens de la République. » Cosimo ! Quel prétexte imbécile, injuste !

Un roulement de tonnerre les fit sursauter. Lorenzo leva la tête vers le ciel qui s'était chargé de nuées sombres. Des éclairs zigzaguaient sur l'horizon.

— L'orage ! Voici l'orage, viens, rentrons, dit-il en saisissant le bras de Contessina.

Dès qu'ils furent à l'abri, Lorenzo ouvrit le parchemin et en relut le texte lentement, à voix haute.

— Mon Dieu ! murmura-t-il, effondré. La pire des accusations ! Il eût mieux valu qu'il fût accusé de corruption, de meurtre ! que sais-je ? Il risque l'exil, la confiscation de tous ses biens…

De nouveau le silence s'installa entre eux. Le drame avait éclaté si brusquement qu'ils se sentaient l'un et l'autre absolument désarmés, impuissants. Contessina s'était précipitée chez Lorenzo, et maintenant elle regrettait sa venue à Carreggi. « Du temps perdu ! pensa-t-elle. Lorenzo ne peut rien, ne pourra rien ! Il n'est pas en état de réagir… »

— Toute sa fortune confisquée, répétait Lorenzo d'une voix hachée.

— Toi aussi tu risques l'exil et la confiscation de tes biens si tu ne témoignes pas contre ton frère.

La voix coupante de Ginevra les fit sursauter. Elle était immobile sur le pas de la porte, pleine de morgue, les sourcils froncés, les yeux durs.

Lorenzo l'interrogea :

— Que veux-tu dire ? Es-tu folle ?

Il craignait de comprendre ce qu'il savait déjà.

Ginevra s'approcha du couple et s'adressa d'abord à sa belle-sœur. Horrifiée, Contessina vit en Ginevra l'ennemie la plus vindicative, la plus déterminée qu'elle eût jamais eue de sa vie.

— Qu'es-tu venue faire ici ? dit Ginevra d'un ton glacial. Ta place n'est pas dans cette demeure ! Tu es l'épouse d'un prisonnier et tu peux nous apporter beaucoup d'ennuis.

Elle paraissait déterminée à en finir au plus vite. Sûre de son pouvoir sur Lorenzo, il lui restait à trancher le dernier lien qui l'unissait à sa famille et à en faire un Cavalcanti. C'était là son désir, son vœu. Lorenzo lui appartenait, et s'il devenait chef de la maison Médicis, elle l'aimerait. Cela n'irait pas sans mal, elle le savait, mais elle se sentait prête à affronter le diable en personne pour en finir avec sa belle-famille.

— Je t'en prie, Contessina, dit-elle d'un ton plus calme. Il faut t'en aller au plus vite ! Il ne faut surtout pas que l'on puisse nous soupçonner de complicité ! Comprends-tu cela ? Nous ne sommes pour rien dans la volonté de puissance de Cosimo ! Il connaissait les lois…

— Assez ! cria Lorenzo. Contessina est venue me chercher et j'ai bien l'intention de l'accompagner et de voir ce que je peux faire pour sauver mon frère. Comment oses-tu parler ainsi ? Aurais-tu perdu tout honneur ? Je pars…

— Certainement pas ! siffla Ginevra. Si tu l'accompagnes, tu seras arrêté, jeté en prison comme complice ! Oui, c'est cela qui t'attend. Rinaldo a été formel là-dessus…

Elle se mordit les lèvres. Elle avait parlé trop vite ! Elle s'en aperçut en voyant les regards meurtriers de Contessina et de Lorenzo qui la dévisageaient.

Lorenzo s'avança vers elle. Son visage était aussi dur que du granit.

— Ainsi, tu savais… C'était cela la visite de Rinaldo ?

Toute la haine accumulée au cours des années éclata entre les époux. Lorenzo vit Ginevra telle qu'elle était. Froide, dure, calculatrice, égoïste, et ce que vit Ginevra acheva de détruire Lorenzo dans son esprit. Lâche, veule, prêt à céder avant même qu'elle eût la moindre exigence. Pourtant, cette lâcheté pouvait se retourner contre elle. Il suffisait à Ginevra d'insister quelque peu.

— Va-t'en au plus vite !

Contessina appela Lorenzo à son secours. Mais, emporté par la fureur, Lorenzo marchait sur Ginevra. Effarée, Ginevra reculait. Jamais elle n'avait vu Lorenzo dans cet état, et jamais elle n'avait lu dans les yeux de son mari tant de haine et tant de mépris. Ce qu'elle ne savait pas, c'était que cette haine et ce mépris se dirigeaient aussi bien contre lui que contre elle. « Elle me force à me voir tel que je suis… Et c'est pour ça que je la hais et que je ne peux pas me passer d'elle… »

Il respirait vite, fort.

— Parle ! intima-t-il d'une voix rude. Allons !

parle ! Que sais-tu ? Que peut-on faire pour sauver mon frère, s'il en est encore temps ?

Affolée, Ginevra leva son bras dans un geste dérisoire et enfantin pour se protéger le visage :

— Rinaldo m'a prévenue, en effet, que l'on allait arrêter Cosimo.

Elle se redressa et fit front avec insolence :

— Tu ne risques rien si tu te tiens tranquille. Mon père veillera à ce que tes intérêts soient protégés. Et même...

Elle hésita avant de porter le dernier coup. La présence silencieuse de Contessina la gênait.

— Et même ?... Eh bien, achève. Et même ? Et même ?

La voix basse de Lorenzo était chargée de menace.

— Si tu le veux... la place... Je veux dire... Cosimo ne sera plus rien. Mais toi, avec ma famille et mon clan... Le palais Cavalcanti est ta demeure, mon clan sera le tien... Renonce à ta famille, renonce aux Médicis.

Elle parla longtemps, ardemment, développa ses points de vue. La vie qu'ils auraient ensemble. Lui, nommé à coup sûr gonfalonier et elle admirative, fière de son Lorenzo, première dame de Florence. Elle parlait, convaincue qu'il allait céder.

— Et tu as pensé que j'accepterais cela ? Tu l'as sérieusement pensé ? Pourquoi ? Mais tu ne peux pas me demander cela, Ginevra ! Tu ne peux pas !

Ginevra tenta de se ressaisir. Elle jeta un rapide coup d'œil sur Contessina puis s'approcha de Lorenzo :

— Je suis ta femme et tu m'aimes, n'est-ce pas ?

Si tu m'aimes, si tu prétends m'aimer, rien ne doit nous séparer. Ta famille c'est moi, nos fils. Personne d'autre !

Le coup partit avec une telle violence et une telle rapidité que la jeune femme fut jetée à terre sans même pouvoir esquisser un geste pour sa défense. Lorenzo s'acharnait sur elle, proférant des injures :

— Ainsi c'est ce que tu penses de moi ! Garce ! Catin ! Tu as pensé...

Il s'arrêta de frapper, épuisé, essoufflé.

— Mais je mérite peut-être un tel mépris... Tu as pensé... tu as osé penser que je trahirais mon frère ?

Rivée au sol, médusée, Contessina n'avait pu intervenir. Elle ne parut reprendre ses esprits que lorsque les gémissements de Ginevra se firent entendre. Alors, s'interposant vivement, Contessina s'approcha de Lorenzo.

— Assez ! implora-t-elle. Mon Dieu, Lorenzo ! Assez ! Que veux-tu faire ? La tuer ?

Lorenzo étendit le bras et la repoussa comme une plume. Elle faillit tomber mais reprit vite son équilibre et revint s'interposer entre les deux époux.

— Assez ! Lorenzo ! cria-t-elle. Assez ! Pour l'amour de Dieu !

Lorenzo parut se calmer. Sa pâleur avait des reflets verdâtres. Des cernes noirs entouraient ses yeux. Il considéra un moment Ginevra sanglotante, gisant sur le sol.

— La tuer ? dit-il enfin, presque rêveusement. La tuer...

Puis il se tut.

— Oui, reprit-il après un silence. Oui, c'est cela

que je voulais. Détruire ce visage, ce corps… et mourir ensuite. Il faut gagner Florence au plus vite ! Cosimo, c'est mon frère. Et puis…

Visiblement, Lorenzo ne savait plus ce qu'il disait.

Il haletait, en sueur. Sa fureur était tombée et une immense lassitude engourdissait ses membres.

Contessina aida Ginevra à se relever. Avec un linge elle pansa la lèvre qui saignait, tout en observant que Lorenzo paraissait également très mal en point. « On dirait…, pensa-t-elle. Serait-il malade ? Plus malade que nous ne le supposons tous ? Son teint est bien vilain… » Elle refusa de s'attarder à cette réflexion. Cosimo avait été arrêté, jeté en prison, et cette vision lui était insupportable. L'heure pressait. Grand Dieu ! Il fallait faire vite ! Demain, elle penserait à Lorenzo. Demain, elle saurait ce qu'il conviendrait de faire.

— Il faut que nous partions…, dit enfin Lorenzo d'une voix rompue. Laisse-la donc ! Elle se soignera seule…

Partir. Quitter cette maison. Fuir ce spectacle. Il feignait une colère qu'il n'éprouvait plus. « Les mots ont été dits, pensa-t-il, et rien ne fera qu'ils ne l'aient jamais été. De même que cette scène abjecte. Moi frappant Ginevra. Moi ! Pourtant, cela a été fait. Et je pourrai supplier Dieu nuit et jour et me couvrir de cendres, tout cela ne me servira à rien. Je ne pourrai défaire ce que j'ai fait. Le temps ne revient pas en arrière. » Il n'osa pas s'avouer que son mariage était une erreur qu'il aurait voulu ne point commettre. Il regarda sa femme et fut surpris de son attitude. Il s'attendait à des cris, à de la fureur, à un

mépris outragé, à des menaces même… Mais il ne
s'attendait pas à ce qui se produisit, et la secousse
qu'il en éprouva n'en fut que plus vive. Car Ginevra, après les cris et les insultes, s'était recroque-
villée sur une chaise. Elle était dans la posture d'une
enfant punie, humble et douce, qui demande son
pardon. Sa robe déchirée, souillée de sang, pendait
en lambeaux lamentables.

Avant même que Lorenzo eût été en mesure de
faire un geste, Ginevra fut sur lui, à ses genoux
qu'elle agrippait avec une force insoupçonnée. Il y
avait une vigueur mortelle dans cette étreinte désespérée. Elle sanglotait, suppliait, se frappait la tête
contre les jambes de Lorenzo, refusant de le lâcher.
Ses bras étaient d'acier.

Stupéfait, Lorenzo tentait vainement de se dégager, mais Ginevra gémissait :

— Non ! Non ! je t'en supplie, ne pars pas !… ne
pars pas ! Ils te tueront !… Ils te tueront comme ils
vont tuer Cosimo… Reste ici ! Je ne veux pas que
l'on te tue…

Elle hoquetait, lamentable. Contessina sentit ses
membres se figer. Un instant, l'horreur et la peur la
transformèrent en statue de pierre. Au prix d'un
effort surhumain, elle prit sur elle et se pencha vers
Ginevra :

— Que veux-tu dire ? Allons, parle ! Que sais-
tu ?

Ginevra, le front contre les pieds de Lorenzo, fit
entendre un long gémissement :

— Rinaldo… Rinaldo m'a dit : « On va l'empoisonner… » C'est cela qu'ils veulent : le tuer ! Ils…

ne… veulent pas de procès, ni… rien de ce genre…
Ils sont tous d'accord là-dessus ! Je ne veux pas que
tu meures ! Si tu vas à Florence, ils te pendront
aussi, je le sais !

— Ils ? qui, ils ?

— Les prieurs de la Seigneurie, mon oncle Palla,
mon cousin Strozzi… Rinaldo. Tous !

Pour la première fois depuis le jour de son mariage,
Ginevra était sincère. Dans son esprit, Lorenzo devait
devenir le chef du clan des Médicis. Jamais elle
n'aurait pu supposer que Lorenzo lui tiendrait tête et
prendrait fait et cause pour son frère. Sûre d'elle, de
l'amour que Lorenzo éprouvait, elle avait pensé que
tout ce dont elle avait rêvé se réaliserait aussi facile-
ment que Rinaldo le lui avait laissé entrevoir.

Lorenzo se baissa, la souleva, l'installa sur un
siège. À l'aide d'un linge humide, il lui bassina le
front avec de l'eau fraîche. Ses gestes étaient méca-
niques et masquaient l'étonnement que lui inspirait l'attitude de Ginevra. L'aimerait-elle enfin ? Ces
choses-là pouvaient-elles arriver ? Elles arrivaient
puisque Ginevra paraissait tenir à lui. Comment
savoir ?

— Nous perdons du temps, s'impatientait Contessina.

Lorenzo hésita, puis, portant la main de Ginevra à
ses lèvres :

— Je te demande pardon de t'avoir frappée, de
t'avoir aimée, épousée. Vraiment, tout cela fut une
erreur. Une monstrueuse erreur. Si l'on m'arrête et
que le même sort m'est réservé, tu pourras épouser
Rinaldo…

Il s'en voulut aussitôt de ces paroles. Le visage trempé de pleurs que Ginevra levait vers lui était son remords.

La salle du Conseil était noire de monde.

Formant une haie sinistre jusqu'à l'immense table dressée sur une estrade, les gens s'écartèrent en silence lorsque Lorenzo et Contessina entrèrent. La lumière mouvante et dorée des flambeaux éclairait les visages des prieurs-juges, émergeant de l'ombre, révélant les traits affaissés, les chairs débordantes, les regards à demi fermés par de lourdes paupières fatiguées. Ils étaient là, quinze prieurs, immobiles, figés dans leurs certitudes. Inatteignables. Inatta-quables. Ils avaient jugé en toute équité. L'immense fortune des Médicis serait sans doute confisquée, et la famille de Cosimo condamnée à l'exil. «Il est interdit à tout Florentin de s'élever au-dessus des autres…» La loi était la même pour tous, et tous devaient s'incliner. Qu'importaient les bienfaits de Cosimo? Qu'importaient sa générosité, sa bonté, son honnêteté? Il avait bravé la loi…

Soudain, une voix tonitruante domina le tumulte. Rinaldo s'approcha de Lorenzo et de Contessina.

— Ruiné! Ruiné! hurlait-il, les yeux pleins de haine. Terminé, fini! Vous partirez, vous quitterez cette ville pour n'y jamais revenir! Et Ginevra…

Écumant d'une joie féroce, incontrôlable, il s'ap-procha de Lorenzo :

— Le pape annulera le mariage !

Lorenzo chercha dans son gousset sa dague. Heureusement, dans sa précipitation, il avait oublié son arme, sinon il eût frappé avec ivresse !

Il y eut des murmures de réprobation. Les prieurs intimèrent à Rinaldo l'ordre de modérer ses propos. Florence était une république, pas un coupe-gorge. Rinaldo se tut. Il n'ignorait pas qu'il n'était guère en état de grâce, même aux yeux de ses plus fervents partisans. Sa famille, son clan étaient à l'origine des deux dernières guerres contre Lucques et Milan. L'issue de la bataille se révélait désastreuse et les Florentins tenaient le clan des nobles pour responsable de ces échecs. Il fallait trouver un coupable et il était heureux que la conjuration eût pu s'emparer de Cosimo.

Palla Strozzi, en grande tenue de gonfalonier, présidait le jury. Il fit donner quelques coups de gong et bientôt le silence s'établit. Le greffier se leva et déploya un parchemin :

— « Les lois de la république de Florence ont été bravées. Par la construction d'un palais au luxe inouï, Messer Cosimo de Médicis affirme sa volonté de s'élever au-dessus des citoyens de la République. La prétention de Messer Cosimo de Médicis de vouloir dominer l'État par la puissance de sa fortune a été ainsi prouvée. Nul n'est au-dessus des lois. En conséquence, Messer de Médicis a été arrêté ce matin et jeté au cachot. Un procès aura lieu. Après jugement, il sera procédé à la confiscation de tous ses biens. »

Une immense clameur salua la déclaration du greffier. Ceux qui appartenaient au clan des Albizzi exprimaient leur joie. Ceux qui appartenaient aux Médicis lançaient des vindictes. Certains, parmi les plus excités, en vinrent aux mains. Alors, profitant du tumulte et de ce que nul ne lui prêtait une attention particulière, Contessina se précipita à la fenêtre. Et là, dans un hurlement sauvage, elle ameuta le peuple :

— Florentins ! Les nobles se sont emparés de vos protecteurs... Cosimo est en prison et sera assassiné... Florentins ! Souvenez-vous que c'est Cosimo de Médicis qui a toujours lutté pour que les plus misérables d'entre vous, pour que les orphelins et les gueux, les veuves sans défense, les paysans et les esclaves puissent avoir quelque droit, quelque défense... Ils vont le tuer ! À l'aide ! je vous en supplie ! Les grands ont emprisonné mon époux. Ils veulent sa mort...

Elle ne put continuer. Rinaldo des Albizzi s'était emparé de la jeune femme et lui bâillonnait la bouche de ses mains, au risque de l'étouffer.

Sur le parvis du Palazzo Vecchio, il se produisit aussitôt un formidable tumulte. Les Florentins s'agitèrent, s'interpellant, s'interrogeant... Quand enfin ils furent certains que l'on menaçait la vie de leur bienfaiteur, ils se dispersèrent dans toute la cité aux cris de « Vive les Boules », « Rendez-nous les Boules », « Sauvez le Médicis ». Alors les échoppes se fermèrent, les boutiquiers rejoignirent les artisans, les ouvriers, les gueux, les colporteurs, les femmes, les enfants, tous allèrent en un grand mouvement, en une vague irrépressible, vers le palais de la Seigneurie. Désormais, il était impossible aux notables de quitter le palais sans se faire écharper. Ceux qui se risquaient sur le balcon étaient aussitôt assaillis par des quolibets, des insultes. Une âcre odeur de fumée commençait à se répandre dans la ville. Les incendies ! Les émeutiers incendiaient les maisons ! À l'intérieur du palais, l'émotion était à son comble. Les partisans des Albizzi, enfermés dans la salle du Conseil, échangeaient des regards terrifiés. C'était l'émeute. La guerre civile. L'horreur allait s'abattre sur la ville de Florence. Messer Alberghini, l'un des notables qui avaient suivi Rinaldo des Albizzi et le clan des nobles, se repentit amèrement de son choix. Il s'en prit violemment au jeune homme.

— Toi ! le diable t'emporte ! hurla-t-il en agrippant Rinaldo par son pourpoint. Qui es-tu donc toi, espèce de morveux ? Vois ce que tu as fait avec tes dénonciations, tes mises au pilori et tes grands airs ! Vois maintenant ton œuvre ! Toute la ville est contre nous ! Toute la ville est en fureur ! C'est ton œuvre !... Pourquoi ? hein ?... Pourquoi ? Est-ce par souci de la république de Florence que tu as fomenté ton complot ?

Messer Alberghini haletait, l'écume aux lèvres. Écœuré, Rinaldo se dégagea de son étreinte :

— La peur vous rend lâche, Messer Alberghini ! Le Médicis a violé nos lois. Pourquoi échapperait-il au châtiment que tous ici nous aurions subi si nous nous étions avisés de faire ce qu'il a fait ?... Est-ce parce que les manants se révoltent qu'il doit passer outre la justice ?

— Il a été arrêté sans jugement, dit une voix.

— Il sera jugé ! répondit Rinaldo.

— Qui en répond à part toi ? rétorqua Messer Alberghini. Qui nous donne la garantie qu'il aura la vie sauve ?

Rinaldo détourna les yeux. Un silence, à peine troublé par les clameurs venues de la rue, succéda au tumulte. Contessina et Lorenzo, côte à côte, les mains liées derrière le dos, se regardèrent avec effroi. Contessina dit d'une voix blanche :

— Suis-je arrêtée, moi aussi ?

Elle frissonnait de peur. Non pour elle, mais pour Cosimo. Elle savait qu'il risquait la mort la plus atroce. La mort secrète par empoisonnement. On dirait : « Messer de Médicis a été malade. » Et puis tout serait fini. Qui oserait se porter contre Rinaldo des Albizzi ? Qui oserait l'accuser d'un crime ? Il fallait agir. Agir vite et fort. Elle répéta d'une voix plus assurée :

— Suis-je arrêtée, moi aussi ?

Plusieurs personnes la dévisagèrent avec stupeur. Il semblait que, jusqu'à cet instant, nul n'avait songé que Contessina de Médicis née Bardi était là présente, prisonnière. Il y eut des chuchotements. C'était inconcevable. Pouvait-on retenir prisonnière une femme aussi bien née et sans doute innocente du crime imputé à son époux ?

— Votre place n'est pas ici, Signora de Bardi, dit Messer Alberghini. Nous allons vous dégager de vos liens sur-le-champ.

Rinaldo des Albizzi eut un geste pour protester,

mais il se contint. Tandis que l'on dégageait ses poignets, Contessina précisa :

— Je suis Signora de Médicis, Messer. Cela, il ne faut pas l'oublier, et je pense que mon beau-frère Lorenzo doit être libéré aussi. Il est innocent du crime dont vous accusez mon très cher époux Cosimo.

— Cela est vrai, Signora Contessina… Que l'on dégage Messer Lorenzo !

De nouveau, Rinaldo voulut s'interposer, mais Messer Palla Strozzi intervint :

— Seul, Cosimo de Médicis a été accusé et sera jugé. Lorenzo est innocent du crime imputé à son frère. Dégagez-le ! Immédiatement !

— C'est bon. C'est bon ! Puisqu'il en est ainsi…, grommela Rinaldo.

Puis, s'adressant à Contessina et à Lorenzo :

— Vous pouvez partir ! Allez ! Moi, je garde Cosimo ! et pour longtemps !…

— Messer Palla Strozzi, dit Contessina, Messer Alberghini, je vous fais confiance ! Mon cher époux, Cosimo de Médicis, arrêté ce matin sans jugement, est, je le précise, en excellente santé et ne souffre d'aucune maladie. Son médecin, Messer Elias, peut certifier que la constitution de mon époux ne suscite aucune inquiétude…

— Signora Contessina ! s'exclama Palla Strozzi indigné. Cosimo a été arrêté et sera maintenu en prison en bonne santé. Votre supposition est injurieuse pour la Seigneurie.

Il y eut un long silence. L'accusation implicite de Contessina parut surprendre les prieurs qui se regardèrent avec effroi.

— Je maintiens, Messire Strozzi, que mon très cher époux Cosimo est en parfaite santé…

— Signora Contessina ! s'exclama Palla Strozzi, indigné.

Mais Contessina n'entendait rien des assurances que l'on prodiguait autour d'elle. Elle ne quittait pas des yeux le visage de Rinaldo. Sa ruse et sa cruauté ne lui avaient pas échappé. Elle se souvenait des aveux arrachés le matin même à Ginevra, et une sueur glacée coula le long de son dos. « Poison ! » Une angoisse terrible lui étreignait le cœur, l'empêchant de respirer. Son regard se porta sur Lorenzo, blême, agité de tics nerveux. Cosimo était en danger de mort. Elle avait la sensation d'être impuissante à juguler ce danger, d'être dans l'obscurité la plus opaque, prise au piège, face à des bêtes féroces, avides de sang.

Bien que les fenêtres fussent fermées, les clameurs forcenées de la foule massée devant le Palazzo Vecchio parvenaient jusque dans la salle. Après s'être assuré que Contessina resterait tranquille (en fait elle se contentait d'observer Rinaldo), Signor Palla Strozzi gagna le balcon et leva les bras pour réclamer le silence :

— Je jure devant Dieu qu'aucun mal ne sera fait à Cosimo de Médicis qui sera jugé en toute équité. Sa vie sera sauve. J'en jure devant Dieu ! et sur ma vie.

Petit à petit il obtint ce qu'il cherchait, calma la foule, ce qui se fit sans trop de difficultés. Signor Palla Strozzi parla longtemps. C'était un orateur remarquable et d'autant plus convaincant qu'il était sincèrement persuadé de ce qu'il affirmait. Cosimo serait jugé en toute équité. Il exposa que Cosimo avait bravé la loi commune, « non par ignorance, mais en toute connaissance de cause. Se croyant au-dessus de ses concitoyens, il comptait avec cynisme sur l'impunité ».

Alors, la foule calmée se dispersa. Cosimo de Médicis serait jugé. Après tout, il était coupable d'un crime, un crime « pire que la corruption, la concussion, la trahison ou le meurtre… » Il était juste qu'il payât de sa liberté, et peut-être de ses biens, d'avoir voulu s'élever au-dessus de ses concitoyens, mettant ainsi en danger la démocratie et la liberté de la république de Florence. Et pour beaucoup de Florentins, il n'était pas désagréable de voir cet homme, la veille encore si riche et si puissant, s'effondrer si bas qu'il en viendrait sans doute à mendier son pain.

IV
En prison

Depuis l'aube, Cosimo de Médicis tournait en rond dans sa cellule, comme un fauve enragé. De temps à autre, il s'approchait du soupirail très surélevé qui laissait passer un mince rai de lumière et, la tête levée, le considérait avec attention. Impossible d'atteindre cette étroite ouverture que d'épaisses barres de fer obturaient. D'ailleurs, il ne songeait pas à s'enfuir. Il observait, attentif, scrutant chaque détail, sachant que parfois la mort pouvait aussi venir de la lumière. Un jet de vitriol, ou un poison plus violent, plus pernicieux. Cosimo était sur ses gardes, vigilant à l'extrême. Son inquiétude s'étendait à Contessina, ses enfants, Lorenzo. Qu'allaient-ils penser de son arrestation ? Que risquaient-ils, eux ? Allait-on les arrêter aussi ?

Il s'approcha de la grille qui clôturait sa cellule. Son regard parcourut la longue salle souterraine, suante d'humidité et de saleté. Une vingtaine de cellules semblables à la sienne s'alignaient de part et d'autre d'une allée centrale, voûtée, de pierre massive. Elles paraissaient vides. Soudain la porte de fer s'ouvrit dans un grincement strident, et dix archers parurent, encadrant quatre hommes poussant un chariot contenant des marmites fumantes. Alors seulement Cosimo se rendit compte que toutes les cellules étaient occupées. Parfois par un homme seul, enchaîné, parfois par deux ou trois prisonniers. Chacun d'eux, en silence, tendait sa gamelle à travers les barreaux. Les gamelles se remplissaient d'une pitance dégageant une odeur pestilentielle, et Cosimo, malgré la faim qui lui tordait l'estomac, eut un haut-le-cœur. Pourtant, il tendit lui aussi une écuelle de bois.

Un instant, les gardes et les serveurs s'arrêtèrent devant sa cellule et se regardèrent. Le capitaine des archers s'approcha :

— Nous n'avons rien pour vous ce jour, Messer Cosimo…, dit-il à voix haute. Le prieur de la Seigneurie nous a fait savoir qu'un repas vous serait préparé par ses soins, un peu plus tard. Le prieur tient compte de votre éminente position…

Cosimo hocha la tête. Il demanda :

— Ne peux-tu me donner à boire ? Je meurs de soif…

Après une courte hésitation, le capitaine des archers remplit une cruche d'eau froide, et très ostensiblement, les yeux fixés sur Cosimo, il en but quelques gorgées, puis la tendit au prisonnier. Au moment où Cosimo allait se désaltérer, il entendit le capitaine dire à voix basse :

— Messer, approchez, je vous prie…

Surpris, Cosimo tendit l'oreille.

— Je vous en conjure, Messer ! Ne touchez à rien

que je ne vous aurai donné moi-même. Il y va de votre vie.

Puis, se tournant vers ses hommes, il ordonna d'une voix rude :

— Allez, vous autres ! Notre journée n'est pas terminée. Nous partons !

Cosimo resta là, debout contre la grille. « Ah ! bien, pensait-il. On veut m'empoisonner. J'aurais dû m'en douter. Pourtant, non ! Je n'aurais jamais cru qu'ils oseraient aller jusqu'au meurtre. »

Les heures passèrent, ponctuées par la visite régulière des archers. Allongé sur une paillasse humide, Cosimo s'efforçait d'oublier ce qui l'entourait et faisait le vide dans son esprit. Cela lui fut d'autant plus facile que la faim et la soif le déchiraient, et qu'il était difficile de penser à autre chose.

Vers le milieu de la nuit, le froid le réveilla et il ne put se rendormir. Les souvenirs l'assaillaient. « Contessina », murmura-t-il. Il la voyait, aérienne dans ses atours, belle et sereine. C'était un jour de fête. Un jour ancien. Elle tournait sur elle-même, ravie, troublée peut-être de ce qu'elle avait lu dans le regard de Cosimo. Son souvenir se fit si précis qu'il crut, dans le silence opaque et humide de sa cellule, entendre sa voix, sentir son parfum, percevoir le froissement léger des étoffes et l'air qu'elle déplaçait en dansant. « M'a-t-elle aimé ? ne fût-ce qu'un jour... une heure... »

L'aube ne lui apporta aucune certitude, et une autre journée passa, exactement semblable à celle de la veille. Puis une autre, puis encore... Trois, quatre jours passèrent ainsi. Cosimo, méfiant, ne se nourrissait que des quelques quignons de pain et des quelques oignons que lui passait le capitaine des gardes. C'était peu dire qu'il mourait d'inanition. La faim lui torturait les entrailles. La soif le brûlait, desséchait ses lèvres. Boire était devenu pour lui l'essentiel de ses désirs. « Que reste-t-il des nobles aspirations d'un homme lorsqu'il est privé des choses essentielles qui le maintiennent en vie ? Une larve réduite à ses instincts : manger. Boire. Déféquer. Uriner. Et puis recommencer. Inlassablement jusqu'au seuil de la mort. C'est cela, l'homme. Et seulement cela. Est-ce possible ? Pourtant, si l'homme est réduit à ne vivre que pour s'efforcer de ne pas mourir de faim, il va devenir une bête féroce… » Alors, il pensa aux gueux pour qui tuer pour un morceau de pain était un acte de survie. « Tant qu'il y aura des hommes qui meurent de faim et de soif, jamais le monde ne connaîtra la paix ni la sécurité, songeait Cosimo. Meurtres et vols ont pour but le pain dont le criminel a besoin pour survivre. Qui est coupable ? Celui qui mange sans partager ou celui qui tue pour manger ? » Il s'obligeait à relever son esprit au-delà des exigences de son corps, mais cela lui devenait de plus en plus difficile. Lorsque les archers lui apportaient des mets odorants, il devait se faire violence pour ne point se jeter sur les plats qu'il savait empoisonnés. À ces instants, la sueur trempait son front, son corps, et il tremblait de désir. En proie à une faim atroce qui le consumait tout entier, il oubliait que la mort se cachait dans les plats délicieux qu'on lui apportait. Fort heureusement, le capitaine des gardes veillait et, dès que les archers étaient hors de vue, il s'emparait des mets et les jetait aussitôt. Alors, le désir de tuer s'emparait de Cosimo. Un désir qui devenait une véritable obsession. Une obsession béante, à donner le vertige. Il était heureux pour le capitaine des gardes qu'une grille solidement fermée le séparât de Cosimo, qui ne reprenait son sang-froid qu'après avoir dévoré son quignon de pain et bu autant d'eau que son estomac pouvait en contenir.

À l'aube du cinquième jour, Cosimo, très affaibli, ne put se lever. Des vertiges l'assaillaient, et ses jambes refusèrent de le porter. Ses genoux flageolaient comme de la gelée et il comprit que si sa détention durait encore longtemps, ses ennemis gagneraient sur un point. Il mourrait d'inanition. Pourtant, il fallait absolument qu'il se maintînt en vie. Alors il s'allongea, ferma les yeux et entendit la voix de Contessina qui chuchotait :

— Cosimo, mon ami. Pour l'amour de Dieu ! C'est moi.

Il crut que la faim et la soif le rendaient fou, mais la voix se fit plus insistante :

— Cosimo ! Cosimo ! réveille-toi ! je t'en conjure !

Alors il ouvrit les yeux et, dans la lumière blafarde de l'aube, chichement dispensée par le soupirail, il distingua devant la grille de sa cellule une silhouette enveloppée d'une ample cape blanche.

« Voilà que maintenant j'ai des visions », pensa Cosimo. Il referma les yeux en soupirant et s'efforça de faire le vide dans son esprit. Son ventre grinçait à vide et faisait entendre des bruits déplaisants.

— Cosimo ! reprit la voix insistante. Je t'en conjure ! C'est moi ! Contessina !

Mais Cosimo était incapable d'un mouvement. « Si je bouge, elle disparaît », pensait-il dans un demi-délire. Le crissement des clés dans la serrure, le grincement de la grille qui s'ouvre, le chuchotement du capitaine : « Faites vite, Signora ! Vite ! Si l'on vous surprend il y va de notre vie à tous... », tous ces bruits discrets, ces chuchotements, et même ce léger déplacement d'air et ce parfum d'iris qui palpitait au-dessus de lui, tout cela faisait partie du rêve. Pourtant, lorsqu'une main fraîche se posa sur son front, Cosimo comprit qu'il ne rêvait pas. Il souleva péniblement les paupières.

— Contessina, murmura-t-il. Contessina ?

— C'est moi ! oui. Nous avons peu de temps. Il faut m'écouter, mon ami...

— Oui, parle, n'arrête pas de parler. Dis-moi... Il haletait, ébloui, si heureux soudain.

— Chut ! Je t'ai apporté des vivres ! Vite, mange cela. Je reviendrai dans deux jours. Le capitaine Brecchia est un ami sûr. Il faut lui faire confiance. Tiens ! mange ! mange vite...

Elle parlait à la hâte, s'agitait et déposait des vivres auprès de Cosimo. Il y avait là un poulet rôti, un pain et une bouteille de vin qu'elle étala sur la paillasse. Puis, prestement, elle se leva, et dit vivement à Cosimo :

— Je t'en conjure, cher, sur tes enfants, sur moi, ne mange rien que le capitaine ne te donne de sa main, ou que je ne t'apporterai. Maintenant, mon

ami cher, restaure-toi. Je resterai encore un petit
moment, nous parlerons lorsque tu seras rassasié…

Cosimo se jeta sur les victuailles et, en moins
d'un quart d'heure, tout fut englouti. Contessina
riait à travers ses larmes :

— Pas si vite… Pas si vite ! tu vas t'étouffer !

Elle découpait les victuailles en petits morceaux,
remplissait un gobelet de vin, épluchait des fruits.

Lorsque Cosimo eut achevé son repas, il avait
retrouvé une partie de ses forces. Il se leva, vérifia
que les vertiges avaient cessé et que si ses jambes
étaient encore faibles, elles le soutenaient cependant
sans défaillir.

— J'ai cru rêver tout à l'heure, murmura-t-il avec
ferveur. Mais pourtant tu es là. C'est toi. C'est bien
toi.

Il prit le visage de Contessina entre ses mains et le
scruta dans l'ombre grise.

— Je pensais que tu me détestais, dit-il à voix
basse. Que c'en était fait entre toi et moi. Et tu es là,
au péril de ta vie. Que Dieu me pardonne s'il le peut.
Moi, je ne pourrai jamais. Et pourtant… Pourras-tu
oublier ?

Contessina se demanda un instant si Cosimo n'était
pas devenu fou. De quoi parlait-il ? Qu'avait-il à se
faire pardonner ? De quelle scène abjecte était-il fait
mention ? Et puis elle se souvint de la scène horrible
qui les avait séparés, des coups…

— Ô Dieu ! murmura-t-elle. Je n'y pensais plus !
Vraiment ! Tout cela est si loin ! Comment peux-tu y
penser encore ? Mon ami, il faut oublier ! L'heure
est si grave.

Elle ne comprenait pas que Cosimo pût perdre les quelques instants précieux qui leur étaient si chichement comptés en réflexions aussi vaines. Cette vieille querelle ! Qui donc y pensait encore ? Mais Cosimo, en proie à son idée fixe, insistait :

— Peu importe ce qui peut arriver si je suis sûr.

Il s'interrompit et dévisagea sa femme avec une intensité gênante :

— Contessina… Dans cette prison, j'ai eu tout le temps de réfléchir…

Il s'interrompit, puis lança brusquement :

— Ce qui nous sépare est si stupide. Tu n'as pas d'amant, n'est-ce pas ?

Contessina resta bouche bée. Perdu corps et biens, menacé dans sa vie, Cosimo se laissait aller à un tel enfantillage ! Indignée, elle protesta :

— Oh ! Quel enfant tu fais parfois ! Quel enfant !… Comment oses-tu ? Réponds-moi plutôt… Depuis le jour de ton arrestation, une pensée me poursuit jour et nuit et je n'ose admettre ce que je crois comprendre. Dis-moi Cosimo, dis-moi la vérité : connaissant, comme tu les connais, les lois de Florence, pourquoi avoir fait construire ce palais ? Pourquoi ?

Un mince sourire éclaira le visage de Cosimo :

— Je réalise un rêve d'enfance. Créer une maison sortie tout droit de mon désir. Un rêve qui prend forme par le génie de Michelozzo, de Donatello…

Il avait ce visage matois qui ne laissait aucun doute sur ce qu'il disait. Il mentait. Cela au moins était net et clair. Contessina ne réagit pas tout de suite. Puis, d'une voix hésitante :

— Est-ce la seule raison ? Je pensais…

— Que pensais-tu ?…

— Eh bien. Et cette maison que mes parents nous ont laissée ?

— C'est ta maison !

La voix de Cosimo était sèche, coupante. Contessina baissa la tête. Les larmes lui piquaient les yeux.

— Ce n'est pas ce que j'ai voulu dire, ajouta Cosimo plus doucement. Le palais Bardi est la demeure ancestrale des Bardi. Que suis-je dans cette maison que je n'ai ni choisie ni arrangée à mon goût ? Je ne considère même pas la maison de mon père comme ma maison. Je veux un palais Médicis à la mesure de mon ambition… Cela t'étonne ? Pourtant, ce me semble, je ne t'ai jamais caché mon désir ?

— Les nobles se sont servis de cela contre toi.

— C'est exact. Pourtant, je ne regrette pas mon acte.

— Cela t'est imputé à crime. Les nobles n'attendaient que cette occasion…

Cosimo eut un petit rire triomphant :

— Eh bien, ils sont heureux maintenant. Si cela n'avait pas été ce palais, c'eût été autre chose, sois tranquille là-dessus. Ils cherchaient depuis longtemps un moyen de m'atteindre, de me détruire. C'est fait. Il m'importe davantage de savoir quelle sera à l'avenir ta position à mon égard. Me suivras-tu en exil, si exil il y a ? ou bien me renieras-tu ? Tu en as le droit. Ta famille peut encore te sauver…

Cette fois, des larmes jaillirent des yeux de Contessina :

— Comment oses-tu ?

Incapable de dire autre chose, elle se laissa aller à ses sanglots. Cosimo regardait sa femme. Un curieux mélange d'angoisse, de rancune et de passion l'étouffait. Il aurait aimé la prendre, la caresser, lui promettre tous les bonheurs du monde, et dans le même moment ce chagrin évident lui apportait un amer plaisir. « M'aimerait-elle ? pensait-il. Est-ce possible ? Sa froideur, sa dureté à mon égard, était-ce la jalousie qui les commandait ? Ô Dieu, si cela était je n'aurais pas assez de temps pour lui demander pardon… »

— Contessina, murmura-t-il d'une voix enrouée. Par Dieu, explique-toi. Dis-moi… Ces larmes ?

Contessina redressa la tête, le visage tuméfié, les yeux rougis, si enfantine encore. Troublé, Cosimo saisit les mains de la jeune femme.

— Contessina, ma mie ! Il faut me parler. Un mot, un seul… Cet homme que l'on te donne comme amant, est-ce vrai ? M'as-tu dit toute la vérité ? Je saurai être indulgent, crois-moi. La vérité, Contessina. Seulement la vérité…

Son idée fixe, sa peur, son angoisse. Contessina était-elle sienne ? Entièrement, absolument sienne ? Il resterait en prison avec joie pour une seconde de certitude.

La jeune femme secoua la tête.

— Alors ? dit Cosimo d'une voix plus basse.

Il se penchait vers elle. Sentait son parfum. Elle respirait vite, hoquetante, le regardant intensément. Il murmura :

— Si tu m'aimes, Contessina, ma mie, si tu m'aimes, il faut me le dire maintenant. Demain je puis être un homme mort.

Elle poussa un léger cri et lui tendit les bras.

— Si je t'aime ? Ô Dieu, gémit-elle, de ma vie, je n'ai jamais aimé que toi.

Doucement, il prit le visage de sa femme entre ses mains et le maintint ainsi un long moment. Il remarqua qu'elle avait maigri, que des rides légères sillonnaient déjà le front jadis si pur, que les cernes qui entouraient ses yeux étaient bien marqués. Toutes les souffrances accumulées depuis l'arrestation de Cosimo se lisaient sur ce visage humide de larmes.

— Quel sot j'ai été, dit-il enfin à mi-voix. Quel aveugle ! Il aura donc fallu quinze ans ! Quinze longues années pour qu'enfin je comprenne, j'entende ce que tous me disaient. Et je restais aveugle et sourd à l'évidence. Revenir en arrière ? Je ne le puis. Ce que je peux faire, maintenant, c'est t'assurer que chaque jour qui restera à vivre te sera consacré. À toi. Et seulement à toi. Toutes ces années ruinées, gaspillées, perdues... Qui nous les rendra, mon pauvre amour ? Nous avons toi et moi perdu l'essentiel de notre vie. Tant de joie et de bonheur qui étaient là, à portée de la main, et maintenant à jamais effacés. Ô Contessina, comme je suis coupable !

Il la serrait contre lui, en proie à une joie oppressante et, singulièrement, dans le même instant, à une tristesse affreuse. Il serrait contre lui la femme qui lui était la plus chère au monde, et, par orgueil, par lâcheté aussi, il n'avait jamais su faire cesser le malentendu qui les avait séparés.

Contessina sanglotait. De joie, de tristesse aussi, sans honte ni maîtrise d'elle-même. Elle n'était plus qu'une femme brisée, éperdue. L'angoisse avait balayé tous les masques et tout amour-propre. Un regret amer la poignait. Qui lui rendrait tout ce qu'ils avaient perdu, Cosimo et elle, enfermés dans leur orgueil imbécile ? De temps à autre, de faibles gémissements s'échappaient de sa bouche.

— Pleure... pleure, ma belle Contessina... Tu verras... Maintenant, tout ira mieux... Demain est un autre jour. Demain, nous serons heureux, je te le promets... Demain...

— Mais tu es en prison ! explosa-t-elle. Et Dieu sait quand tu seras libéré ?

Cosimo eut un sourire ironique qui ne laissa pas d'intriguer Contessina :

— Approche-toi... Écoute-moi attentivement.

Contessina prêta l'oreille. Cosimo chuchota :

— Écoute-moi, mon aimée. Penses-tu vraiment que, connaissant nos lois comme je les connais, je les aurais bravées sans un motif absolument impératif ?

— Justement ! C'est ce que je ne m'explique pas ! Tu savais les risques... Tu n'ignorais rien de ce que les nobles allaient te faire. Pourquoi les avoir provoqués ?

— Réfléchis, mon cher cœur. Jusqu'à ce jour, le pouvoir réel à Florence est encore aux mains des nobles. Et nous sommes toujours obligés de soumettre nos projets à ces vieux égoïstes. C'est à eux qu'appartient le pouvoir de décision puisqu'ils ont la majorité. Et les princes de la Seigneurie sont trop contents de me contrer. Même mon académie ! Ils veulent empêcher sa construction ! Si je laisse faire, ce sera encore une guerre. Contre Milan, Venise, Lucques. Peu leur importe… La guerre est leur passion, la preuve qu'ils sont des hommes. C'est cela dont ils ont besoin. Il fallait absolument arrêter cela, les empêcher de nuire davantage. Alors, j'ai décidé de provoquer les choses…

Il se tut et profita du silence de Contessina pour l'embrasser avec passion. Quand il libéra sa bouche, la jeune femme murmura :

— Je crois… Ô mon Dieu ! Je crois que je commence à comprendre…

— Ah ! je savais bien ! triompha Cosimo. En me jetant en prison, en me ruinant, Rinaldo a provoqué la colère des Florentins. Il n'y aura pas de procès. Les nobles n'en veulent à aucun prix ! Ils le perdraient. Je suis populaire à Florence. Ils essaieront de me détruire mais ils n'y parviendront pas. Alors ce sera l'exil pour moi, pour les miens. Je sais que tu me suivras. Avec toi, je peux tout faire, tout entreprendre. Mais tu me suivras, Dieu en soit remercié ! C'était, je dois l'avouer, ma seule inquiétude. Ton choix. Maintenant je sais. Lorsque nous serons en exil à Venise… je ne resterai pas inactif, tu peux t'en douter. Ceux de mes amis qui me sont fidèles resteront sur place et travailleront pour moi. En septembre 1434, il y aura d'autres élections, et les Florentins voteront pour tous ceux qui me sont attachés. Nous le savons. Nous nous préparons activement à cet effet.

Étroitement serrée contre Cosimo, Contessina écoutait comme dans un rêve :

— Je reviendrai à Florence, plus aimé, plus populaire que jamais… J'aurai alors le pouvoir. Le vrai. Et plus personne ne m'empêchera de doter cette ville de tout ce qui lui manque encore pour devenir le centre du monde !

Le capitaine des gardes vint chercher Contessina. Il était grand temps pour elle de partir. Lorsqu'il fut seul, Cosimo demeura assis sur le bord de sa paillasse, le regard fixé sur la lourde porte qui s'était refermée sur la jeune femme. Il souriait. Les perspectives de leur avenir s'annonçaient plaisantes. Il y aurait Venise. Peut-être la France, de nouveau Venise. Et puis, Florence. Florence où il reviendrait en maître. « Encore plus riche… je les écraserai tous, pensait-il. Riche et invulnérable. Pourquoi ai-je besoin de cela ? Pourquoi cela m'est-il à ce point nécessaire ? »

Il s'adressa à lui-même un sourire penaud, car il connaissait la réponse. La puissance. Il n'y avait rien au monde qui valût la puissance. Vouloir et réaliser sa volonté. C'était là une ivresse pure, une ivresse absolue et qu'il voulait sienne à jamais. La puissance ! Souveraine vénérée, qui permettrait à Cosimo d'écraser la stupidité méchante des hommes, leur imbécile orgueil et leur couardise innée. La puissance, qui lui permettrait d'être lui-même sans hypocrisie, sans crainte et sans excuses. Lui-même, libre de toute servitude.

V
L'exil

La nouvelle de la condamnation à l'exil de la famille Médicis laissait les Florentins quelque peu indécis. Certes, ils étaient sérieusement désolés, mais, disaient-ils : « C'est la loi ! Pourquoi un Médicis y échapperait-il ? Tout de même ! La confiscation de tous ses biens ! » Ils eussent été surpris, extrêmement surpris et soupçonneux même s'ils avaient pu percevoir la lueur de triomphe qui avait brillé dans les yeux de Cosimo lorsque la sentence le condamnant, lui et les siens, à l'exil fut rendue. De même que les Florentins eussent été encore plus surpris, quelques jours plus tard, s'ils avaient pu voir et entendre Contessina faire gaiement ses malles, tout en chantonnant. Autour d'elle, ses enfants l'aidaient, très excités par ce départ loin de ressembler à un opprobre. Pierre, l'aîné, qui allait sur ses dix-sept ans, s'efforçait de dominer et de surveiller ses cinq frères et sœurs qui faisaient un beau tapage. Filippo, surtout, du haut de ses seize ans, disait son ravissement. Il était amoureux. Amoureux fou de la belle Lucrezia Tornabuoni. Et la veille, en témoignage d'amour éternel, Lucrezia s'était donnée à lui. Innocents l'un et l'autre, les deux enfants s'étaient montrés, au début, très maladroits. Puis, ils n'avaient pu résister au plaisir de recommencer, encore et encore.

Filippo racontait avec fièvre les péripéties de son expérience. Ses yeux légèrement gonflés, cernés de mauve, attestaient de ses exploits. Un peu envieux, Pierre écoutait tout en veillant à ce que ni Giovanni (à peine treize ans !) ni les jumelles Naninna et Giuletta ne pussent entendre les mots scabreux qui parfois s'échappaient des lèvres de son jeune frère.

Un peu scandalisé, Pierre sermonna :

— Tout de même ! Papa est condamné… et toi tu en profites pour…

Indigné, Filippo protesta :

— Je l'aurais fait de toute manière. Lucrezia est ma fiancée ! Je l'aime, tu comprends ?

Ébranlé, Pierre murmura :

— Tu l'aimes ? Pour de vrai ?

— Pour de vrai !

— Mais c'est une aristocrate ! Son père est l'un des prieurs qui ont fait condamner papa !

— Et alors ? Lucrezia doit-elle être considérée comme coupable du crime de son père ? Je l'épouserai dès que je le pourrai !

— Papa ne voudra jamais ! objecta Pierre.

Filippo se rembrunit :

— Je m'en doute. Mais j'ai bien réfléchi ! Je l'enlèverai.

— Oh !

Pierre était stupéfait. Et envieux. Que n'eût-il donné pour être comme Filippo, si beau, si sûr de lui,

déjà conquérant. Il lui suffisait de dire : « Je veux »
pour obtenir aussitôt… Et Lucrezia ? Il connaissait la
jeune fille. Lui-même en était follement amoureux,
mais il se serait laissé arracher la langue plutôt que de
l'admettre. Il n'était même pas jaloux de Filippo,
trouvant tout à fait naturel que ce garçon si séduisant
s'attachât les cœurs féminins sans aucune difficulté.
« Il ressemble à oncle Lorenzo, en plus fort », pensa
Pierre en observant la vigueur charmante avec
laquelle Filippo soulevait les deux jumelles. « Il est
aussi beau… Puisse-t-il être moins faible… » Pierre
soupira et s'efforça de chasser de son esprit l'image
intolérable de Lucrezia frémissant sous le corps de
Filippo.

C'est dans ce joyeux tapage que Contessina entra
dans la chambre des enfants. Le visage de Pierre
s'adoucit et s'illumina l'espace d'une seconde. Il
devint beau.

— Maman ! dit-il à voix basse.

— Voyons ! Rien n'est encore prêt et vous vous
amusez ! Filippo ! Laisse tes sœurs tranquilles. Giovanni, si tu ne t'occupes pas toi-même de tes livres,
nous partirons sans…

Malgré elle, sa voix s'adoucit lorsqu'elle s'approcha de son aîné.

— Pierre, mon grand, comment te sens-tu ce
matin ?

Et Pierre, chancelant sur ses jambes douloureuses,
s'efforçant d'oublier ses genoux et ses chevilles
enflés, arbora un sourire radieux :

— Bien, maman ! très bien, même. J'ai beaucoup

moins mal. Vraiment! Cette nouvelle médecine du docteur Elias est très bénéfique.

Il mentait avec un tel aplomb qu'un instant sa mère faillit le croire. Contessina s'approcha de lui et lui caressa les cheveux :

— Mon pauvre grand, si courageux…

Elle savait qu'il lui cacherait toujours ses souffrances, et elle savait aussi qu'elle devait faire semblant de le croire. « Nous nous jouons la comédie l'un et l'autre, pensait-elle, et nous ne sommes dupes ni l'un ni l'autre. Et pourtant il nous faut continuer… »

— Les enfants ne sont pas sages, aujourd'hui, disait Pierre. Evangelista a juré de ne pas revenir dans cette chambre tant qu'il y aurait ces monstres…

Souriant, il désignait Giovanni et les jumelles qui, déchaînées, couraient en tous sens. Le plus jeune des enfants, Carlo, âgé de trois ans, riait aux éclats dans les bras de Filippo. Contessina eut envie de rire. Ses enfants, Cosimo, tous seraient à elle dans quelques heures. Venise s'annonçait comme le lieu même de sa félicité. Cosimo retrouvé, libéré, enfin conquis. Dieu était avec elle. Elle fit quelques remontrances avec si peu de conviction qu'aucun des enfants ne s'en préoccupa.

Dans cette maison en effervescence, il semblait qu'un vent de folie déferlât sans répit. Depuis que, la semaine précédente, on avait annoncé le départ pour Venise, le palais retentissait de cris, de galopades et d'éclats de rire. Ce déchaînement succédait à l'horreur qui avait figé la famille lors de l'arrestation de Cosimo. Et Contessina avait encore trop présents dans sa mémoire le silence glacé de la maison, les regards désespérés de ses enfants, leur tristesse, pour ne point se réjouir de l'explosion de joie qui avait salué la délivrance de leur père.

Cosimo passait ses journées dans sa chambre, dont la porte était gardée en permanence par des hallebardiers à la solde de la Seigneurie. Il emballait paisiblement ses livres préférés : Dante, Boccace, Platon, Pétrarque. Il faisait de même avec ses livres de comptes qu'il examinait soigneusement. Une caisse remplie de traites, de reconnaissances de dettes, dont les débiteurs, tous hommes influents en Vénétie, Dalmatie, France, Allemagne, ne pouvaient que lui rendre les services qu'il attendait d'eux, sous peine d'être ruinés dans la demi-heure qui suivrait un improbable refus, était l'objet d'une attention particulière. La journée entière fut consacrée au tri de ces documents dont il confia une grande partie à Leone Alberti, lequel partit aussitôt pour Venise afin d'y préparer l'arrivée de ses maîtres. Cosimo le chargea de multiples messages auprès du doge et reprit ses rangements. De temps à autre, Contessina, ou l'un de ses fils, venait l'aider. Il appréciait l'ordre et la mesure de Pierre, souriait devant l'exubérance de Filippo, mais ce n'est qu'avec Giovanni, son préféré, qu'il engageait, malgré le jeune âge de ce dernier, des conversations sur la politique, sur l'exil, sur ce que serait leur avenir à Venise. Il avait su déceler en Giovanni ce qui faisait les vainqueurs. Une curiosité jamais satisfaite, et surtout une précocité intellectuelle stupéfiante. À treize ans, Giovanni était, dans ses études, exactement au même niveau que ses deux aînés. Il parlait couramment le grec, l'hébreu, l'arabe, le français, et assimilait avec une extraordinaire facilité tout ce que son précepteur, Leone Alberti, lui enseignait. En vérité, c'est sur son troisième fils que Cosimo fondait ses plus grands espoirs, et souvent il s'entretenait avec Leone Alberti sur l'éducation de Giovanni, dont il espérait faire son héritier et le chef de famille.

Dès le départ de Leone pour Venise, les enfants, libérés de leurs travaux scolaires, s'en donnèrent à cœur joie.

En cette belle matinée du 5 juillet 1433, tout, dans le palais Bardi, était sens dessus dessous. Par les portes ouvertes, les badauds qui s'agglutinaient aux abords de la maison pouvaient voir les malles, les paquets, les tableaux qui encombraient encore les pièces du rez-de-chaussée. Les domestiques et les esclaves couraient dans une folle effervescence. De tous côtés résonnaient des bruits, des cris, des interpellations.

Après le premier déjeuner, qui fut pris rapidement, Cosimo et Contessina se mirent avec une hâte fébrile à préparer le départ. La Seigneurie avait été formelle : les Médicis devaient avoir quitté Florence avant le 5 juillet à minuit. Compte tenu de tout ce qui restait à faire, le temps était désormais minuté. Il fallait précipiter le mouvement et finir de charger les chariots avant la tombée du jour. Sous la férule vigilante de Contessina, tout fut prêt au crépuscule. Cinq chariots bâchés contenaient les trésors du palais

Bardi. Vaisselles précieuses, manuscrits, tableaux, meubles, tapis d'Orient, tout avait été soigneusement emballé et entassé. Enfin les cochers reçurent l'ordre de partir. Il était convenu que les maîtres et les serviteurs suivraient dans les trois carrosses qui attendaient devant le perron. Les Florentins, autour du palais Bardi, manifestèrent leur sympathie aux membres de la famille Médicis lorsque ceux-ci montèrent dans les carrosses.

— Revenez-nous vite ! cria l'un d'eux.

Cosimo eut un geste de la main :

— J'ai été condamné à dix ans d'exil !

— Jamais nous ne permettrons que votre absence dure aussi longtemps !

— Il le faudra pourtant ! dit Cosimo en souriant.

Avant de monter dans le carrosse où l'attendaient déjà Contessina et les jumelles, il serra quelques mains, embrassa fraternellement des amis de longue date venus faire leurs adieux. Puis il fit un signe à deux domestiques portant de nombreux paquets. Il distribua quelques présents, accompagnés de paroles amicales. C'était tantôt un tableau, tantôt une pièce d'orfèvrerie, ou un livre précieux. « Dix ans seront vite passés… » Il riait, ironique et vainqueur. Cette insolence fit dresser l'oreille de Messer Livio Alberghini, l'un des plus vieux amis des Médicis. « Dix ans ? pensa-t-il en observant attentivement Cosimo. Ouais… Peut-être son déménagement est-il assez conséquent pour durer dix ans… Mais lui ? il reviendra avant… »

Finalement, les trois équipages des Médicis s'ébranlèrent avec une lenteur étudiée. Il était dans la volonté de Cosimo de traverser Florence au pas, de manière à ce que tous les Florentins pussent le voir, lui témoigner leur estime et leur affection. Principalement sous les fenêtres du palais Vecchio où le convoi dut s'immobiliser plusieurs fois.

Dans le carrosse où se trouvaient les trois garçons, Filippo, contrairement à ses habitudes, paraissait sombre, taciturne. Il se penchait souvent par la portière et scrutait l'horizon.

Au moment précis où le convoi atteignait les portes de Florence, une toute jeune fille, presque une enfant encore et qui s'efforçait de franchir le barrage que formaient les badauds, s'écria soudain :

— Filippo !… Filippo !… Par ici !…

Au risque de se rompre le cou, Filippo sauta à bas de la voiture en marche et se précipita. Sous les rires et les quolibets des badauds, les deux enfants s'enlacèrent et s'embrassèrent avec fougue.

— Lucrezia ! dit enfin Filippo. J'ai eu si peur de ne plus te voir…

— Cela n'a pas été facile pour moi de me sauver, dit la jolie Lucrezia Tornabuoni. Ma duègne ne me quittait pas d'un pas. J'ai couru. Heureusement qu'il y a foule dans les rues. Le départ de ta famille est un événement dont tout le monde jase.

Mais Filippo ne l'écoutait pas. Il serrait contre lui la jeune fille et l'embrassait sans trop se soucier de sa réputation. Entre deux baisers, il suppliait :

— Lucrezia, tu ne m'oublieras pas ? tu le jures ?

— Jamais, Filippo… Jamais ! Sur la Madone !

— Dix ans ! C'est pourtant long.

Il frémissait d'angoisse. Dix années sans Lucre-zia ? C'était à devenir fou !

La fillette le dévisagea avec gravité.

— C'est toi qui peux un jour m'oublier, dit-elle. Moi, je ne t'oublierai jamais. Toute la vie s'il le faut…

— Alors je t'épouserai dès mon retour.

Lucrezia eut un rire léger :

— Dans dix ans, mon Filippo ? Je n'attendrai pas dix ans !

— Alors ? Comment faire ? Je suis interdit à Florence…

— Je te rejoindrai. Cela, je t'en fais le serment. Je ne sais pas encore comment, mais je te rejoindrai. J'ai juré sur la Madone ! Les enfants que j'aurai seront des Médicis…

Le carrosse, maintenant, avait pris quelques brasses d'avance et s'engageait au petit trot sur la route.

Penché par la portière, Pierre cria :

— Filippo ! Filippo, vite… reviens…

Les deux enfants, la main dans la main, coururent aussi vite que possible et rejoignirent sans trop de peine l'équipage. Filippo sauta à l'intérieur du car-rosse, il prit la main de Lucrezia qui courait tou-jours, se maintenant tant bien que mal à la hauteur du véhicule. Son petit visage était gris de poussière et de fatigue.

— Je t'attendrai, Filippo, criait-elle, essoufflée.

Bientôt, les chevaux prirent un trot rapide et il fut impossible à Lucrezia de continuer. Elle lâcha la main de son ami et s'immobilisa. Filippo, longtemps encore, passa la tête par la portière, s'efforçant de sourire, faisant des gestes de la main. Puis il cria de toutes ses forces :

— Je t'épouserai, Lucrezia ! Je te le jure !

Longtemps après que les voitures des Médicis eurent disparu à l'horizon, Lucrezia Tornabuoni resta immobile, les yeux fixés sur la route poussiéreuse. Puis, tristement, elle prit le chemin du retour. Elle marchait d'un pas tranquille, assuré, portant haut une petite tête fière et hautaine. Derrière les collines embrumées, au loin, s'effaçaient déjà les dernières lueurs du jour. L'air était plus frais, humide et doux. Un troupeau de vaches rentrait en meuglant dans une ferme voisine. C'était la fin d'une belle journée d'été.

VI
Lorenzo et Ginevra

Dès qu'il fut certain que Cosimo et tous les siens (ce qui signifiait tout le clan des Médicis : ascendants, collatéraux, descendants, cousins, même lointains) étaient condamnés au bannissement, Ginevra s'ingénia à quémander auprès de la Seigneurie l'autorisation de rester avec ses fils dans la villa de Carreggi et « qu'il plaise au gracieux prince de laisser son époux Messer Lorenzo, innocent du crime de son frère, auprès d'elle ». Elle expliqua que la faible santé de son fils Francesco souffrirait d'un tel exil. Sûre d'obtenir l'autorisation de rester en résidence surveillée à Carreggi, Ginevra n'eut de cesse d'obtenir de Lorenzo qu'il acceptât de rester auprès d'elle.

D'abord il résista. Il voulait partager l'exil de sa famille. Mais lorsqu'il sut de manière certaine que sa femme ne le suivrait pas, et qu'alors rien ne pourrait empêcher Rinaldo des Albizzi de tourner autour de Ginevra, alors Lorenzo céda. La rage au cœur, la honte au front, il accepta de faire amende honorable auprès de la Seigneurie, accepta sa destitution, sa ruine, accepta tout. Surtout : ne pas laisser Ginevra seule à Carreggi. Les jours qui suivirent le départ de sa famille furent pour Lorenzo les jours les plus humiliants, les plus atroces qu'il eût jamais vécus. Il ne sortit pas de sa chambre, refusa de parler à quiconque.

De sa fenêtre, il vit passer la longue cohorte de carrosses, de chariots, de chevaux encadrés d'une compagnie d'archers qui emmenaient Cosimo et tous les siens vers Venise. De part et d'autre de la Vla Larga, une double haie de Florentins accompagnaient silencieusement cette famille d'exilés qu'ils savaient être de leur côté.

Longtemps, bien après que le cortège eut disparu, Lorenzo resta ainsi, le front appuyé contre la vitre. Silencieux. Crucifié par sa propre lâcheté. Il n'était rien. Rien. Une larve que n'importe qui pouvait écraser sous ses pieds, une chose inutile et abjecte qui avait renié les siens. Son clan, sa famille. Et ce crime était inexpiable à ses yeux, ce crime commis parce qu'il ne pouvait se passer de Ginevra, de son corps, de sa présence. Comment avait-il pu s'asservir ainsi à une femme ? « Elle seule sait faire de moi un homme. » Mais quel homme était-il ? Était-ce cela, et seulement cela, un homme ? Un être qui pouvait trahir, parjurer, tuer même pour cinq secondes de jouissance ? Était-ce cela être un homme ? Réduit à la partie la plus vile de lui-même ? « Un porc, un chien ont plus d'honneur que moi », songeait-il au comble du désespoir.

Il pleurait, sachant très bien que ses plaintes et ses regrets étaient tout à fait inutiles. Rien n'aurait pu faire dévier sa décision. Ginevra était là, présente dans sa tête, dans son corps. «Une pieuvre! une véritable pieuvre! dont les tentacules m'étreignent jusqu'à l'étouffement.» Il ne pouvait se défendre d'évoquer Ginevra dans ses bras, roulée dans le lit conjugal, nue comme une bête, râlant de plaisir, l'étreignant lui, Lorenzo, comme si elle l'aimait. Et sans doute oui, certainement même, l'aimait-elle dans ces instants de volupté. Sans doute était-ce de ce plaisir bestial aussi nécessaire à Ginevra qu'à lui-même qu'il avait besoin. Le plaisir de Ginevra. Ses râles qui se confondaient aux siens. C'était pour lui l'essentiel de son existence. Elle le haïssait, mais dès qu'il s'approchait d'elle, dès qu'il l'obligeait à ouvrir sa bouche sous la sienne, à répondre à ses baisers, dès qu'il étreignait ce corps dur et d'abord rebelle, alors elle cédait. Elle cédait vaincue par la volupté, vaincue par son propre désir et le besoin désespéré de mourir et de renaître dans les bras de Lorenzo. Il n'y. avait pas d'amour dans cet acte de chair, mais de la haine parfois : peut-être le plus puissant des aphrodisiaques. Lorenzo pouvait avoir toutes les femmes qu'il souhaitait posséder. Certaines de ses esclaves, des petites Mauresques brunes à la peau mate, sottes et gazouillantes, pleines d'humilité, étaient toujours prêtes à accueillir le maître. Elles se prêtaient aux jeux que Lorenzo exigeait d'elles. Mais la plupart du temps, il dédaignait ces corps grassouillets, tout en rondeurs molles, et leur soumission servile qui lui gâtait son plaisir. Il n'aimait que le corps dur et osseux de Ginevra. Vaincre son orgueil et sa haine, et la soumettre à sa force l'obsédait.

Au cours des semaines qui suivirent l'exil de la famille de Médicis, Lorenzo connut le fond de la douleur. Non parce qu'il avait refusé de suivre les siens à Venise, mais parce que l'état du petit Francesco s'aggravait d'une manière alarmante. Affreusement inquiet et malheureux, Lorenzo errait dans le palais Cavalcanti silencieux et déjà endeuillé, comme si tous savaient déjà qu'il n'y aurait d'autre issue que la mort pour l'enfant. Lorenzo, incapable de dominer sa douleur, allait de pièce en pièce, étranger à cette demeure où il n'avait jamais eu sa place et où on le méprisait. Il savait qu'il n'y avait d'autre foyer pour lui que la vieille maison des Médicis, déserte maintenant. Cette maison, incommode, étroite et haute, toujours sombre et fraîche, même au cœur de l'été, où il aurait pu circuler les yeux fermés sans jamais se heurter ni se tromper. Parfois, le désir qu'il avait de rentrer chez lui le prenait avec une telle force qu'il ne pouvait retenir un gémissement. Il aurait aimé que sa mère fût encore vivante et pût prendre Francesco dans ses bras. Elle aurait su le soigner et le guérir. Cependant, malgré le dégoût que lui inspirait Ginevra, il s'inclinait devant le dévouement de sa femme et, parfois même, une compassion fraternelle l'unissait à elle. Elle ne dormait plus, ne mangeait plus et passait toutes les heures de la journée et de la nuit auprès du petit malade. Sans se lasser, sans l'ombre d'un dégoût, elle essuyait le sang qui s'échappait en vomissements convulsifs de la bouche de Francesco. Lorsque l'hémorragie était finie, elle le toilettait, le changeait, l'obligeait à se couvrir, à prendre les médecines écœurantes que le médecin Elias préparait. Les journées, les nuits passaient, si semblables que ni Ginevra ni Lorenzo n'eurent une conscience précise de leur nombre. Ginevra était là, persuadée que sa présence constante, sa vigilance chasseraient la mort. Il arrivait parfois que son regard croisât celui de Lorenzo au-dessus du petit malade. Alors elle disait avec effroi :

— Dieu nous punit, Lorenzo ! Dieu nous punit dans ce que nous aimons le plus au monde. Notre petit garçon va mourir parce que nous n'avons pas su...

— Pas su ? Pas su ? Que devions-nous savoir, Ginevra ?

Elle détournait son regard d'un air las :

— Je ne sais pas. Si seulement je savais.

Alors Lorenzo quittait la pièce, le cœur étreint par un remords puissant. « Nous n'avons pas su vivre. Voilà pourquoi Dieu nous punit. »

Trois jours et trois nuits, Ginevra et Lorenzo luttèrent avec la mort pour sauver cette petite et fragile existence. Lorenzo savait que le combat était perdu d'avance, mais il aurait donné sa vie pour que cette lutte inégale, désespérée, ne s'achevât jamais.

Et puis, une nuit, une domestique vint frapper à sa porte. Il comprit immédiatement et se précipita dans la chambre de Francesco. Hébétée, Ginevra était assise, son enfant dans ses bras. Sa robe était inondée de sang. Auprès d'elle, deux servantes s'efforçaient de lui prendre l'enfant qu'elle serrait farouchement. «Il est à moi!» disait-elle d'une voix rauque. Épouvanté, Lorenzo se demanda si Ginevra ne devenait pas folle. Elle berçait Francesco et chantait une berceuse à mi-voix.

Après avoir fait signe aux deux servantes de se retirer, Lorenzo s'approcha de Ginevra. Avec douceur, il lui caressa les cheveux. Jamais il ne put se souvenir avec exactitude combien de temps dura cette scène étrange. Longtemps. Peut-être toute la nuit. Lorsqu'il reprit une nette conscience des choses, il se rendit compte que Ginevra, brisée de fatigue, s'était assoupie. Alors seulement, il prit l'enfant mort dans ses bras, le coucha dans le petit lit étroit et, d'un geste précis, léger comme une caresse, ferma les yeux sombres qui paraissaient le fixer avec un étonnement triste et déçu.

Ginevra dormait toujours, comme dans un cauchemar. Lorenzo allait, venait dans la pièce, allumant des cierges aux quatre coins du lit, croisant les petites mains froides de Francesco sur la chemise. Il s'attarda encore auprès de son fils. La lumière vacillante des bougies faisait glisser des ombres mouvantes sur le petit visage clos à jamais, et Lorenzo avait parfois l'impression que les traits s'animaient, que la bouche allait s'ouvrir, qu'il allait s'éveiller et dire de sa voix claire et enfantine : «Papa… papa… je vais mieux! Je t'assure.» Mais son enfant était mort et Lorenzo aurait voulu crier de toute son âme, hurler à la mort comme une bête! Il ne pouvait ni crier ni pleurer. Il restait là, hébété, assommé par une douleur immonde, insupportable, qu'il ne pouvait extirper de son être. L'impression qu'un regard était posé sur lui le poussa à tourner la tête. Ginevra l'observait. Elle s'était levée et en silence s'était approchée du lit. Longtemps elle fixa le cadavre de Francesco, et soudain elle saisit le bras de Lorenzo et le tordit avec une force stupéfiante chez une femme apparemment aussi frêle. Lorenzo ne protesta pas. Il savait que Ginevra agissait dans un état second. Bizarrement, la douleur physique qu'il ressentit lui fit du bien. Elle semblait atténuer l'autre souffrance, infiniment plus atroce, plus torturante. Il murmura :

— Viens… viens te coucher. Il te faut du repos.

Elle eut un rire dément :

— Me coucher ? avec toi ? Jamais, Lorenzo ! Plus jamais ! Ton corps est pourri ! Pourri ! Entends-tu cela ? Tu es malade… C'est toi qui aurais dû mourir ! Toi ! Tu as condamné mon fils ! Mon petit est mort à cause de toi ! À cause de toi ! C'est toi qui l'as tué ! Toi ! Toi !

Écrasé d'horreur, Lorenzo ne bougeait pas. Alors elle insista :

— C'est toi qui as tué mon fils ! Va-t'en !

Et comme Lorenzo ne bougeait toujours pas, elle hurla :

— Si tu ne pars pas immédiatement, je te tuerai ! Comprends-tu cela ? Je te tuerai !

Alors Lorenzo sut que Ginevra était devenue folle, et qu'il lui faudrait, sans attendre davantage, partir à Venise, rejoindre le clan des Médicis. Sa vie en dépendait.

Table

Composition réalisée par INTERLIGNE

Achevé d'imprimer en avril 2010, en France sur Presse Offset par
Maury-Imprimeur - 45330 Malesherbes
N° d'imprimeur : 154087
Dépôt légal 1re publication : septembre 2005
Édition 06 - avril 2010
LIBRAIRIE GÉNÉRALE FRANÇAISE - 31, rue de Fleurus - 75278 Paris Cedex 06

31/1462/6